二 見 文 庫

黒い研究室

霧村悠康

目次

登場人物紹介

岩谷乱風(28)	埼玉署刑事
倉石祥子(29)	国立O大学医学部呼吸器診療研究部門医師。内科医
谷村清志(44)	T市警警部
下柳敬太郎(55)	T市警解剖担当医兼科学捜査班長
佐藤友男(26)	T市警刑事
宮下力(25)	T市警刑事
蒲田正太(23)	T市警刑事
木下修一(48)	国立O大学消化器外科診療研究部門准教授
山内晴美(28)	横紋筋肉腫患者
坂東雄大(50)	坂東クリニック院長
杉山義満(76)	杉山クリニック院長
二階堂るみ子(30)	旧天下製薬、現エクステンションファーマシー研究所員。旧姓橋本。
白木澪(35)	横紋筋肉腫患者
佐伯温生(44)	大分県警警部補
片桐麻子(55)	肺癌患者
花村やよい(—)	横紋筋肉腫患者。死亡時20歳。
白鳥正翔(50)	M市警警部
向田宗明(38)	M市民病院外科医

黒い研究室

01 研究所跡地

喧騒渦巻く大都会。

地の底から湧き上がるような人工の光が夜空を染め上げて、星の輝きはどこにも見えず、月までがぼけた白い円形色に、嘆きを湛《たた》えている。

地を揺すぶりつづける低い騒音がどこかに必ずこもり漂っていて、人と同じ高さの空間を這っている。

そのような大都会でも、光のない夜をすごす場所はたしかにあるもので、少し離れれば人間の温もりとざわめきが空気を細かく揺らす場所に行くことができるのだが、高い塀に囲まれたこの敷地内に棲息するものといえば、伸び放題の草木と、そこから得られる栄養分で生きている動物たちだけであった。

昼間でも誰も入ることのない塀の中には、いささかくすんだ壁の建物が二棟並んで、隔離された時間を刻んでいた。すでに一年ものあいだ人の姿がない。閉ざされたガラスドアや窓の隙間からでも入ってくるのか、机や床には埃がたまっている。

電気はとうの昔に供給を止められていたから、建物の場所によっては、二十四時間光が入らなかった。もっとも、人がいるわけでもないため、照明の必要はなかった。

廃墟廃屋であった。

建物の外の土が剝き出しの部分には、自然の摂理のまま樹木は年輪を増やし、舞い落ちた草花の種が葉を伸ばし、小さな花をつけた。

かつて敷地内を走行する車のために敷かれたアスファルトやコンクリートの道は、木の葉が無秩序に散らばって、風と気ままな遊びを楽しんでいたし、わずかな亀裂を見つけては、緑葉が顔を出していた。

虫たちの行動を妨げるものといえば、自分たちを餌にする天敵だけで、思いおもいの感性、本能に従って蠢《うごめ》いていた。ときおり空から鳥が急降下してきて、嘴《くちばし》の犠牲になった以外は、地上での小さなこぜり合いも、通り行く風の中であった。

車が二台通れる道路に面した入り口では、鉄の門扉《もんぴ》が確実に人の出入りを拒絶していた。さほど大きな門ではなく、当時この敷地に建てられた二棟の建造物の中で働いていた人間たちを、朝晩通過させるには充分な広さだった。

門は両開きの鉄扉で、真ん中には太い錠がかかっていた。高い塀を乗り越え、わざわざ中に忍び込んで、建物の内部に残されていたかもしれない金目の物を盗もうとした不《ふ》逞《てい》の輩もいなかったようだ。

何しろ昼間でも中が見えない。いや、少し離れたところに建つマンションの上階のいくつかの部屋からは、四季折々の風情と、しだいに敷地の荒れていく状態が一部分だけ見えるのだが、せいぜい五階建ての個人経営の賃貸マンションばかりで、敷地内の全貌を見わたすことは不可能だった。

門柱の一方に、汚れてほとんど見えなくなった文字を刻んだプレートが貼りつけられていた。以前から近隣に住んでいる者の中には、そこに書かれた会社名を記憶している者もいたが、前を通りすぎるほとんどの人間は廃墟にまったく関心を示すことなく、歩道の上に急ぐ足を運んだ。

閉ざされた門の向こうに、一年ほど前に倒産した製薬会社の研究所があったことなど、思い出す者もいなかった。

太陽の光の下で門の前に立ち、埃と排気ガスに汚れたプレートの文字をていねいに辿れば、そこに〈天《てん》下《か》製薬近畿支部研究所〉と読み取れたに違いない。

かつて肺癌の特効薬サラバストンを開発し、市場に送り出した天下製薬の創薬研究所は埼玉県にあった。そちらの研究所は、天下製薬が倒産消滅したあとを買い取った外資系大手製薬会社が再建して稼動しているはずである。

ここ大阪府のT市にあった研究所は、創薬研究所とは比べ物にならないほどこじんまりとしたものであったが、先進の生命科学研究を行っていた実態を知る者は、天下製薬のごく一部の幹部と、研究所で働いていた研究者以外にはいない。

天下製薬を二足三文で買い取った外資系製薬会社エクステンションファーマシーはしたがって、創薬研究所から遠く離れた近畿地方の小研究所を整備するつもりはなく、以後、放置されたままとなっていたのである。

研究所跡地にマンション建築の話が起こったのは、昨年の中ごろのことであった。不動産会社が製薬会社と交渉し、土地を買い取った。

元の利用目的が研究所であったから、後のちこの土地の上に居住する人間に何らかの化学的危害、健康被害が生じては重大な問題となる。塀の中で密かに研究所の内部、土壌が調査された。

安全性が担保された時点で、門扉が大きく開かれ、まずは研究所解体作業が計画された。建造物が取り除かれたあと、塀で囲まれた土地のすべてを掘り返して平地とするべく、三カ月の期間をみこんで、いよいよ工事が開始されたのである。

工事用の車輌が何台も出入りし、重厚巨大な鉄筋コンクリートを突き崩す耳障りな音だけが、間違いなく塀の中で建物の解体工事が進行していることを、周辺の住民に認識させていた。

塀の外に貼り出された工事内容と予定日を見ると、建造物解体に費やされる期間は二週間ということで、ときおりドカン、ガラガラと空気まで震わす大音響が、昼メロドラマか再放送の探偵ドラマの肝心のセリフを掻き消して、視聴者の短時間の怒りを買った以外は、さほどの問題も生じず、順調に進んでいるように思えた。

工事がはじまった二週目、残り一週間を我慢すればと住人に思わせた月曜日の朝、しばらくして騒音がなくなってしまった。

いやに静かだった。周辺の住人たちは当然の工事騒音を予想していたから、地鳴りのように常に漂っている都会の音さえ消えてしまったような、かえって不気味な静けさに戸惑っていた。

騒音が再度起こったのは正午近かった。誰もが遠くから聞こえてきた異質の音に、顔をしかめた。耳介が揺れ、次には強烈な好奇心が湧き上がって、居住するマンションの最上階に足を運んだ。わざわざ他のマンションにまで足を運んだ暇人もいた。

研究所跡解体工事現場に、次々と回転する赤色灯が集合していた。どのマンションの上階からも研究所敷地内の部分部分しか見えなかったから、何が起こっているのか全体像を把握するには、研究所のぐるりを取り巻く全マンションから展望できる断片像を集めて、頭の中で合成しなければならなかった。

正門はT市警所属のパトカーが五台通りすぎたあと、ピタリと閉ざされてしまった。

解体用工事車輌は敷地の隅のほうにかためられ、パトカーとて中途半端に崩されたアスファルトと散らばる瓦礫《がれき》の中で進むべき道を妨げられたような格好で、整列というようにはほど遠い位置に停まっていた。

そんな中、私服姿や鑑識の制服姿の数名が一カ所に集まり、やや腰をかがめて、今しも掘り返された場所を覗き込んでいる。

残り十名ほどは、敷地のさまざまな場所に散り、また何人かは、一棟手つかずで残っている研究棟の中に足を踏み入れていた。

「ここを掘っているときに見つけたんです。これ」

工事現場責任者と思《おぼ》しき男が指さす先の土に、ちょうど人間の頭くらいの大きさの白い塊《かたまり》があった。その塊から二十センチほどの黒い土を隔てて、土から出てきて平行に走り、湾曲してまた土の中に入っていく、長さ十五センチ幅二センチほどの白い棒状のものが三本見えた。


一時間前、ショベルカーのひと掻きで、樹木ごと崩された土の中に目をやって、すぐ横で掘削《くっさく》場所の監督をしていた作業員が、突然大声をあげた。ただちに手を上げて、ショベルカーの次の動きを封じたのだ。

土の動きで持ち上がってまた沈んだ白く丸い塊の、今では土の中に埋もれている一面が、作業員にも不吉なものを連想させるのに充分な様相を呈していたのである。

作業員は、近くに置いてあったスコップを手に取ると、掻き上げられた土の中に足を踏み入れて、白く丸いものを動かそうと試みた。

先ほどは土の動きとともに偶然持ち上げられたものか、作業員の手に伝わったのは重たい抵抗だけで、肝心の白い塊はいっこうにこちらを向こうとはしなかった。

目を近づけると、丸い塊は杭のようなもので土中に固定されているようで、作業員はさらにまわりの土を慎重に取り払う努力をした。

杭のようなものは、細かい彫刻が施されていて、しかもあたりの土を払ううちに、すぐ下に白い二本の、いや三本の平行線が顔を出したのだ。

白い塊とそれにつづく複雑模様の杭、そこにつながるのか側方に円弧を描く三本の、白い塊と同じような細い棒……。すべてが土の中から飛び出しているように見える。

作業員はこの発掘物を、どこかで見て知っているような気がした。

ショベルカーの運転者を見上げると、怪訝《けげん》な目をこちらに向けているだけだ。作業員が手招きをした。

「何です？」

「骨……じゃないか？」

「え？　何か埋もれてるのですか？」

「人の骨じゃないか……」

ショベルカーの操縦士が慌てて体を動かし、不自然な形で身を乗り出して、ステップから足を滑らせた。彼は同僚の前に転がり落ちた。

スコップが再び頭蓋骨らしき塊の横に入って、クイッと捻《ひね》ると、半分が土の中から浮き上がった。

「わわわ……」

声と同時に、たしかに人の頭蓋骨と思われる塊がまた元の位置に沈んだ。

「うむ。間違いないな。人骨だ」

まず頭蓋骨が持ち上げられて確認された。眼窩《がんか》や鼻腔、口腔にはたっぷりと土が詰まっており、形はどう見ても人間の髑髏《どくろ》と考えられた。

「こちらは肋骨《ろっこつ》だな」

土から弓状に突き出た三本は胸郭《きょうかく》を構成する肋骨として間違いなかった。

「まわりに気をつけて、掘ってみてくれ」

一時間もすると、一体の骸骨の全容が土の上に現れた。

「男のようですよ」

捜査員がベルトのバックルらしきものを、ボールペンに引っかけてかざしてみせた。

やや大型で、男性のベルトに使用されているものらしかった。錆《さ》びついていて、下手をすれば崩れてしまいそうだ。

「ほかに何か身元の手がかりになるような遺留品はないか？」

「着衣のまま埋められたようですね」

土中で腐った繊維の切れ端のようなものがわずかに採集されたのみで、あとは丸裸の骸骨が一体……。土の上にかがみこんでいた一人の捜査員が、指に何かを引っかけて、体を起こした。

「警部、これ、腕時計のようですが」

手に受けてみれば、土の塊の、一部に金属製と思われるベルトが光を滲ませていた。

警部と呼ばれた男は指で土の塊をほじってみた。文字盤に土がこびりついていた。指が何かに引っかかった。男はそれを時計の針と思った。ていねいにボールペンの尻の部分で土を掻いていくと、たしかに腕時計の長針だった。警部は、ぐるりと周囲を見まわした。

「現場責任者を呼んでくれ」

「私ですが……。山川《やまかわ》といいます」

ヘルメットに作業服の、逞しい顔つきの男が返事をしながら、近づいてきた。

「T市警の谷村《たにむら》だ。発見当時の状況を聞かせてほしい」

「ここは、旧製薬会社の研究所跡地です。マンションが建つというので、わしらは研究所の解体工事を任されとります」

「一週間ほど前からはじまったと聞いたが」

「先週月曜日からです。今週中には、そこの残りの一棟を解体し、更地にする予定でした」

「現場の検証に数日必要だが、そのあいだ工事は中断だ。了承してくれ」

「しかたありませんね。それにしても、まさか白骨が出てくるなんて」

「敷地の図面はあるか」

山川は部下に命じて、建物と敷地内の通路が描かれた地図を谷村警部に手渡した。

「天下製薬というのか？」

「一年ほど前に潰《つぶ》れたと聞いてますが」

「潰れた？　で、そのあと荒れ放題というわけか」

谷村は塀の中を再びぐるりと見まわした視線を、ひろげた敷地の図面に落とした。

「白骨が見つかったところは……」

方向はこっちか、と図面をまわしながら、谷村は視線をあちらこちらに飛ばして、全体構造の把握に努力した。

「北側研究棟の空き地、塀に近いところになるかな」

「北は先週解体がすんでます。今週は南側を潰す予定でした。同時に北の跡地の整備に入った矢先です」

「白骨が見つかったのは、したがって建物の下ではなく、外ということでよいのだな」

「はい。そこらあたりまでが建物で、細い道一本を隔てて、木が植わっとりました。白骨が出たところも、すぐ横に、そうですな、高さ五メートルくらいの木がありました。何の木かは知りませんが、その木の根元ですから」

「掘り返す前には、何も気づかなかったか？」

「おい、どうだ？」

山川はショベルカーの作業員に問いかけたが、首が横に振られただけであった。

「解体の最中、何か変わったことはなかったか？」

まわりに集まっていた作業員は口をつぐんだままだ。

「たとえば、壊した棟の中から白骨が出てきた、とかですか？」

山川の冗談に、谷村はギョロリと険しい目で睨んだ。

「もちろん、そんなものに気づいたら、おたくたちに知らせてますよ。それに瓦礫はもう運び出してますから、ちょっと確かめようも……」

「警部。遺体、運び出しますが」

「おう、頼む」

現場主任と話しているうちに、写真が何枚も撮影され、白骨が担架に運び上げられた。

基本的に、バラバラだ。骨と骨をつないでいる筋肉や関節の組織は完全に腐敗分解されて、まさに土に帰していた。

骨は平たい担架の上に、可能な限り元の位置関係を保つように並べられたが、持ち運ばれるときのわずかな担架の歪みに、人体一体を構成する骨の相対的位置関係はまったく無視されることとなった。

「それにしても……」

白骨が掘り出された穴を覗き込みながら、谷村はつぶやいた。

「研究所員について、調べないといかんな。潰れた製薬会社の廃墟に残された白骨死体か……。いつ埋められたのか知らんが、相当前かもしれんな」

谷村の目に、腐食しきったベルトのバックルが浮かんでいた。

人のざわめきが起こった。目をやれば、残った南側の研究棟に入っていた捜査員が、ぞろぞろと出てきたところであった。何となく埃っぽそうな顔つきだ。

「警部。もぬけの殻です。なーんにも残ってません」

「相当長いあいだ、人が入った様子もありませんよ」

「電気、水道、すべて止められてます」

「けっこう薄気味悪いものですね、人もいない、何も残っていない。あるのは積もった埃だけ。まさに廃墟。壊せば、白骨のひとつやふたつ、出てくるかもしれませんよ」

今度は山川が谷村警部を睨んだ。おたくの刑事さんたちも、おんなじこと考えてるじやないの……とでも言いたげだ。

谷村は山川の視線を無視して平気な顔だ。

「白骨が隠れてそうな場所、あるのか？」

「よくはわかりませんが、大きな冷蔵庫のような、金属張りの扉の開かない部屋があったな。あれは三階だったかな」

同僚の肯定を確認して、刑事はつづけた。

「三階奥に、そんな部屋がありましたが。中を確認できなかったのは、そこだけです」

「山川さん」

谷村は現場主任に向き直った。

「建物の設計図というか、構造がわかるもの、何かないかね」

「会社に帰れば、何かあるはずです」

「これはお願いなのだが、調べてみてくれないかね」

「解体のときに、その部屋、見られたらどうです？」

「いや、万が一、それこそ白骨死体でも詰まっていたら、まわりの証拠まで潰してしまうかもしれんからな」

「ご冗談を」

「いや。こうして白骨死体が一体出てきたのだ。我々としては、慎重を期さねばならん。

製薬会社の、それも潰れた会社の研究所だろ。何をやっていたか、知れたものではない。解体前にその開かずの間を見ておいたほうがよかろう」

「はあ、そういうものですか。でも、すぐには出てこないかもしれませんよ」

「そのときは、おたくらの業務再開の前に、扉の錠を開けるまでのことだ。解体を依頼してきた相手の名前、教えてくれ」

山川は会社に帰って調べて連絡すると約束して、作業員一同に帰社を命じた。

中途半端に掘り返された天下製薬近畿支部研究所跡地に、谷村警部を筆頭に捜査員数名だけが残った。その日の夕刻、陽が落ちるまで、彼らは白骨死体の手がかりを求めて精力的に動いていたが、めぼしい成果はなかった。

周辺の住民たちは、二台だけいつまでもパトカーが残っているのをときどき興味深げに確かめるだけで、それぞれの生活に戻っていった。彼らの耳には、再び都会に溢れた低い音がよどんでいた。

02
閉ざされた研究室

都会の片隅の忘れ去られたような廃墟に見つかった一体の白骨……。

「ほぼ間違いなく男性の骨と考えられる」

Ｔ市警科学捜査班長下柳《しもやなぎ》敬《けい》太郎《たろう》が、翌日の捜査会議で白骨遺体の解剖所見を述べていた。

「骨の保存状態から、この人物は最初からあの場所に埋められていたとしてよかろう」

「先生。殺人ですか」

「まあ、自分で穴を掘って入るやつもいないだろうから」

「あるいは、死体遺棄」

「死因については、今後の解析をもう少し待ってくれ」

「先生。年齢はどうですか？」

「こいつは、特定は難しい。二十歳から六十歳くらいのあいだかな」

要するに、子どもじゃないということだな、とは刑事たち全員の感想だ。

「で、埋められた時期だが」

科学捜査班長はコホンと咳払いをひとつして、喉を掃除した。

「骨梁の保存具合から、二十年くらい前かと思う」

部屋がざわめいた。

「もちろん、埋められていた土の性質やその他の条件によって、骨に対する影響はさまざまだから、正確には判定不可能だ」

「何か身元の手がかりになるような物はありませんか」

「骨折、あるいは骨の病気に関しては、ノーだ。いたって健全な骨と考えてよいだろう。もちろん、薬物などによる毒殺の可能性も考えて、骨の中に遺残物質がないか、科学捜査班のほうで現在分析中だ。数日のうちに結果が出る」

谷村はうなずいた。

「先生、どうもお手数をおかけしました」

下柳は書類をまとめると、軽く頭を下げて、捜査会議室の隅に腰を下ろした。

「ところで、腕時計のほうについては、簡単だが報告書をもらっている」

谷村は話しながら手元の用紙を取り上げた。

「下柳先生がおっしゃった二十年くらい前の埋葬については、時計のほうも面白い結果が出ている。詳細はさらに調査中だが」

一同、体を硬くするのを見わたして、谷村はつづけた。

「今どき珍しい腕時計だった。自動巻きというやつだ」

　土を落とした腕時計の写真が谷村の手にあった。

「竜頭《りゅうず》はついていない。年配の刑事さんたちはご存じかもしれないが、私もよく知らない。電池なし。歩くとき腕を振るだろう。時計の中に円盤が入っていて、腕の振りで円盤がまわる。そのとき一緒にゼンマイが巻かれるという寸法だ。このタイプの時計が日本で流行ったのは、昭和四十年代らしい」

　壮年の刑事が口を挟んだ。

「私も中学の頃、買ってもらいましたよ。一時、流行でねえ。振ると、ビュンビュンと音がして、手に心地よい振動が伝わってくるもんで、歩きだけではすぐに止まっちゃうと思って、けっこう手につかんで振ってましたよ」

　今度は若い刑事だ。

「最近でもちょっとしたブームですよ。しかし、昭和四十年代というと、今から四十年あまり前ですよ。下柳先生は二十年とおっしゃいませんでしたか」

「こういうケースでは、それくらいの誤差が出て当たり前だ。幸いなことに、時計に固有の番号が刻んであった。メーカーに問い合わせてみたんだが」

　谷村が示した写真では、文字盤のほうは針が一本剥き出しだったが、裏は土を取り、錆を落とせば、何桁かのアルファベットと数字が並んでいた。一部は字が薄れている。

「製造は一九七五年から一九八二年のあいだだそうだ。白骨の人物はその当時、この時計を購入して、つけていたとしてよいだろう」

「でも、いつまでつけていたか、わからないじゃありませんか。愛用していたとなれば、どのくらい耐用年数があるのか知りませんが、最近まで持っていたとすると……」

「下柳先生の話では、骨の年代特定には一定の手がかりがあって、誤差はあるものの、あの骨はそう最近に埋められたものではないと確信できるそうだ。とすれば一九七五年以前ではなく、しかも耐用年数もメーカーに尋ねたところ、大事に使ってもせいぜい二十年くらいだろうということだった。まず、先生が言われたように今から二十年プラスマイナス十年くらいというところか」

谷村は自らを納得させるように首を振りながらつづけた。

「もうひとつ、先ほどから写真で気がついているだろうが、時計の文字盤のほう、日にちと曜日の文字があった」

時計の中心と三時の数字のあいだに、小さな窓があった。「28」という数字と「日」という文字が見える。「28」は黒、「日」はくすんでいるが、赤と思える。

「時計が止まった日時が、二十八日、日曜日ということだ。時刻まではわからない。長針はついていたが、短針は見つからなかった。文字盤のガラスもなかったから、埋める際にでも時計が破損した可能性が高い。同時に時計が止まれば、二十八日、日曜日に埋められたか、白骨の持ち主に何かが起こったとしてよいだろうが、一、二日動きつづけていたとすれば、期日は少しさかのぼらねばならない」

「ガラスもなく、針も見つからないとなれば、やはり壊れた時点で、時計が止まった。つまりこの人物に危害が及んだ期日を示している可能性が高いのではないでしょうか」

「そうだな」

「警部」

挙手とともに若い声があがった。

「でも、二十八日、日曜日なんて、一年に何度もあるでしょう？　年代を特定するなんて不可能じゃありませんか」

「ああ。不可能だ」

谷村は、さらっと流した。

「だが、先ほど二十年前プラスマイナス十年と言った。要するに一九九八年からさかのぼって一九七八年、まあ時計製造開始まで念のために戻れば」

「いったい何日あるんです？」

「案外少ないよ」

谷村はポケットから一枚のメモ用紙をカサカサと取り出した。ずらりと数字が並んでいる。

「二年で二十八日が日曜日であるのは、多くとも三回、一回の年もある」

「へえ～」

妙に感心したような声があちらこちらから洩れた。

「それにしても、カレンダー、よくありましたね、警部」

「若い君がそんなこと言ってちゃいけないな。ネットで調べてみろ。ネットには日にちと曜日の対応が調べられる万年暦のようなサイトもかなりある。おおいに助かった」

若い刑事は頭を掻いて引き下がった。

「一九七五年から一九九八年、ついでだ、二〇〇〇年までいこうか、このあいだに、たとえば一月二十八日が日曜日なのは、一九七九年と一九九〇年だ。必然的にその年の十月も二十八日は日曜日となる。閏年《うるうどし》一九九六年は一月、四月、七月の二十八日が日曜日」

「へえ～」

「三月二十八日が日曜日だと一九八二年、一九九三年、一九九九年で、必然的に三月と十一月が加わる」

「へえ～」

「閏年の一九八八年だけ二月と八月」

「へえ～」

このようなことを調べた経験があるはずもない一同は、感心しながら谷村を見つめている。

「三月二十八日が日曜なのは、一九七六年だけだ。この年は十一月二十八日も日曜日」

三月と十一月が日にちと曜日が合致する計算をただちにできた者は一人もいない。七進法はけっこう面倒だ。ややこしくて、そろそろ一同の頭が麻痺《まひ》しだしていた。

「四月二十八日が日曜日なのは一九八五年、一九九一年、一九九六年の三回。同時に七月二十八日も日曜となる」

数字が人々の脳からこぼれ出している。谷村がしつこくつづけた。

「五月二十八日、六月二十八日はそれぞれ四回。八月二十八日が日曜なら、ほかの月はない。一九七七年、一九八三年、一九九四年の三回だけ」

もう完全にこんがらがっている。警部は何を言いたいんだ、と趣旨を探る頭を巡らせる者が出はじめた。

「九月と十二月は曜日が一致する。一九七五年、一九八〇年、一九八六年、一九九七年、これで全部か？」

谷村の目がメモを這いまわった。

「おっと、一九八四年は閏年の関係で、二十八日が日曜なのは十月のみ」

捜査員たちの脳細胞は、もうどうでもいい、と諦めたため息をついていた。

「こうやって、あらためてカレンダーを見てみると、けっこう遊べるもんだな」

「警部。何をやっているんです!?」

険しい口調は年配の刑事たちだ。ジリジリしている。谷村が最後にさらっと流した。

「で、もちろんどの日か、特定は不能だ」

げーっと長いざわめきが捜査会議室の中に遊んで床に沈んだ。

時間の無駄、といく人かは険しい視線を谷村に向けた。この警部、ときとして超無駄話を好むところがある。

「だが、先ほど誰かが言ったように、この日が白骨の持ち主に何かが起こった、結果によっては殺害された日となる可能性が高い。一九七五年から二〇〇〇年までの失踪者の名簿を洗って、失踪日がこれらの年の二十八日に合致する者がいれば、ずいぶん調べる項目が絞られる。コンピュータなら一発だろう」

「しかし警部。殺人となると、時効が十五年ですよ。一九九三年まででよいのではないですか」

「殺人と決まったわけじゃない。仮に殺人だとして、研究所内に埋められていたのだ。研究者なんか、しょっちゅう外国に行くだろう。国外に出ておれば、そのぶん、時効期限が延びる。それに行方不明者ということもある。見つかったとなれば、家族もホッとするだろう」

「ならばどのあたりまで……」

「下柳先生は二十年とおっしゃった。誤差もある。コンピュータで調べるんだ。労を惜しむんじゃない。いいから一九七五年まで調べるんだ」

ふと気づいたように、一人の刑事が手を上げた。自分の腕時計を見ている。

「警部。腕時計の二十八日、日曜日、それちゃんと合っていたんですかね」

「どういうことだね」

「いや、私、しょっちゅう、日にち合わすの忘れるんです。日にち、三十一日まであるでしょ。三十一日がない月の次の月、一日なのに、まだ三十一日になっていたりして。毎年三月のはじめなんか、まだ三十日、三十一日になってて、勘が狂っちゃう」

「いい加減なやつだな。それにしても、二十八日といえば月末だ。そんなにいつまでも、日にちがずれたままで行くか？」

「まあ、そうですかね」

「君のようなずぼらな人間もいるだろうから、君の言うことも一理ある。まずは時計の持ち主がきちんと日にちを合わせていたとして、調べてみようや」

刑事は頭を掻いて引き下がった。

「あの研究所、いつ建てられたのです？」

肝心の質問を忘れていたんじゃないか、と別の若い刑事が得意げにこれまでの検討の欠陥をついた。谷村はよく気がついたなと言わんばかりに、刑事を指さすと、涼しい顔で答えた。

「例の解体会社から返事が来ている。研究所の間取り図は、彼らのところにはない。またあの研究所ができたのは一九六五年だ。相当に年季が入っている。で、自動巻き腕時計の販売時期から考えて、一九七五年まででよろしい、ということだ」

「では、この際です。念のために一九七五年から昨日まで、二十八日からさかのぼって、自動巻き腕時計が動きうる三日でいいですか、そこをあたります」

「コンピュータで調べるんだ。たいして手間はかからん。どうせ調べるんなら、一週間さかのぼってくれ」

「わかりました。ということは、二十二日から二十八日でいいですか」

谷村はうなずきながら、次の話題に移った。

「土地を買い取った不動産会社の許可は取ってある。研究所の捜査をただちに行ってもらいたい。最大、今週いっぱいが先方が譲歩してきた期限だ。捜査が終わりしだい、解体工事と土地整備を再開したいと言ってきている。研究所の捜査は、例の三階の開かずの間だけだ。さほど時間は必要ない。鍵がないから、ぶち破る用意はしていくほうがよかろう」

捜査員が立ち上がった。

「何しろ、肺癌の特効薬でとんでもない副作用を隠蔽《いんぺい》して販売した製薬会社だ」

谷村は天下製薬について調べたようだ。

「どんなことをやっていたか知れたもんじゃない。鬼が出るか、蛇が出るか」


二時間後、T市警捜査員が数名、天下製薬旧研究所南棟三階に集まった。通路を歩くたびに埃が舞い上がり、何となく鼻のあたりにはかび臭いにおいがまとわりついたままだ。

息をするたびに肺の中まで、長いあいだよどんでいた不気味な空気が流入してきて、気がつけば呼吸が小さくなっていた。

この研究所に入る前に、今日は建物の外をぐるりとひとまわりして、外壁を確認している。開かずの間となっている研究室が配置されていると思われるあたりは、まったく窓がなく、さらに妙な機密性を高めていた。

「錠をはずせ」

左右二枚の金属扉の中央にかけられている錠は、どこにでも見られるU字形のもので、裏側の鍵穴を探れば、カチリと音がして、簡単に解放された。

二人の刑事が扉にそれぞれ手をかけ、顔を見合わせ、うなずき合って、ウンと力を入れると、重い音がして、鉄扉が溝を横に滑りはじめた。

一年近く開かれていないせいか、重い音がさらに重くなった。ゆっくりとした動きがさらにのろくなった。それでも徐々に中が見えてきた。

谷村が正面に立って、中を覗き込んだ。

「何だぁ。また扉がある」

いま開かれた鉄扉からほとんど距離を置かず、再び鉄扉があった。こちらのほうは両開きの扉という簡単な構造ではないようで、映画などでよく見る電子錠らしきものが目の前にあった。

「何だ、これは？　暗証番号でもいるのか？」

「警部。電気が切られています。動きませんよ、これ」

谷村は目の前にある扉の全面を、首をまわして眺めてみた。突然ＳＦ映画の世界に入ったような錯覚に襲われている。まさに壁一面、銀色に光っていて、どこが開くのか、一見よくわからない金属面が眼前にひろがっていた。光るといっても、くすんだ、鈍い光り方だ。人の手が触れていない時間を感じさせた。

背後では間違いなく刑事たちの唸り声がつづいている。

「これは、ここ何年かのうちに造られたものだな。ほかの場所とはまったく造りが違う」

「そうですね。こいつは……。まさか映画のように」

他の刑事たちも、何やらとんでもないエイリアンか遺伝子変異した怪物でも出てきそうな、引きつった顔をしている。

「どうするか……」

「どうします、警部……」

「まさか、妙な怪物が隠れているというわけでもあるまいが、それにしても、何やらよほどの研究でもしていたのかな……」

「窓もありませんでしたよね。外に出るとヤバイものでも」

「うん。俺もそのことを考えていた。危ないかもしれんな」

「今朝の警部の話では、天下製薬、とんでもない研究を行っていたようですが」

「肺癌の特効薬、サラバストンだったかな、そいつは恐ろしい副作用を持つ薬だったということだが、こんなに密閉された研究室、薬と関係があるのか？」

谷村は壁に手のひらを当てた。思った以上に冷たい。そのまま凍りついて、金属壁に貼りついてしまいそうだ。手のひら全体に痛みがひろがった気がして、谷村は手を離した。

「どうします？　開けますか」

「電子錠だぞ。そう簡単にはいかんだろう。電気を流し、暗証番号を入れないといけないんじゃないか」

「いいや。どうせ解体するんでしょ。ぶち破ればいい」

若い刑事が電子錠を拳で叩いた。

「それもそうだな。まさか、妙な細菌などが残されていることもあるまい」

谷村はふと口を閉ざした。自分の言葉にたじろいだのだ。

これほどまでに厳重に隔離された場所、と谷村は勝手に考えているが、妙な細菌が万が一にも保管されていたら……。

「あの解体業者に頼みますか？」

部下の声が遠くに聞こえた。谷村には、壁の向こうで、悪魔が蠢いているような気になった。扉をぶち破ったとたんに何かが飛び出してきて、あっという間にその場にいる者を死のヴェールで覆ってしまいそうな幻覚に襲われた。

「い、いや。念のため、うちのほうでやろう。そうは言ったものの、まさかということもある。一応の対策を取ったうえで、きちんとやるか。下柳先生に頼もう」

谷村は引き揚げを命じた。エイリアンに食われてはたまらない……。

「まったく、白骨といい、このわけのわからない研究所といい、迷惑千万なことだ。いったいこの天下製薬というところ、どこまで人の手を煩《わずら》わせれば気がすむんだ」

署に帰った谷村は、その足で科学捜査班に向かい、研究所の様相を説明した。

「エイリアンはともかく、病原性の強い細菌とかウイルスが保管されている可能性は、いまの警部の話では否定できないな」

　下柳科学捜査班長が厳しい表情を崩さずに言った。

「先生。場合によっては、閉鎖時、研究所で働いていた天下製薬の研究員を洗い出して、事情を訊かないといけないかもしれませんね」

「白骨が埋められていたんだ。殺人《コロシ》だとすれば、たとえ時効でも、事情は訊く必要があるんじゃないかね」

「あまり気合が入りませんがね。白骨がある以上、いなくなった人間が一人いるはずで、家族もいるでしょう。白骨の身元割り出しに、失踪者を洗っているはずです」

　コンピュータを駆使して、全国失踪者リストから、白骨死体の候補者三名が割り出されたのは、その日の午後であった。

　谷村警部は夕刻、報告用紙をヒラヒラさせながら、担当の捜査から戻ってきた何名かの刑事たちに声をかけた。

「天下製薬研究所跡から出た白骨死体の候補者が割り出された」

　谷村のデスクのまわりに刑事たちが集まってきた。

「どれも男性だ。日にちを絞ったおかげで、三名のみだ」

「警部。もっと広い範囲で検索かけなくてよかったですかね」

谷村は声のしたほうをジロリと睨んだ。

「とりあえず三名、調べてからだ。空振りなら、追加調査を頼めばいい」

谷村の目が報告書に落ちた。

「まずは、北沢忠男《きたざわただお》。一九八八年二月二十八日失踪。失踪時年齢四十五。お隣のI市在住。職業は会社員」

何人かはメモを取っている。残りは、携帯電話に文字を打ち込んでいる。ぺぺポピプといささか耳障りだ。音をサイレントモードにしろ、と谷村は睨んだ。

「次。鈴木万作《すずきまんさく》。一九九二年六月二十八日失踪。失踪時年齢五十八。こちらはF県在住。えらく遠いな。職業は歯科医師」

「歯医者ですか……。それにしても、F県では遠すぎる。無関係じゃないでしょうかね」

「そうとは限らん。先入観はいかんぞ。歯科医ならば、たとえば学会か何かでこちらに出てきて、災禍に見舞われた可能性もある。もちろんF県内でどうにかなって、こちらに運ばれたことだって考えられる。以前にもお隣のN県で同様の殺人事件があった」

遠く九州で殺害した被害者を車で運び、N県山中に埋めた事件が思い出された。

「三人目は、こちらも医師か……。管轄内だ。T市民病院外科医とある。名前は杉山満彦《すぎやまみつひこ》。失踪は一九八九年五月二十八日。年齢は当時三十。医師と製薬会社研究所。何かにおうな」

「警部。先入観はいけません」

谷村は声のしたほうを睨んだ。

谷村のこうした仕草には刑事たちは慣れっこになっている。先入観はいけませんと反撃した刑事も平然とした顔つきだ。

「医師ならば、時計はきっちりと合わせているんじゃないか。二十八日、日曜日」

谷村は少し鼻を動かした。

「失踪当時の住所はわかっている。家族か血縁関係の者がいるかもしれん。明日、この三名について、当たってみてくれ」

「白骨の死因、まだつかめませんか？」

「まだのようだな」

「殺人なら、どれも時効ですねえ」

「何度同じことを言わせるんだ。時効かどうか、そいつはわからん。殺人犯がいたとして、国外に出た時間があるかもしれないじゃないか。とにかく、労を惜しむな。佐藤《さとう》、宮下《みやした》。おまえら二人で、明日、北沢忠男と杉山満彦の二人を調べ上げて来い。鈴木万作については、F県警に照会する。すべては三名の失踪当時の様子がわかってからだ」

解散しかけた一同に谷村の声が降りかかった。

「そうだ。忘れていた。天下製薬だが、誰か、この研究所の所員名簿、手に入れてくれ。できれば、研究所開設から閉鎖まで、すべてだ」

03 風吹きすさぶ

埼玉署殺人課にT市警から連絡が入ったのは、翌日の朝一番であった。谷村警部から天下製薬研究所員名簿を手に入れろと指示を受けた蒲田正太《かまたしょうた》刑事が、過去の事件記録に検索をかけたところ、ただちに担当署、担当部署、さらに担当者たちの名前が得られたのである。

昨晩のうちに「特効薬」事件の全貌を、事件記録の中から手に入れた谷村警部たちは、世が更けるまで報告書を読みふけった。

陽が昇るか昇らないかのうちに、蒲田の携帯に谷村から指示が入った。夜明け前の最後の熟睡を楽しんでいた蒲田は、枕もとの携帯がたてる華々しい音を、研究所が突如崩れ落ちるように感じて目を開けたのだ。

「埼玉署に連絡を取れ」

朝一番の大阪T市警からの電話を、先方ではのんびりとした声で受けた。蒲田刑事の説明がまずかったのか、埼玉署ではしばらくとんちんかんな応答を繰り返して、自らも目の前のコンピュータに「特効薬」天下製薬事件記録を表示してようやく、T市警刑事の要求を理解しだしていた。

「ええ、たしかに、うちの事件《ヤマ》ですけど」

「こちらT市内にある、その天下製薬の旧研究所で白骨死体がひとつ上がりましてね。で、研究所関係者の名前を知りたいんですよ」

「それが、うちの事件と何か関係あるんですか？」

「だから……」

　蒲田の頭が熱くなった。

「そちらの管轄の天下製薬研究所では、薬剤研究に関して相当の隠蔽工作が行われていたようで、何らかの関係がこちらの研究所の白骨死体にあるかもしれないと」

「ですが、当時の事件では、近畿支部研究所のことなど、まったく記録にありませんよ」

「研究所の捜査もあったかと思いますが、所員名簿などは」

「ありません」

「何、ない！」

「ええ。創薬研究所の何名かの名前は、事件記録にも上がっていますし、それはそちらでも電子データで見られたとおりです。ですが、そのほかには」

「記録に載っていないことで、何かありませんかね。記録を残された担当刑事さんは」

「担当刑事ですか」

「記録者は岩谷《いわたに》、何と読むのかな？　乱れるに風」

「ああ、岩谷刑事、乱風《らんぷう》ですよ」

「らんぷう……？」

蒲田刑事は電話の相手と話していても埒《らち》があかないと思ったのか、声を送話器に突っ込んだ。

「その乱風刑事さんとお話しできませんかね」

「ええっと、そろそろ帰ってくる頃だが……」

電話の向こうでは、蒲田には意味不明のことをつぶやいている。人を呼ぶ声が蒲田の鼓膜を叩いた。

「ああ、服部《はっとり》さん。岩谷、今日あたり、帰ってきますかね」

何やらやり取りがあったようだ。突然、声が受話器に戻った。

「岩谷刑事、今日いっぱい休暇です。明日から」

どこからだ、と別のしわがれた声が蒲田に聞こえた。T市警……近くじゃないか……と声が近づいてきた。突然、相手側の声が変わった。

「お待たせしました。服部といいます。何か岩谷のことでお訊きになりたいとか」

蒲田はうんざりしながら、極力言葉数少なく説明を繰り返した。

「なるほど」

服部刑事がうなずいた。

「『特効薬』事件については、私も岩谷刑事と組んで、捜査に当たりました。ですが、天下製薬の研究所員名簿というか、社員名簿もこちらにはありませんよ。関係者のみ、記録に残っているだけです」

それに、と服部はつづけた。

「天下製薬に、近畿支部研究所があるなんて知りませんでした。何しろ事件の関係者は全員、こちらの人間ばかりでしたから」

服部の声を遠くに聞きながら、蒲田は名簿をどのようにして手に入れたらよいのか悩みはじめていた。

「お役に立てるかどうかわかりませんが、先ほどお尋ねの岩谷刑事」

蒲田の電話を握る手に力が入った。

「今日まで休暇をいただいておりますが、T市なら、彼はまだすぐ近くにいるんじゃないかな」

「え？」

「つい先日まで、お隣のO市にある安永《やすなが》記念病院、さらに国立O大学の教授選を巻き込んだ事件《ヤマ》がありましてね」

蒲田刑事は名簿のことで頭がいっぱいだ。電話を切りたいのに、服部の声がつづいて、苛立っている。

服部は服部で、事件解決後に、乱風が特別休暇をもらって、恋人の倉石祥子《くらいししようこ》医師とともに過ごしているのを思い浮かべた。顔が崩れている。

「休暇は今日いっぱいだから、たぶんまだそちらでぐずぐずしてますよ」

二人のべたべたした姿を思い浮かべて、服部はニヤついた。

「そうだ。ちょうどいい。岩谷にそちらに連絡するように言いましょうか」

「あ。いいえ。けっこうです。お休みのところをお邪魔しては申しわけないですから」

蒲田にしてみれば、名簿の手がかりがないとなれば、事件の担当刑事にも用がない。

「どうも、お手数をおかけしました」

あ、ちょっと、という服部の声が、蒲田が受話器を置くまでの短い距離に音を残して消えた。

上空をジェット機が横切った。プラットフォームの屋根の隙間に、わずかな時間、機体が影を滑らせた。

新大阪駅、東京方面二十六番線に、おおぜいの乗客の注目を引くカップルがいた。

まずは、誰一人文句のつけようもないであろう形状の目鼻口の相対的位置関係を理想的な輪郭で囲んだ女性の顔を見て、男女を問わず目が大きく見開かれ、次に男性の目は悦びの光を溢れさせ、女性の目は称賛と嫉妬と虚栄と比較の色を漲《みなぎ》らせた。

首から下の体形もまた申し分なく、たっぷりと量感のある両胸のふくらみは男たちの目を楽しませ、いささかのよろしくない感情をこめた視線を下方に撫で下ろすと、ミニスカートから飛び出した見事な両脚につながる。

その女性と手をつなぎ、少し身をかがめるように女性を覗き込んでいる背高のっぽもまた、彼の妙な格好への興味も加わって、当然、人々の強い関心を惹《ひ》いていた。

男の耳には、小指の頭ほどもありそうなキラキラしたピアスが光っている。これが正真正銘DカラーのＩＦという、最高級クラスに属するダイヤモンドであることに気づいた人はいるはずもない。

男性の髪は事件解決後また茶色に染めたというわけで、並んで立っている女性の漆黒の頭髪とは対照的だ。ダイヤのカットが弾き出す七色七変化の細かい光が、頬を自由自在に彩っている。ときには女性の肌から瞳にまで色が飛び散り遊んだ。

こちらのいかれたなりの男は、とてもこの超美女には相応《ふさわ》しくない。世の中、何か狂っている……。人々の単純率直な感想は二人の知るところではない。

不釣り合いな両人がときどき言葉をかけ合う以外は、見つめ合ったまま手を離さないので、周囲の好奇心嫉妬はますます高まるばかり……。世の中、不公平……。

のぞみがホームに滑り込んできた。チラチラと二人への関心を引きずりながら、乗客たちの列が流れ出した。

ステップを踏んで列車の中に入ってしまうと、どの客も自分のことで精いっぱいだ。異色の組み合わせカップルは速やかに頭から消えていた。

乗客の列はあと一人……ようやく二人の手が離れた。男性のほうが歩きだした。と、かがんだ男の唇が超美女の唇に重なり、一秒二秒……離れた。濃密なキスを目撃した乗客と駅員は、得したと思ったか、歯軋《はぎし》りをしたか、苦笑いを浮かべたか……。

乗車口に足をかけたとき、軽やかなメロディが駅のざわめきを割った。男は携帯を耳に当てながら、ギラギラのハートマークを視線の先に送り、車内に姿を消した。

プラットホームに発車を知らせるベルが鳴りだした。豊かな胸を揺らしながら、女性が上半身をかがめて窓の中を覗き込んでいる。アナウンスとベルの音がやたらにうるさい。

「え？」

女性の体が伸びた。男が慌てて乗車口から飛び出してきた。携帯は耳に当てたままだ。ベルが鳴り終わった。「発車します」の放送がホームを横に走った。

「ど、どうしたの、乱風」

乱風と呼ばれた背高のっぽは目を輝かせながら、女性の手を取った。後ろで列車のドアが音をたてて閉まった。

「緊急出動だ、祥子。もう一泊させてくれ」

祥子が運転する愛車の助手席で、乱風は祥子にも理解できるように言葉をつなぎながら、服部刑事と連絡を取っていた。

目の前で白に青線鮮やかなのぞみの車体がしだいに速度を上げながらすぎていくのを横目に、乱風はいったん携帯を切ると、祥子の手を取った。

「服部さんから連絡だ。例の天下製薬の研究所がこの近くにあって、そこで何やらきな臭いことが起こっているようなんだ。祥子はこれから大学病院だろ。研究所の所在地は病院に帰る途中のようだから、送ってくれよ」

乱風はうれしそうに片目をつぶり、服部から聞いたT市内にある研究所の場所を告げた。

「そんなところに天下製薬の研究所が？」

まだ天下製薬の事件が尾を引いているような情勢に、祥子は驚いている。

「場所、わかる？」

「ええ。だいたいは。そんなに遠くないわ。大学への道からは、ちょっと西に逸《そ》れちゃうけど」

「詳しいことは途中、服部さんにもう一度連絡して訊いてみる」

というわけで、二人は駐車場に停めてあった祥子の車に、再び乗り込んだのであった。

快調に後方に流れる景色に目をやりながら、乱風の口は服部としゃべっている。

「白骨死体が一体。死亡原因は検査中。で、服部さんがT市警に問い合わせたところでは、今日、研究所の詳しい捜索をするらしいんですね。行って協力しろと」

祥子が前を見据えながら、声だけ出した。

「でも、乱風。休暇は今日までlでしょ。帰らなくていいの?」

祥子の声が電話を通して、服部にも聞こえたらしい。うんうんと乱風がうなずいた。

「服部さんが署長にかけ合ってくれたらしい。え、何ですって? 研究所は二棟あって、一棟はすでに解体されたが、残ったほうの三階に、比較的新しい頑丈な部屋があるんですか?」

服部の説明を乱風がなぞった。

「そこだけ電子錠……。科学捜査班の協力を得て、ということは、何か危険なものでも」

祥子の顔まで緊張した表情になった。混雑する道路を小気味よくすり抜けて走るためだけではないようだ。

これで渋滞にでもつかまろうものなら、祥子はたちまち頭に血がのぼる。他人のせいで、自分の貴重な人生の一部分を浪費させられたような気になるのだ。歩く人間より遅いときなど、道路管理部署を調べて損害賠償請求でもしてやろうと意気込むのだが、実行したことはない。怒り力んでいるうちに、渋滞から抜けるということになる。

「鬼が出るか、蛇が出るかって、天下製薬、そんなところで何をやってたんでしょうね?」

乱風の質問に、服部は何も答えなかったようだ。

「閉ざされた研究室か……。ふん、面白い」

また連絡します、と乱風は携帯を閉じた。折しも祥子がハンドルを左に切り、シートベルトに支えられた乱風の上半身が大きく右に傾いて、祥子に触れた。

「いささか乱暴な運転だな、祥子は。気をつけてよ」

「わかってる。でも、早く行かないと、その謎の研究室……」

祥子の目が煌《きらめ》いている。両側を途切れとぎれの樹林が景色をつないで、後方に流れていった。

「研究室襲撃作戦、終わっちゃうかもよ」

「あのね、祥子。何か危険な微生物でも保管されているかもしれないんだよ」

「かといって、放っておくこともできないでしょう」

「そりゃそうだが……。T市警の科学捜査班のことだ。日本の警察の中でもピカ一の実力を持っている。万全の対策を練って、臨んでいるに違いないよ」

「もうすぐそこよ」

古ぼけた低層マンション群が先方に見えてきた。人間の背丈以上はある汚れた塀が連なっている。

「これかしら？」

祥子は車の速度を落とした。バックミラーを覗いても、後続の車はない。対向車もなかった。車は門と思われる構造物の前に停まった。ピタリと閉じられていて、中の気配が伝わってこない。

窓を開けて顔を出し、外を窺っていた乱風が、ドアに手をかけると長い脚を踏み出した。

「門は開いてるよ。それに……」

乱風は門柱に近づいた。顔を上下させて何かを見ていたが、今しも運転席から出てきた祥子のほうを振り返った。

「ここのようだ。天下製薬近畿支部研究所と書いてある」

乱風は祥子に口づけると、一人鉄の重い門を開いた。

「気をつけてね、乱風。じゃあ、また夜に。連絡ちょうだい」

祥子には大学病院での入院患者回診が待っている。

狭い道を何回かハンドルを切り返して、また車をすっ飛ばして去っていった祥子を見送りながら、乱風は首を振った。

「やれやれ。事故だけは起こしませんように。あれじゃ、交通警官に文句たらたらなのも納得いくわ」


赤い車体が見えなくなると、乱風は門内に視線を移した。

敷地内はアスファルトが半分ほど掘り返され、轍《わだち》が土の上に乱雑な模様を描いていた。遠く、古びた五階建ての研究所らしき四角い建物の前に、二台のパトカーが秩序を無視した格好で停まっている。さらに奥のほうに、いかめしい車体を誇るかのように、装甲車のような真っ黒の大型車が地に張りついていた。

人影はなかった。

「捜査員たちは建物の中か?」

乱風は門の内側に長い軀体《くたい》を入れて、後ろ手に門を閉じた。

周囲をぐるりと見まわすと、すでに掘り返された敷地の一角に、もうひとつの研究棟があったらしいことがわかる。小さな花束がひとつ置かれた片隅は、間違いなく一体の白骨死体が発見された場所と認識できた。

「それにしても、誰か見張りぐらい立てておけよな」

乱風はそろそろと花束に近づいていった。

「まわりのマンションの住人からは、いくらかは中が見えるな」

太陽を背景に、研究所跡の東側に立つ低いマンションが、かえってみすぼらしく見える。

花束に小さく頭を垂れて、乱風は南側の研究棟を見上げた。いくつか見える窓に人影はない。

建物に近づき、パトカーを覗き込んでも、誰も咎《とが》める者はいなかった。この場にやってきたT市警関係者は全員建物の中に入っているようだ。

埃まみれの入り口の扉を押すと、中に人の声が響いている。階段を探しながら奥に進むあいだに、いくつかのドアを開けてみた。

「どれも、もぬけの殻ね」

埃で汚れた手をパンパンとはたきながら、乱風は階段を見つけた。すでにいく人もの足跡が床に積もった埃を乱していた。

ジージジジ……。

いかにも金属の扉をバーナーで焼いていますよ、といわんばかりの音が階段を下りてくる。乱風は歩幅を大きくして、長い脚で階段を弾くように駆け上がった。

息乱れることなく三階床に飛び上がると、刑事が一人、気配に振り返った。

「な、何だ、君は!?」

乱風の視線が宇宙飛行士然とした刑事を見下ろした。遮光《しゃこう》マスクをして、火花の中にいた者以外全員が動いた。見わたすところ十名は下らない男たちが、頑丈な防護服に身を包んで、窮屈そうに、むしろ体は動かず、首だけが捻《ね》じ曲げられたという表現が当てはまるような、不格好な動きを示した。

この場に乱風だけが、間抜けた裸体を曝《さら》しているような光景だ。

「君。無断で入ってきちゃ困る。ここは危険だ」

「のようですね」

「どこから入ってきたんだ」

「入り口からです」

「誰に断って入ったんだ」

「断るも何も、誰もいなかったじゃないですか」

問答のうちに、何人かが乱風のまわりに、重そうな体を運んできた。宇宙服のようでありながら、口元につけたフィルター付きのマスクを通して、よく声が聞こえる。

「出て行きたまえ。ここは関係者以外立入禁止だ」

「いま開けようとしているのが、ひとつだけ密封された部屋というわけですね」

「な、何だと！　どうしてそんなことを知っているんだ？」

　宇宙服が一人前に出てきた。背後では、相変わらずジジジがつづいている。

「申し遅れました。埼玉署の岩谷と言います。今朝、上司から指令を受けまして、こちらに合流しろと」

「何だとぅ……」

　宇宙服の中で顔色を変えた刑事がいた。蒲田である。

「岩谷って、埼玉署の？　何であんたが」

　宇宙服の首が窮屈そうに可動域いっぱいを動いたが、中にある目玉のほうが、乱風の弾けた様相にまん丸になっている。

「ああ、あなたが今朝一番で、署のほうに電話してきた方ですね。そのとき電話に出た服部さんから僕に連絡が来たのです。天下製薬の研究所で白骨死体が見つかり、さらに研究所のほうも何かきな臭いと」

　たしかにバーナーで金属が焼ける、きな臭いにおいが立ち込めている。宇宙服の中ではにおわないかもしれない。

　蒲田刑事はあからさまに乱風に嫌悪感を示した。

「別にあんたの手を借りるつもりはないんだ。それに、ここは危険だ。出て行ってくれ」

　乱風は二人の肩越しに、バーナーの火花を見た。

「でも、もうすぐ開くんじゃないんですか。何か中に伝染性のウイルスでも保管されていたら危険ですけど、そういった微生物は培養中ならともかく、凍結保存されてますよ。冷凍庫なら、電気が切れて久しいでしょうから、中のものはすべて解凍しちゃってるでしょう。直接手をつけなければ、そう危険とは思えない。液体窒素内で固まっているとしても、液体窒素はすでにまったくなくなっているでしょうから、そいつも融けている。保管庫を開かなきゃいい。そもそも、ウイルスは単独では生きてはおれないんですし」

「何をゴチャゴチャ言ってるんだ。早く出て行くんだ」

「まあ、待ちたまえ」

ひとつ別の宇宙服が前に出てきた。バーナーの音がやんだ。

「開きました」

宇宙服が振り返った。

「内部の汚染度を調べてくれ」

何人かが扉の切り口を隠すように集まった。微生物の個数を計測できる機器のノズルが扉の中に突っ込まれたようだ。しばらくの静寂があった。

「大丈夫です」

どっとどよめきがあがった。

「先生、脱いでいいですか」

訊くまでもなく、目の前の男が宇宙服の首から上をはずした。柔和な壮年の男の顔が出てきた。まわりも次々と顔を現した。

「ありがたい。僕も妙な微生物感染を免れたというわけですね。まあ、この部屋全体が冷凍庫にでもなっていない限り大丈夫だとは思ってましたが」

乱風はピアスを煌かせながら、一同を見渡した。

「君が岩谷刑事か。私はT市警で科学捜査班長を務めている下柳だ。たしか君は医者でもあったな」

また一同がどよめいた。乱風の小さなうなずきに、ピアスが七色の煌きを放った。蒲田刑事の顔が、間違いなく嫌悪感に満ちている。

「先ほどの君の話を聞いて、もしやと思ったのだ。昨晩、そこにいる……」

下柳は谷村警部を指さして言った。

「谷村君から『特効薬』事件の報告書をもらって読んだ。失礼ながら、記録者、つまり君だね、君の履歴を調べさせたもらった。あの報告書、とてもじゃないが医学の素人じゃ書けない表現が随所に見られた。それもそのはずだ。君はT大医学部を出ているんだってね」

三たびどよめきがあがった。下柳の後ろから声がかかった。

「先生。開けますよ」

下柳の「やってくれ」の返事に、宇宙服を脱いだ二人が扉に手をかけ、うんと左右に引いた。鈍い音を響かせて、徐々に扉が開いていった。電子錠で開く扉も、手動となればいかにも重たい。

窓がないから、いま開いた扉のところから入る光だけで薄暗いうえに、入り口を塞ぐように皆が立っているものだから、さらに中が見えない。

「照明」

頭越しに光が入った。

先頭の谷村警部の低い声が、後ろの乱風にも届いた。

「な、何だ、これは……？」

04
白骨迷宮

最高級の装備と警戒をして、密封された研究室を開いたわりには、拍子抜けの内部であった。下柳や谷村、さらには関係者らが中に入っても充分にスペースが残っているような、がらんとした大部屋の空間がひろがっていた。

左右両面の壁に貼りつくように、細胞を扱う安全キャビネットやクリーンベンチ（細胞組織処理台）と、インキュベータ（細胞培養器）が交互に並んでいる。もちろん最近使われた様子はなく、血の通わない無機質な機材置き場といった感じだ。かつては何人もの研究者が活きいきと働いていたに違いない研究室も、廃屋となれば不気味なだけである。

「何だ、人騒がせな。時間と経費の無駄遣いだな、これは」

「報告書が思いやられる」

「まだ奥に部屋がありますよ」

誰かが正面に当たった光の中に、扉を見つけた。

建物の大きさから推定すれば、いまいる研究室跡と同じくらいの広さの部屋がありそうだ。こちらの扉にも電子錠がついていた。

「よほど厳重な警戒のもとに、細胞の研究でもやっていたんでしょうね」

乱風の声が部屋に流れた。誰かが咎めようとした気配を遮《さえぎ》るように、乱風の声がつづいた。

「それにしても、感染とか、ヤバイもの、それほど関係がないようですね」

「どうしてそんなことがわかるんだ」

険しい声は蒲田刑事だ。

「まあ、そのようだな」

穏やかな声は下柳科学捜査班長。

「たしかに細胞を扱っていた様子は、このクリーンベンチやらインキュベータで明らかだが、部屋の造りがいかにも安っぽい。伝染性の微生物を扱う危険な部屋ではなかったようだ。電子錠の意味はほかにありそうだな」

下柳は乱風のほうを向いて、同意を求めた。

「そうだな、岩谷さん」

乱風はうなずいた。

「ええ。これじゃP2レヴェルの基準も満たしていない。危ないものじゃないようです。一応、インキュベータの中、見てみますか。そちらの奥の部屋を覗く前に」

乱風は立ち並ぶ捜査員たちの間を縫って進み、インキュベータのひとつに手をかけた。フックをはずして扉を開くとき、捜査員たちの足が何かを恐れるように、自然と一歩後ろに下がった。一メートル四方の大きさの扉が開くと、中にはもう一枚、プラスチック製の薄い扉がある。

乱風は「明かり、お願いします」と言いながら、プラスチックの扉越しに中を覗き込んだ。

透過した照明の光に、インキュベータ内に積み上げられ、並べられたシャーレの山が浮かび上がった。キョロキョロと乱風の目が忙しく動きまわっている。

「カラカラだ」

乱風は後ろを向いて言った。

「すみませんが、どなたか手袋を」

「ああ、いい。私が見てみよう」

下柳が横から手袋をつけた手を伸ばし、プラスチック扉を開いて、シャーレを一枚取り出した。どこにでもある直径十センチのプラスチックシャーレで、標準的な培養器具であった。底に薄いピンクのかすがこびりついている。

「細胞でも培養していたんでしょうね」

「あとで回収しよう」

下柳はシャーレを中に戻して扉を閉めた。そのあと、残ったインキュベータのいくつかを確かめても、いずれもよく似たシャーレが残されているだけで、すべてが乾ききっていた。

「さあて、そちらの電子錠、また開けてもらえるかな」

今度は作業服のまま、先ほどのバーナーを持ち込んだ捜査員が一人、噴き出した炎を電子錠に当てた。火の粉が飛び散った。

照明より明るい火花が、部屋の中に激しく飛び散っている。捜査員たちの顔が光に揺れ、さまざまな形の影が天井を壁を這いまわって、乱れたまわり灯籠のようだ。

「念のために、微生物チェックだ」

バーナーの火が消えたあと、ノズルが差し込まれた。しばらくして、声があがった。

「大丈夫です」

「よし。開けろ」

ガラガラと重たい音。何とも表現のしようのない、経験のない妙なにおいがよどんで、顔を近づけた者たちの鼻腔に流れ込んだ。甘いとも酸いとも、脳髄に直線的に沁《し》みるにおいに、捜査員たちは軽い眩暈《めまい》を覚えた。

真っ暗だ。開いた隙間を照明の拡散光が貫いた。

「わわ……」

最初に覗き込んだ谷村警部の体が固まった。

床に白骨が散らばっていた。射し込む照明の光に大小さまざまの骨と思しき白い塊が、ほとんど足の踏み場もないほどにひろがっている。

これらの骨が人骨、人間由来と考えられるのは、誰もが見慣れた人間の髑髏、頭蓋骨がいくつも中に混じってゴロゴロと転がっていたからだ。

眩暈でも感じたのか、白骨の群れに誘われるように谷村警部が不用意に足を踏み出した。足もとで、ジャリと、思わず「しくじった」と谷村の視線を下げさせるような音がした。もちろん谷村の足底に細かい粉砕骨の感触が伝わっていた。

「しまった……」

上げた足元に細かい骨の破片が見えた。

「押すな」

誰も谷村を押したわけでもないのに、谷村は後ろを向いて言った。バツが悪そうな顔つきだ。誰かの遺骨を踏み潰してしまった……ばちあたりな……。

横から覗き込んだ下柳もまた、息を呑んでいる。乱風の寝ぼけた声がした。

「白骨かあ……」

頭ひとつ背が高い乱風のピアスが谷村の薄い髪を撫でた。

「こりゃ、すごい……」

「人骨だな。それも、子ども……いや、新生児くらいか。もっと小さいのもある」

下柳の声に乱風はうなずいた。かがんで、谷村警部が踏み潰した周辺の骨を手に取って見ている。

「手の骨のようですね」

細長い五センチほどの骨が、立ち上がった乱風の指のあいだにあった。

「どれ」

下柳の手が伸びて、骨をつまんだ。

「どこの骨だ」

「人間のもので間違いないでしょうかね」

下柳は目の前に骨を掲げて、じっと見たあと、ゆっくりとうなずいた。

「それにしても……。いったい、ここで何をやっていたのだ。これほどの白骨……」

下柳のつぶやきを拾って、谷村がつづけた。

「まったくですな。敷地内の白骨といい、この部屋の、かくのごときおびただしい白骨といい。これが全部人の骨とすると」

「誰のものなんです？」

蒲田の声だ。

「それが問題だな。この研究所、そもそも胡散臭《うさんくさ》い天下製薬の秘密研究所というところか？　この骨が誰のものか、全部同定するのはほとんど不可能だな」

谷村がため息をついた。

「警部。ひとまずこの様子を写真に収めて、全部回収しましょう。何体あるのか、さらに誰のものなのか、できる限り調べないと」

「こうなると、まさにこの研究所にいた人間たちを調べる必要性が出てきたな。おい、蒲田。天下製薬の研究所員名簿、どうなっている？」

蒲田の体が硬直した。声が詰まった。

「す、すみません。まだ……」

乱風の顔をチラリと横目で見ながら、蒲田は唇を噛《か》んだ。

「早急に調べろ。どう考えても、この研究所、尋常じゃない」

回収するといっても、部屋の床一面に散らばった白骨を、これは誰のもの、どの頭蓋骨の持ち主に属する一体分、と判別するのは現実的に不可能で、なるべく破損しないように、片っ端から捜査員の手で拾い上げられ、収納袋に入れられた。

作業開始にあたって、当然のことながら、放射能がないことは確認されている。

カラカラ、コツコツ、ときにはゴツンと、骨同士の当たる音が、いかにも賑やかだ。

谷村は、原住民の首から下がる動物のさまざまな骨が、踊りに合わせて音を響かせるのを、何かの記録映画で見たことを思い出した。

「頭蓋骨は三十五個あります」

誰かが数えたのか、声があがった。

「三十五ですか……」

乱風もしゃがんで骨をつまみながら、ためつすがめつ眺めている。頭蓋骨の数を聞いたあと、乱風は室内を見まわして、不充分な光の中、小さく首を傾げた。

「三十五人の子どもにしては……」

先ほどから入り口に位置を定めて、乱風の様子を興味深げに見ていた下柳が、背中に声をかけた。

「何か妙かね、岩谷さん」

作業をしている捜査員の耳介だけが、二人の方向に引き寄せられるように動いた。両手に骨を包みながら、乱風が立ち上がった。

「これ、骨盤ですが」

下柳の視線が骨の塊と乱風のあいだを行ったり来たりしている。

「数えたところ、五十以上はありそうです」

下柳は照明に手を伸ばし、自ら室内をくまなく照らした。捜査員の影になって、全貌を捉えるのは無理だったようだ。骨盤の数をかぞえる試みを諦めた下柳は照明を返した。

「どういうことかね？」

「いえ。いったい何人の骨なのか……。それに骨盤と頭蓋骨の数が違うということになると、少ないぶんの頭蓋骨はどこに行ったのか？　それより、そもそも、ここで何の研究が行われていたのか。細胞培養を扱う前室と、その奥の白骨が残された部屋。しかも全員の骨がそろっているわけじゃないようだし……」

「そもそも、間違いなく人間の骨なんでしょうね？」

谷村が声を挟んだ。谷村は大腿骨《だいたいこつ》一本を握って、振りまわしている。下柳と乱風は顔を見合わせた。

「たぶん間違いないと思うが。あとで、解析が必要だな。それにしても、全部の骨をやるとなると、それなりの時間が必要だな」

「先ほどから、いろいろな形の骨を見ているのですが、同じ大腿骨でも、長いものから短いものまで、いろいろとあります。収納された頭蓋骨も、けっこう大小あったようだし」

「子どもとしても、新生児から胎児まで、ということかな」

「それにしても、ここが彼らにとって、墓場ということですか。人間の骨に間違いないとしても、誰のものなのか」

「こんなところに骨の山となると、死体遺棄の疑いまで出てくる」

ときどき谷村の現実的な声が響く。そのあいだにも捜査員の手で、骨の収集が進み、そろそろ残り少なくなってきた。

下柳が前室を振り返った。

「そちらのシャーレの回収は終わったか」

「終了しました」

すべてのインキュベータの扉が開け放たれている。

「こいつはどうするか」

下柳は腕を組んだ。インキュベータ、安全キャビネット、クリーンベンチをすべて回収するとなると、相当のかさになる。だが、白骨があれほどの量、発見された今、この研究室内で何らかの犯罪が行われていた可能性が出てきた。

「持って帰らざるを得ないだろうな。どうかね、谷村警部」

「そうですね。このまま残しておいたら、あの業者に解体されるだけでしょ。ゴミなら、こちらも大助かりだが、そうもいかないな、この状況では」

谷村は大きく両手をひろげた。

さらに一時間、室内が今度は完全に空っぽになった。

「それにしても、いったいこの部屋で何が行われていたんだろうね。どうです、岩谷さん。何かいい考え、ないかね」

　乱風は谷村と同じように、大きく両腕をひろげて、肩をすくめてみせた。

「想像なら何とでも。でも、T市警科学捜査班の成果に期待しますよ。僕は今日一日はこちらでお手伝いさせてもらいますが、明日は帰らないと」

「そいつは残念だな。君の知恵を拝借したいんだが」

「いつでも、ご連絡いただければ。お役に立てれば何よりですから」

「よろしく頼む」

　乱風を突き飛ばすように横を蒲田刑事が、骨の入った袋を抱えて通りすぎた。

「僕のほうでも、大いに興味がありますね、この白骨の群れ。できればこちらにずっと残って、捜査に加えてもらいたいくらいです」

　乱風の表情は真面目そのものだが、頭の中では、祥子の部屋で彼女と一緒にすごしたこの数日の甘い時間に、脳細胞がとろけそうになっている。

　緩みそうになる顔面筋に力を入れるものだから、あちらこちらで細かい筋肉細胞の攣《れん》縮《しゅく》が生じている。幸い薄暗いので、下柳や谷村の目には留まらなかったようだ。

「ただ、今日一日は時間がありますから、回収したシャーレとか、少し調べさせてもらえませんかね」

　横を捜査員たちが入れ代わり立ち代わり、回収物搬出のために通りすぎる。

「ひからびて、何もわからないんじゃないか。何を見たいというんだね」

「あ。いえ。先ほども申しあげたように、少し気になることを想像したものですから」

乱風の声は消えるように小さくなって、最後のほうは下柳に届かなかった。


T市警に持ち帰られたインキュベータならびに安全キャビネット、クリーンベンチはひとまず、だだっ広い倉庫に整列保管された。といっても、実は放り込まれたも同然の扱いだ。培養器のひとつは扉が過剰に開いて蝶番《ちょうつがい》が曲がり、反動で扉が元に戻ったときには、ずれた位置に納まった。

乱風はシャーレが収納された段ボール箱につづいて、科学捜査班研究室に足を踏み入れた。当然の興味から乱風の目は、段ボールの行き先を追いながら、室内を隈なく這いまわっている。

しばらく姿を消していた下柳が、白衣をまとって現れた。

「あとで研究員に調べさせるが、その前に岩谷君、見てみるかね」

「よろしいですか」

「もちろんだ」

下柳は二重顎にさらに皺を寄せて、乱風にうなずいた。

「ああ、みんな。紹介しておこう」

研究室内にいた数名の白衣が、耳だけ下柳に向けた。それぞれの作業を中断するわけにはいかない。

「こちら、埼玉署の岩谷刑事だ。彼は医師でもある」

少しばかり研究室の空気に動きが生じた。

「今日、撤収してきた天下製薬研究所の物品について、少し見てみたいとおっしゃってるんでな」

乱風は誰にともなく頭を下げた。茶髪も煌くダイヤも、目の前の仕事に集中している研究員の視野の外だ。

「あそこの顕微鏡が空いている」

下柳が指さすところに、一台の顕微鏡があった。

最新の顕微鏡はコンピュータと直結していて、画像が直接ディスプレイに現れる。以前のように接眼レンズに目を当てて、狭い視野で眺めていたことを思うと、科学解析機器は格段の進歩がある。それもさらに日進月歩であるから、人間の創造力とは恐ろしいものがある。

乱風は光源に光を入れ、段ボール箱の中に整理して積み上げられたシャーレの一枚を取った。

自動焦点で、何もしないのに瞬間にピントが合った画像が光って形を見せた。

何やら寒天のくずのような白っぽい塊が浮かび出ている。

「やはり細胞のようですね。人のものかどうかは、DNA解析してみないとわかりませんが」

「じゃあ、用があったら呼んでくれ。使い方がわからなければ、ここにいる誰かに訊いてくれたらいい。私はこのあとの捜査会議に顔を出さないといけないから」

下柳は乱風の肩に軽く触れると、白衣をひるがえして立ち去った。今しも作業から顔を上げた一人が、顕微鏡の画面に顔を近づけた乱風の横顔を見て、思わず目を瞠った。


「ありゃあ!」

素《す》っ頓狂《とんきよう》な甲高い声に、捜査班研究室にいた研究者たちは全員、心臓が飛び上がりそうになった。ほとんどの作業がコンピュータ自動制御になっていたのは幸いだった。これが手作業となれば、驚いた衝撃で、実験のいくつかが反故《ほご》になったに違いない。

全員が乱風のほうを睨んだ。

「何ですか、突然、そんな声を出して。驚くじゃありませんか!」

立ち上がったのは、防護キャップをかぶっていたからわからなかったが、いささかきつい顔の小太りの女性だった。

「すみません」

言いながらも、乱風の顔は画面に向いたままだ。

「どうしたんです？」

白い饅頭《まんじゆう》のような体を揺すりながら、乱風の嬌声を咎めた女性が近づいてきた。

「あ」

乱風が向けた顔に、女性の目玉が丸くなった。視線は明らかに、乱風の両耳のあいだを行き来した。彼女の耳朶《みみたぶ》には脂肪がのっているだけで、何の装飾もない。

「これ」

乱風の指が画面を指している。

「何です？」

女性の丸い顔が、ぬうっと突き出てきた。

「ほら、ここ」

乱風の細く長いピアニストのような指が、画面の一点をつついた。

「何です？」

同じ言葉をつづけて、女性の顔が画面に貼りつくように近づいた。

「わ！」

おばさんが叫んだような気がした。「わ」の音が、ゴツンという防護キャップ女史の頭と乱風の額のあいだに起こった鈍い音に掻き消された。

「いてっ！」

「ちょ、ちょっと、あなた、これ……」

女史の声が震えた。丸く小さい目がキョトキョトと乱風と画像を見比べた。額の一部が熱くなるのを感じながら、乱風はおばさんを睨んで言った。

「何に見えます？」

「何に見えますって……」

目は顕微鏡台の上のシャーレを確かめている。

「どうして、シャーレの中にこんなものが」

「察するところ、培養されていたように思えますが」

「そんな……聞いたことない」

二人の会話が聞こえたのだろう。「何、なに」と研究室のあちこちから声があがった。

何人かが近づいてきた。人口密度が乱風のまわりで急上昇した。

「こいつですよ。こんなものを培養していたんですね、天下製薬」

押し合いながら、数個の頭が画面の前に群がった。

乱風は予想した。きっと、ゴツンゴツンが起こるぞ……。

直後にゴツンがあった。そしてお互いを弾き飛ばしてよろめいた。

「何だ、こりゃあ!?」

「胎児の手か？」

「そのようですね」

乱風がゆっくりと言った。画面の上に、五本の指の骨と思しき、各々ひとつが実物は一ミリあるかないかの小さな骨が拡大されて、たしかに手の形をして開いている。

「堕胎した胎児の手でも培養していたのか」

「そうとも考えられますが……」

「ん？　そうとも、とは？」

「いえ。手の骨の横、見てみてください」

再び頭が画面の前を覆った。

「別の骨があるぞ」

「その骨」

乱風が静かに言った。

「上腕骨《じょうわんこつ》のように見えます」

「上腕骨？」

「ご承知のように、手の骨、手根骨《しゅこんこつ》は橈骨《とうこつ》と尺骨《しゃっこつ》につづきますよね。二本あるはずだ。ここに見えているのは一本だけ。有名なサリドマイド児、腕がない。シャーレの中のこの手、骨一本から出ている。サリドマイドは効果が見直されて別の目的で認可使用されているが、薬害は周知徹底しているから、催眠剤として妊婦が使うことはない。いまどきサリドマイド児が生まれるはずもない。とすれば、この手は堕胎された胎児のものと考えるよりは、シャーレの中で作られたもの、もしかしたらサリドマイドのような薬剤が培養液内に加えられた結果と考えるほうが自然ではないでしょうか」

乱風の解説を感心したように見つめる中で、防護キャップの女史は反論した。

「そうとも限らないんじゃない。天下製薬だったかしら」

女史は製薬会社名を正確に覚えていた。

「その天下製薬で開発した薬、サリドマイド様の副作用があったかもしれないじゃない。治験《ちけん》か何かで妊婦に飲ませて、同じような副作用があったかもしれないじゃないのよ」

「これは……。あなたのおっしゃるとおりかもしれません」

乱風は素直に女史の意見を受け入れた。

「あの天下製薬のことだ。ロクでもない薬を作っていた可能性はありますね。そうなると」

乱風は奥の部屋にあったおびただしい白骨、それも頭蓋骨と骨盤の数が合わない白骨を思い浮かべている。

「頭蓋骨ができない副作用か……」

「え、何かおっしゃった？」

女史の名札を覗き込んで、乱風は言った。

「福本《ふくもと》さん。あなたの言われることも一理ある。調べてみる必要がありそうだ」

福本女史は胸を張って、同僚を見まわした。

「何か、妙な化学物質が混じっていないか、下柳先生に解析を依頼しないといけないな」

研究開発薬剤の副作用で発生した発生異常の胎児を堕胎後シャーレで培養したものと解釈した研究員たちは、急に興味が薄れたのか、自分の仕事に戻っていった。福本女史も同様に、もう一度画面を眺めたあと、満足そうに乱風に一瞥《いちべつ》をくれると背中を見せた。

乱風は小さな手の骨を入れたシャーレを横によけて、次のシャーレを取り上げた。

「薬の副作用か……。そいつは気がつかなかったな。それにしても、もし福本さんが言ったように、サリドマイドのような副作用を起こす薬の治験が密かに行われ、現実に被害者がいたとすると……。こいつは今後の分析を待つ以外ないな」

乱風は今の画面に格別のものがないと見ると、次のシャーレに移った。

何やらブツブツとつぶやいている。

「僕は別のことを考えたのだが……」

沈黙のままに、乱風の目と手だけが動いていた。しばらくは乱風のほうにも注意を向けていた研究者たちは、やがて乱風を頭から追い出して、自らの業務に没頭していった。

再度大声をあげそうになった乱風が、慌てて息を止めたことに気づいた者はいなかった。

05

転移病巣

下柳科学捜査班長との打ち合わせを終えた乱風は、もう一夜を祥子と一緒にすごせるという思いがけない幸運にうきうきしながら、トイレに立ったついでに携帯を開いた。時刻は七時をまわっている。先ほど捜査員室で谷村警部も交えた話の途中、携帯がポケットの中で震えたのだ。

はたして祥子からであった。

「終わったのかな」

読む必要もないくらい短い文章だった。

〈患者急変。先に帰って、食事しておいて〉

ハートマークを入れる余裕もなかったようだ。

「仕方ないなあ。昨日の残りでも食うか」

祥子がつくったカレーとサラダが、まだたっぷりと残っている。

「よかった、鍵、もらっといて」

遠距離ながら、いつ来てもいいように、祥子は乱風にマンションの鍵を渡してくれた。

その逆もまた真なりで、互いのキーケースに鍵が一本増えたことになった。

捜査員室に戻り、暇を告げようとすると、下柳が訊いてきた。

「岩谷さん。今日はお泊まりはどちらに？」

「あ、いや、知人の家に泊めてもらいます」

「何か事件で、こちらに長くいらっしゃったとか」

「ええ。そのあとしばらく休暇をいただいて、知人のマンションに居候していたのです」

鼻の下がたっぷり伸びているのを、乱風本人は気がついていない。

「事件の記録を読むのが楽しみですな。早く書いてくださいよ。それにしても、お医者さんが刑事とは」

乱風は頭を掻きながら言葉を返した。

「T市警の科学捜査班は全国でもピカ一と有名ですよ。先生が来られて、整備されたとか。一度、中を見てみたいと思っていたのですが、今日は思わぬことで捜査に加えていただいて、ラッキーでした」

「いやいや、こちらこそ。岩谷さんのこと、先ほど埼玉署の署長さんからお電話をちょうだいしましたよ。さすが、というべきご活躍ですな」

乱風はまた頭を掻いた。

「いえ、それほどでも」

「先ほどのご依頼の件、こちらでも充分に注意して、検討してみますよ。それにしても、薬剤の副作用もさることながら、岩谷さんの想像が当たっているとすると」

「世の中、けっこう騒いでいるじゃありませんか。先端の研究が密かに進んでいたとしても、何も不思議はないと思いますが」

「薬の副作用どころじゃないと」

「ええ。私は、こちらのほうが遙かに可能性が高いと思います」

「そうすると、骨のほうも」

「全部が全部、そうとは言えないかもしれませんが。ですが、それで頭蓋骨と骨盤の数の違いを説明できます」

「それにしても、身体の部分部分を……。そのようなことができるものだろうか」

先ほどから谷村警部は下柳と乱風の会話を、意味もわからず、ただ気持ち悪そうに聞いていた。その谷村をチラリと見て、乱風は言った。

「私は将来、すべてが可能となると思っています。この地球が育んできた生命。基本的に化学反応の連続でしかない。条件さえそろえば、すべてのことが可能になると思います」

「うーん」

下柳が腕を組んで唸った。

「それにしても、この研究をしていた者は天下製薬が倒産してから以降、どこに行ったのか」

「当然、研究はつづけていると思いますよ」

「そうなると、どこかやはり製薬会社の研究所か?」

「どうでしょうか……。研究が少々特殊です。世界の最先端の研究所でも、まだ、なかなかここまでは」

「それを天下製薬の、誰か知らんが研究者は成し遂げていたと」

「という可能性が高いと私は思いますね。倫理的な問題もある。目に見える場所で大っぴらに研究を行うわけにはいかないのではないでしょうか」

「どこかに潜んで、研究を継続しているとなると」

乱風は下柳と目を合わせたまま、脳細胞の奥で、今ここでは話すべきではないという感情が湧き起こっているのを感じていた。

もし自分が想像している研究が進んでいるとすると……。医師としての乱風には、それが将来の医療の場においては歓迎すべき研究であるような気がしていたのである。

「研究所員の名簿については、私のほうでも明日帰ってから調べてみます。旧天下製薬の関係者に当たれば、手に入るでしょう」

乱風には心当たりがあった。

「全然、私の想像がはずれているかもしれませんが、それなら、あのシャーレの中の発生途上の骨や、見つかった大量の白骨はどう解釈するか。薬害だけで説明がつくか」

言いながら、乱風は頭の中で自ら否定している。

「下柳先生のところでの解析結果、ぜひ教えてください」

乱風は頭を下げた。

「あ、それと」

上げた頭は谷村警部に向いた。

「別に敷地内から見つかった白骨死体ですが、こちらのほうの捜索は？」

「昨日に割り出した三名については、たしかに失踪したままであること、ならびに失踪当時の住所に家族がいることがわかった。骨のＤＮＡ鑑定のために、それぞれの家族から血液をもらってくるよう指示を出した。何しろ二十年近く前の失踪だ。本人のものは残っていないだろうからな」

「何かこの研究と関係があるのでしょうかね」

「まったくわからんな。関係があるとすれば、どのようなことが考えられる？」

谷村が乱風を試しているようだ。何かを期待しているのかもしれない。

下柳も身を乗り出した。乱風の拍子抜けした声は、二人の期待を簡単に、かつ完璧に裏切った。

「さあ。さっぱりわかりません。DNA鑑定待ちじゃないですか」

〈患者さん、亡くなった。あと片づけしたら帰る。カレー食べた？〉

腹いっぱいカレーとサラダを食べて、床に寝転び、シャーレの中のゴマ粒のような手の骨を思い浮かべて、あれやこれやと思考を巡らせていた乱風は、携帯の呼び出し音に手を伸ばした。

〈ごちそうさま。祥子のも温めて待っている。早くおかえり〉

祥子が帰ってきたのは、メールに返事を書いて一時間ほどしてからだった。時計は十一時をまわっていた。入り口の扉に鍵の音がして、乱風は飛び起きた。

「おかえり。ご苦労さまでした」

祥子の目尻が少し赤かった。患者の突然の死に涙したに違いなかった。

「遅くなって、ごめんね」

乱風のカレー味のキスを受けたあと、祥子は手早く着替えて、そのあいだに乱風が用意したカレーを一気にかきこんだ。

「いけないなあ、そんな食べ方じゃ。将来、ブタになるぞ」

T市警科学捜査班で見た小太りおばさんを思い出して言った乱風を、祥子は睨んだ。

「だって、もう腹ペコ。まさか、患者さんが急変するなんて思ってもみなかったもの」

「何の患者さん？」

「横紋筋肉腫《おうもんきんにくしゅ》の肺転移。まだ二十八歳の女性よ。泣いちゃった」

「同い年かあ」

乱風の顔が悲愴感に満ちた。

「消化器外科から転科してきた患者さんよ」

「消化器外科？　横紋筋肉腫だろ。どうして消化器外科なんだ？」

「原発巣は左大腿四頭筋。それが鼠経《そけい》部リンパ節から骨盤内リンパ節に転移して、S状結腸を巻き込んだ。腸閉塞で木下《きのした》先生が手術したのよ」

「木下先生って？」

「あ。消化器外科の准教授。でも手術後、すぐに肺に転移が見つかって」

「それで、祥子のところに」

「ええ。ただねえ……」

祥子の顔が曇った。乱風の目をじっと見つめている。

「どうしたんだ？」

「この患者さん、最初の処置がよかったら、助かったんじゃないかと思って」

「え？　どういうこと？」

「木下先生からお聞きしたことなんだけどね」

祥子は食べ終わった皿を運びながら、先をつづけた。

「最初、患者さんは太腿にしこりがある、と近くの外科に行ったらしいのよね」

水道の蛇口を捻ると、温水が勢いよく出てきた。祥子は置いてあった皿とともに洗いだした。

「大腿部腫瘍《しゆよう》の大きさは、直径五ミリ」

乱風は親指と人差し指を、五ミリの大きさに開いた。

「ごく小さいな。とすると……」

祥子は簡単に洗った皿を、順に自動食洗器に並べはじめた。

「ご想像のとおりよ。外科医は何かよくわからなかったらしい。メスを入れたのよね。それも、ど真ん中に」

「不用意な医者だな」

「膿瘍《のうよう》か何かと思ったんじゃない？　組織を調べることもしなかったみたい」

「ひどいな」

「切ったあと、何も出なかったから、その外科医、縫合《ほうごう》したらしいのよ。でも、いつまでも創《そう》が治らなかった。じわじわと出血し、しだいに腫れてきた」

「当然だね。腫瘍の正体は、超悪性の横紋筋肉腫だったんだね」

「そういうこと。悪性腫瘍に直接メスを入れたらこうなる、という不幸の典型的な症例よ」

「察するところ、すぐに鼠経部リンパ節に転移。当然の経緯として骨盤腔内リンパ節に拡大浸潤《しんじゅん》。そいつが巨大化して腸を巻き込んだ、というわけだな」

「そのとおりよ。患者さんが木下先生のところを受診したときには、左脚はパンパンに腫脹《しゅちょう》していたらしいわ。それより腸閉塞のほうが緊急事態だった」

「それって、最初の外科受診から……」

「二週間しか経ってない」

「きわめて急速な腫瘍の増悪《ぞうあく》だね。手術は？」

「人工肛門だけ。とりあえず腸閉塞は回避できたけど」

「そこまで進行していると、あとの治療が大変だろ」

「木下先生のところで、何種類かの抗癌剤を組み合わせて、化学療法をやったの。これが期待した以上によく効いた。左脚の腫瘍が縮小し、リンパ節転移も画像でもはっきりとわかるくらい小さくなった」

「でも、肺転移が出てきた」

「それも最初はよくわからなかった。患者さんが呼吸困難を訴えるようになったの。普通のレントゲンじゃわからなかった。ＣＴ撮って初めて、肺全体がすりガラス状に白く写った。リンパ行性の転移」

「最悪だね」

「明日から新しい抗癌剤の組み合わせで、再度治療を試みる予定だったのよ」

「それが今夜急変したというわけか……。でも、今の祥子の話じゃ、呼吸、けっこう困難になってきていたんじゃない？」

「そのとおりよ。明日からの抗癌剤治療も、かえって患者さんの状態を悪くする危険性があったかもしれない。それでも、ご家族の希望が強くって」

祥子は自動食洗器の扉を閉じて、スイッチを入れた。ゴトン、ジャージャーと食器を洗う音が低く聞こえてきた。

「で、祥子が言いたいのは、最初の外科で、腫瘍を丸ごときれいに切り取っていれば、この患者さんは助かった可能性が高いということだね」

「そういうこと。わずか五ミリでしょう。とすれば、まだどこにも転移していない可能性が高い。原発巣《げんぱっそう》を完全に切除してしまえば、完治したでしょう」

「最初の外科医の判断が間違っていたということだね」

「不用意にメスを入れたのが、この患者さんの命取りになったのよ。いまだにこのような、いいかげんな処置が、それも命にかかわるような」

「家族の人には」

「言えるわけないじゃない」

　祥子の顔が真っ赤だ。怒りが満ちている。乱風が近寄って、祥子を腕の中に包み込んだ。

「急変したのは、やはり肺転移のせい？」

　祥子は抱きしめられたまま話した。

「呼吸があまりよくなかった。でも、あんなに急に止まるなんて。呼ばれて行ったときには、完全に呼吸停止。緊急処置で、人工呼吸器につないだんだけど」

「厳しいな、その状態では」

　乱風の胸に、祥子のうなずいた動きが伝わってきた。

「ええ。間もなく心停止。蘇生処置、全然反応なかった。明日、朝一で病理解剖」

「解剖まで」

「ええ。木下先生がぜひにと、ご家族を説得されて」

「気の毒だね。もしかしたら、元気で生きていられたかもしれないのにね」

　祥子が急に離れて、乱風の目をまっすぐに見つめた。

「もしかしたら、じゃないわ。確実に生きていられたのよ。それが、間違った処置のために」

　目が真っ赤だ。今度は涙だ。

「無知な医師の殺人……。死ななくてもいい人が……」

「そうだね。別のきちんとわかっている医師にかかっていれば、正しい治療が行われて、患者さんは命を落とさずにすんだかもしれない」

「かもしれない、じゃなくて、間違いなく助かったと思うわ。患者さんが放っておいて、ひどくなるまで病院に来なかったというなら、仕方ないけど。ごく早期の状態で診察に来て、医者の手で悪化させられたんじゃ、何のための医療かわからないじゃない。それも命にかかわるのよ。殺人に匹敵する罪悪よ」

「厳しいな、祥子は。でも、僕も、そのことについては賛成する。どんな疾病《しっぺい》でも、よほどの心構えは必要だろうし、最初からそのつもりで医療職に携わらないといけないいんだろうね」


慌ただしい朝の時間、二人に昨夜のとろけるような時間を思い返す余裕はなかった。

祥子が用意した簡単な朝食を口に押し込み、そのあいだ、途切れとぎれに、昨日話せなかった天下製薬研究所捜索の様子を伝えると、祥子の興味を引きつけるには充分の話題だったが、現実の時間は否応なしに進んでいく。

別れの口づけを無理やり引き剝がして、祥子は大学病院に、乱風は埼玉署へと向かった。

祥子が医局に飛び込み、白衣をまとって病理解剖室に駆け込んだとき、死亡した山内《やまうち》晴美《はるみ》の病理解剖ははじまっていた。まだ朝七時である。

昨晩九時ごろに死亡したから、死後硬直が進みつつある状況での解剖であった。

祥子は解剖前室で下着だけになり、解剖用の上下を身につけ、さらに防水処理された予防着で体を包んだ。手袋、マスク、帽子をつけると、目の部分だけが露出した格好になる。

履物は長靴だ。普段の祥子とは似ても似つかぬ倉石祥子が歩きにくそうに解剖室に入る。まずは木下修一《しゅういち》准教授の目と出合った。黙礼を交わして前に進むと、病理解剖執刀を担当していた綾部《あやべ》教授が柔和な目をさらにほころばせて祥子を見た。

「朝早くから、お疲れさまです」

祥子が声をかけると、さらに教授の目が和んだ。

「君こそ、ご苦労さまだね。昨晩は遅くなったのだろう」

「いやいや、教授。倉石先生、何だかけっこう慌てて帰りましたよ。誰か家で待つ人でもいたんじゃないですか」

木下がからかうと、祥子はマスクをしていてよかったと思いながら、木下を睨んだ。

「先生！」

「ははは。睨む目がまた宝石のように美しい」

「冗談はそのくらいにしてください」

祥子は誰に対しても遠慮しない。木下准教授にピシリと釘を刺した。

「死者を前に失礼です。私より若いのに、お気の毒で。とてもじゃないけど、ご両親、見ていられなかったです。最初の処置がよかったなら、このようなことにはならなかったのじゃないかと思うと」

祥子はマスクの下で、ギリリと歯軋《はぎし》りをした。

綾部は無言でしばらく祥子を見つめたあと、今しもメスを入れていた死体の胸部に視線を落とした。厳しい抗癌剤治療と、全身に転移した病魔のために、生きていれば人を魅了してやまない二つの隆起も小さくしぼみ、さらに死者であることを強調していた。両乳房のあいだを上下真一文字に皮膚が割られている。

再び綾部の手にメスが握られ、黙々と胸部の皮膚を剝ぎ、腹部正中を開き、さらに肋骨を切る作業がつづけられた。解剖室内の重苦しい沈黙が、綾部や木下たちもまた祥子と同様に、初期診療の誤りに思いがおよんでいることを物語っていた。

綾部の手の下で、ゆらゆらと死者が揺れている。

左右の肋骨が切られ、胸郭が胸骨上部で、床に備えつけられた収納庫の蓋《ふた》を開くように持ち上げられた。綾部の顔が胸腔《きょうくう》内を覗き込んだ。

「木下先生」

木下が綾部の背後から、綾部と同じ視線で、死者の胸の中を見た。両肺と心臓があった。

「両肺全野、微小転移巣。胸水、微量。心外膜、微小転移」

肺は肉眼で見てもわかるゴマ粒大の白い塊が、一面に散らばっていた。横紋筋肉腫の転移と認められた。教授の声を参考に、祥子も解剖助手の傍らから、見開けるだけ大きくした目を凝らした。

「胸膜転移による腫瘍性癒着《ゆちゃく》のため、肺の受動化困難」

綾部の声を、室内にいた助手が筆記記録していく。

教授の大きな手が胸郭内に差し込まれ、受動化困難と言ったわりには簡単に、まずは右肺、そして左肺と、ゴボリと持ち上がった。

「木下先生。どの部分が必要です？」

綾部が視野から目を離すことなく、木下に質問した。

「どこでもけっこうです。抗癌剤の効果の確認と、免疫系の作用がどこまで及んでいるか、検証したいと思いますので」

メスが流れて、肺の一部が切り取られた。いつの間に用意したのか、木下が差し出したトレイに、ぽとりと音をたてて、一見刺身のような肺がいくつか落ちた。

木下は解剖台に背を向けて、採取された肺の一部を、ピンク色の組織培養用の液体を入れたチューブに移し替えた。

「清潔操作は、ここまででいいですか」

綾部の声に、木下は後ろを向いたまま声を出した。

「けっこうです」

さらに手を動かしはじめた綾部を横目に見ながら、祥子は木下に近づいた。

「木下先生。抗癌剤の効果確認はわかりますが、免疫系の作用って、何ですか？　横紋筋肉腫だと、免疫系の反応、ほとんどないのでは？」

「通常だと、そうだ。だが、この患者さんには、ご両親の承諾を得て、私が考案した新たな免疫治療の試みをやってみた。肉眼的には判別不能だが、どの程度の効果があるか、このあと細胞の培養、遺伝子の変異の有無、リンパ球など免疫担当細胞の腫瘍攻撃度など、きちんと調べなくてはならない」

「それで、解剖の最初の段階は、すべて手術と同じ清潔操作でなさったんですね」

「ま、そういうこと。患者さんが亡くなられたのは残念だが、いつまでも、こんな悪性腫瘍をのさばらしておくわけにはいかないんだ」

祥子は木下の強い声に驚いた。普段の温厚な消化器外科医の顔に似合わない、思わず、おやっと感じるような響きがあったのだ。

木下の声に反応したのは祥子だけではなかった。綾部教授も解剖助手たちも、チラッと木下に視線を向けた。

「木下先生。原発巣ならびに所属リンパ節には、よく治療が効いているようだ。相当の腫瘍の壊死《えし》が認められる」

「臨床所見と一致します」

臓器が次々と切り離され、流れ出たどす黒い血液はスポンジで吸い取られ、体腔から外に搾り出された。死者の体の中が空っぽになった。

「では、必要臓器の採取」

綾部の手が、ひとつひとつバラバラにされた臓器にかかっていった。各臓器の中で、病理解剖診断に最も適切な場所を選び、そこだけを採取するのである。主として、病巣が明らかな部分が選ばれる。肉眼的に転移巣がない臓器は、決められた場所を切り取り、標本材料とする。

左大腿部の原発巣の一部も切除採集された。

「脳はどうしますか？」

「顔だけは手をつけてくれるなという、ご両親の強い希望です。それに、幸い脳転移はＭＲＩでも捉えられておりませんし、神経学的症状もまったくありませんでした」

「では、よろしいですか」

死者の首から上には、病理のメスは入らなかった。

「では、閉じます。臓器を戻してください」

綾部の声で、再度臓器が体腔内に戻された。病理検査用の部分を採取したために、すでに各臓器は本来の相対的位置関係から、完全にバラバラな状態になっている。

元の位置に戻す意味もない。臓器は無作為に次々と中に納められていった。

すべての臓器が落ち着いたあと、前部胸郭を元に戻し、このまま皮膚を縫合すると、このあと体腔内に流れ出た血液や組織液が、縫合した隙間から外に漏れ出る可能性がある。

死者に衣服を着せれば、そこに滲み出し、汚すことになりかねない。

死体が傾けば、なおさらである。

そのことを防止するために、必ず大量の綿花が臓器とともに詰め込まれる。綿花が液体を吸い取ってくれる。これで外見上、死体が自らの浸出液体で汚れることを防げるのである。

皮膚は太い針と、タコ糸ほどもある丈夫な糸で縫い合わされる。通常、外科手術で縫合される方法とは異なり、ここでもまた体腔内の液体が漏れることを極力防ぐために、連続的に縫っていく。少し皮膚が中に縒《よ》り込まれたような形に仕上げる。

「終了」

綾部教授の声に、室内にいた全員が、死者に向かって深く頭を下げた。

解剖の途中でついた体液が、体表面からきれいに拭き取られ、純白の着物に覆われた遺体が霊安室へと運ばれていった。

解剖室から出て行く山内晴美の、人生としては極端に短い二十八年を考えると、祥子は、患者の時間を断ち切ったのは病魔ではなく、未熟な外科医の誤った判断操作ではなかったかと、再び複雑な思いに駆られていた。

06
灯火の血飛沫

坂東《ばんどう》クリニック院長坂東雄大《たけひろ》は、定例の地区医師会に参加したあと、診療所を兼ねている自宅には戻らず、足を反対の方角に向けた。最寄りの駅から私鉄に乗って三駅、大阪梅田《うめだ》は夜の人出で大賑わいだ。

会議会合にかこつけて、坂東が大阪梅田から足を延ばせば十分とかからない曽根崎新地《そねざきしんち》に足しげく通うようになったのは、いつのころからか。

開業した当時は、右も左もわからないうえに、外科クリニックにふさわしい設備をそろえるために借り入れた何億円かの大金が気になり、夜を昼に継いで、必死で働いたものだ。

私立H大学医学部を卒業後、大学病院で二年間研修医として研鑽《けんさん》し、加えることさらに二年を市中の私立病院ですごしたあと、坂東はすぐに開業した。食いっぱぐれのない職業。父親が開業医で、何不自由ない生活を送った坂東は、贅沢が普通の生活様式だ。

医学部在学中に父親が急死したものの、学費が途切れるなどということはなく、無事卒業後は、閉院していたクリニックを再開することだけを目標に、外科医として四年を費やしたのだった。

すぐにでも裕福な生活ができると考えたのは、さすがに甘かった、と坂東は開業間もなくして気づいた。父親の時代の診療機器はすでに過去のものだった。客、すなわち患者を引きつけるには、最新の設備が必要だったから、五億円という金を銀行から借りなければならない羽目に陥ったのだ。

さらに一度離れた患者は、青二才の医師を警戒して、なかなか戻ってはこなかった。滞りなく借金の返済ができるようになり、ようやく生活に余裕ができるまでには、十年が必要だった。気がつけば四十近くになっていた。

このころ、坂東はすでに毎日の診療には、興味がなくなっていた。惰性で診察を行っているのを患者に見えないようにする演技も身についてきた。リハビリの機械に患者を座らせているだけで金になったし、たいして効果もない点滴を毎日つづけることでも、診療費が入った。

患者の数は安定したものになっており、金銭収入については何も問題がなかった。

贅沢な生活は相も変わらず日常のことで、結婚し子どももできた家庭は安定し、こうなると坂東は退屈になってきた。学生時代から入り浸った新地の馴染みの店に、引きつづき忙しい中でもときおり通っていたものが、さらに足を運ぶ回数が増えていった。

当然のことながら、アルコールの供給だけですむはずもない。男本来の性的欲求解消、すなわち女体の供給もまた、この場では当たり前のことだ。金に不自由のない坂東には、思い立ったら即、という状況になってきた。もっとも表面上は、成年男女の合意のもとでの肉体的結合ということになっている。

ある日のこと、坂東は一大決心をしたのである。新地の店を総なめにしよう。どこまでこの身がもつか、金がもつか、ひとつ挑戦してやろうじゃないか……。

金をちらつかせれば、女は簡単に寄ってきた。中には露骨に嫌悪感を表す女もいた。いつまでも焦らして、坂東の軍門に下らない小気味のよい女もいることはいた。が、焦らされればそれだけ坂東には楽しみだった。狙った女は逃さない……。

馴染みの店を皮切りに、ほぼ十五年という歳月をかけて、坂東はついに新地の店という店、東は御堂筋《みどうすじ》から、西は四《よ》ツ橋筋《ばしすじ》に至るまでを制覇したのである。

新地では知らない者がいないほど、坂東の名前は通っていた。たっぷりの金を落としていってくれるお大尽……。

そのお大尽、坂東先生は、今夜は新人の女の子が来るというので、いざ我がものにせんと、いつにも増してうきうきした気持ちで、大阪駅からビルの谷間を南に向かう細い道を歩いていた。両側からのしかかるようにそびえる高層ビルも、夜の上空では人工の光に滲んで、圧迫感を消している。

細いといっても二車線の道路の両側に歩道がつづく。たっぷりの人通りだった。目の前を東西に走る国道二号線を越えると、間もなく新地である。横断歩道の信号は赤であった。坂東は車道の前で立ち止まり、視線を夜の光の中に泳がせた。車の流れに断続的に遮られる向こう側の光も見慣れた光景だった。いく度、この場で夜の楽しみに心を躍らせたことか。決して飽きることのない、坂東にとっては至極の遊びだった。

「いくらくらい、新地《ここ》に使ったかなあ……」

灯りのひとつひとつが、女に買ってやった高価な宝石のようでもあり、そのあとでたっぷりと味わった肉体に煌く汗の粒のようでもあった。

信号が青に変わると同時に、歩行者が一斉に前へ足を踏み出した。誰かが坂東の背中にぶつかったようだ。

ドンという衝撃とともに、熱い湯でもかけられたような感触が、坂東の背中に起こった。自然に足が前に進んだ。というより、上半身が前に傾き、よろけたように坂東は感じた。

横を行く歩行者たちに並んで進みたいと思っても、なぜだか彼らだけが先に行ってしまう……。

いく粒もの光が斜め上方に波を描きながら流れた。アスファルトの上に載っている靴は、今日初めて足を入れた、この日のために新調した靴だと坂東は認識しようとした。

そのとき近くで悲鳴があがったように思った。

さらに胸の熱さが急に膨張して、瞬時に終息した。

ビルディングと車の光があっても、坂東の体を載せたアスファルトとスーツの背にひろがる液体の色を、赤と見極めるのは難しかった。


直線距離にして五百メートルもないところに建つ救急病院に、血まみれの坂東の体が運び込まれるまでには、十五分が経っていた。

誰かが知らせたのか、救急車がけたたましい音をたてて西から二号線を疾駆しようにも、交通が混雑して、遅足蛇行で、坂東が倒れている場所に到着したときには、被害者の体から血液がほとんど抜けていた。

現場を取り囲む野次馬を遠ざけるのに、救急車より早く到着した警官が四苦八苦している。ピーポー音のほうが効果があった。

ひと目見て、救急隊員はこのあとの医療行為が無駄であることを覚ったが、かといって、死体を残したまま立ち去るわけにもいかない。

酸素マスクに心臓マッサージを型どおり行うと、体内に残っていた血液が心臓の裂け目から押し出されて外に出てしまった。

さらに死が確実となった坂東雄大の体が担架に担ぎ上げられ、救急車に納められ、すぐ先の梅田新道交差点でUターンして、交通事故二次災害をかろうじて避けながら、救急病院に駆け込んだ。

そのころには、現場に北新地署員たちが到着し、現場検証をはじめていた。

暗く、また歩行者が前の信号に気を取られている中での、背後からのひと突き。ぶつかった体に隠すように刃物を突き込んだようで、犯人は返り血を浴びているだろうが、その後の夜中に至るまでの周辺の聞き込みでは、それらしき人物の目撃証言は得られなかった。

そもそも、わざわざ他人の顔を覗き込み、衣服を改めながら歩く暇人は、この時間帯にいるはずもない。しかも今は昼の光がない。

血液が数滴、大阪駅側に戻る方向に落ちてはいたが、それもわずか三メートルの範囲で、それ以遠にまったく手がかりはなく、犯人は計画的に被害者を刺したあと、凶器を何かに包み、人混みに紛れて立ち去ったものと推定された。

あるいは、車にでも乗って現場を去ったのかもしれなかった。

アスファルトに流れ溜まった血液は、周辺の商業活動に大いに差しつかえがある。何人が通るかわからない大量の通行人の妨げにもなる。何十人と重なり合った血のついた靴跡に犯人の手がかりを見つけることも不可能だった。

というわけで、鑑識による写真撮影後、血液は速やかに洗い流されてしまった。

慌ただしい都会の喧騒、止まらない時間の中の刺殺事件。

その日の夜中には、現場で何かがあったことすら、まったくわからない、普段の光景に戻っていた。


坂東雄大の刺殺死体が搬送された救急病院では、医師が簡単に診察というより検分したあと、搬入を拒否した。すでに死亡している、司法解剖は警察の仕事だということだ。

困惑した救急隊員が本部に連絡を取り、指示を仰いだ。

「ええ。死亡です。え？　被害者の名前ですか。持っていた免許証から、坂東雄大、五十五歳。住所は……」

しばらくして携帯を切った隊員は、医師のほうを向いた。

「間もなく、こちらに北新地署の刑事さんがいらっしゃるようです」

死体に関しては刑事の指示に従えと言っているのだ。

「ここに置いていかれても」

実際にこの救急病院では、梅田の繁華街に近い関係で、やたらと救急搬送が多い。運ばれてくる患者の中には、当然のことながら、生命現象のない者もいる。

救急隊としては、医師でもないので死亡診断を下すわけにはいかない。医師の判断を仰ぐことになる。不審な死亡ということになれば、次に行く先は警察の死体置き場か、解剖室である。

何の治療をすることもできない、あるいは必要のない死体を、ただでさえ忙しい救急病院に置いておかれても、困るのは病院である。事実、半日以上も警察が引き取りに来なかった事例がある。

幸い坂東の死体は、半時間もしないうちに刑事が現れて、病院事務と簡単なやり取りのあと、医師の知らないうちに警察司法解剖室に搬送された。

報《しら》せを聞いた家族が慌てて北新地署に駆けつけたときには、坂東の死体検分の真っ最中だった。刺殺されたらしい、ほぼ即死だったようだ、と聞かされた坂東の妻は、子どもたちが支える間もなく、その場で失神した。

解剖結果が刑事たちに届けられたのは、真夜中に近かった。そのあいだ、意識を取り戻した坂東医師の妻や子どもたちから、刑事たちは坂東が殺された理由について、何か心あたりがないか聴取している。

成果は乏しかった。夫の不品行について充分に心得ていた妻は、恥をさらすと考えたのか、そのことについて詳しくは語らなかった。クリニック関係以外での坂東の人間関係については、妻もよく知らないようだった。

「背中からの、鋭利な刃物でのひと突きが死因です」

刑事たちは死亡原因を告げた。きわめて簡単な殺害方法だった。ただ、明らかに殺意をもって凶行におよんだことはまず間違いない状況で、動機だけがわからなかった。

犯人の足取りを追うことも、困難なことが予想された。

繁華街とはいえ、夜である。先を急ぐ人々の中での犯行は、かえって盲点をついた用意周到な犯人の意思を示しているとも思えた。

「逃走には現場付近から車を使ったかもしれないな」

刑事がつぶやいた。

「こいつは案外難しいかもしれん。被害者《ガイシャ》の身辺から何か出んことには」

刑事の頭に、夜の新地のネオンの流れが浮かんでいた。

すぐそばの国道で人が刺し殺されようと、色と欲と札束の渦巻くネオンの川には何の関係もない。不景気なご時世、バブルがふくらむだけふくらんだ時代とは比べようもないが、それでも金は天下のまわりもの、色と欲は人と一緒にまわるもの。何人もの美女、いやいや夜のネオンの光だけでは美女なのか、つくりものなのか、とにかく男を惹《ひ》きつければそれでよい。騙《だま》されるほうが悪い、と今宵も曽根崎新地の人通りは多かった。

店の中も、これほどの人が入っていればよいのだが……。

「先生、どうなさったのかしらねえ……」

長いため息をついたのは、ちょうど新地のど真ん中にある、この界隈では中規模のバー〈アイシャドウ〉のママ、目黒八重《めぐろやえ》だ。一重まぶたを名前のごとく八重に見せたいのか、あるいは店の看板に負けまいとしているのか、どこが上眼瞼《うわまぶた》なのかわからない。眉毛から睫毛《まつげ》に至るまで、完全にアイシャドウで覆われている。

このアイシャドウが目の模様だったら、目を瞑《つむ》っていても起きているように見えるだろうが、さすがにそこまでふざける気はないようだ。が、苗字を見れば、やはりふざけているのだろう。

店の中には客がチラホラ。どの客も、今週入ったというニューフェイス、麗香《れいか》がお目当てなのだが、あれほど前もって宣伝しておいたのに、何とも客の入りが悪い。

どう見ても、麗香自身がママに申告した二十歳には見えない。あどけない顔に、大人びた化粧をしているが、女子高校生の制服を着せれば高校生で通用するし、場合によっては中学生にも見える。顔がまだ幼さを残しているわりには、身体は見事に発達している。

この麗香、なかなかの曲者のようで、夕方店がはじまる時間に八重から、

「今日お見えになる方、坂東先生といって、外科のクリニックを開いていらっしゃるんだけどね」

と、まずは坂東が金持ちであることを告げられ、さらに、

「この先生、新地《ここ》では知らない人がいないくらいに有名な先生なの」

と水を向けられた途端に閃《ひらめ》いた。

「お目当ては、私？」

虚栄心丸出しで、麗香はさも当然であるかのように、すでに張り切っている胸をさらに突き出した。

「そういうこと。で、麗香ちゃん。賭けしない？」

八重はこずるそうな目を大きなまぶたの下で光らせた。

「今晩、先生はありとあらゆる手を使って、麗香ちゃんを口説き落としにかかる」

麗香はさらに胸を張った。

「落とされたら、麗香ちゃんの負け。このご時世、こっちも台所、火の車」

ウッソーと麗香は小さくつぶやいた。こんな店、来なければよかった……。

「先生が麗香ちゃんにくれるもの、全部、こちらによこしなさい」

八重は坂東が口説き落としたホステスに与える最低限の金額を知っている。なかなかの額だ。

麗香は全部よこせと言う八重を睨んだ。

「じゃあ、負けなかったら？　今晩だけでいいのね」

確認を取って、麗香はつづけた。

「先生にこの身を取られなかったら、私の勝ちということね。そのときは、ママは私に何をくれるの。もちろん先生が私にくれるものは、全部私のものでしょ」

八重はうなずきながら言った。

「百万」

台所が火の車と言うわりには、気前がいい。

「五、六時間、そのスケベな坂東先生の魔手をかわせば、百万かあ。ボロい話ね」

八重は、すでに勝利をものにしたような顔の麗香を見て、心の奥でニンマリとしている。これまでに八重がこの勝負に負けたことはない。どのニューフェイスも最初は軽い気持ちで賭けを承諾した。いくらなんでも、そう簡単には落ちないという自信があるのだろう。

「期限は先生がお店に現れてから、看板の夜十二時ちょうどまで」

ということで、麗香は客の相手をしながら、入り口の扉がチャイムの音をたてるたびに顔を向けるのだが、八重の目からはいっこうに、勝負開始の合図がない。

時間が刻々と経っていく。真夜中までの時間が短くなればなるほど、麗香に有利となる。しだいに八重の顔が険しくなってきた。

今しも入ってきた客がぶっそうな言葉を吐いた。

「ママ。そこの国道で、人殺しがあったんだって？」

「ええっ⁉　まさか。何も聞いてないわよ」

救急車のピーポー音もパトカーのサイレン音も、店の中までは届かない。

「うっそー！」

素っ頓狂な声は麗香だ。

「おい、ママ。この子がママの言っていたニューフェイスかい？」

「麗香と申します」

一応、言葉遣いはまともだ。

「こりゃまた、見事なスタイルだな」

客の目が、麗香の頭髪の飛び出た一本の先からずーっと、まさに体形の線に沿って下りていった。眼球がウロウロと蠢いた。

「ありがとうございます」

こちらの方は、というように麗香は八重に視線を向けた。

坂東先生じゃないの……ね。

八重はチラリと腕時計に視線を落とした。

「何だい？　もう看板か」

室内にはわずかな客と女性しかいない。薄暗い中を覗き込んでも、状況に変わりはなかった。

「いいえぇ、社長さん。まだまだ、お時間はございますわよ。いえね、ちょっと人を待っているものですから」

「来る約束でもあるの？」

「ええ。例の先生」

ああ、と社長さんはうなずいて、目をまた麗香に向けた。

「いつもの賭けね」

何だ、ママったら、いつも坂東先生がらみで賭けやってたのね……と麗香はいささか小さめの脳髄にもかかわらず、理解におよんだ。案外、勘はよいほうなのだろう。

とんでもない言葉が麗香の口から飛び出した。

「じゃあ、殺されたの、坂東先生かもね」


体じゅうの血液をアスファルトにぶち撒《ま》けた人間が、お目当てのニューフェイスをものにできるはずもなく、時計の針が長針短針二本とも〈12〉の数字を指し、さらにそこにピッタリと秒針まで重なると、八重の顔は能面のように固く凍りついてしまった。

「まさか……」

何度か、この「まさか」がママの口をついて出た。客たちはママの様子をチラチラとうかがいながら、そのままお気に入りのホステスと後の時間を楽しむために出て行く者、あっさりと帰路につく者、それぞれに去っていった。

バーの中には八重と麗香だけとなった。

「ママ。電話してみたら？」

「言われなくっても、さっきから何度もやってるわよ。でも、誰も出ないのよ」

あ、出た、と八重の顔が輝いた。

「先生、どうなさったんです？　今日、お越しに」

耳元には、あんた、だれ？　と男性の声が聞こえた。

「あら？　坂東先生の携帯じゃ」

そうだけど……とまた同じ男性の声……。八重はいやな予感がひろがるのを感じた。

「失礼いたしました。あたくし、いつもご贔屓《ひいき》にしていただいております新地の」

それどころじゃないよ、親父、死んだんだ、という声を最後まで聞かずに、八重は携帯を耳から引き剝がすように閉じた。

「そ、そんな……」

「どうしたの、ママ」

「先生、死んだ……」

「え？　殺された人？……」

八重の手の中の携帯が点滅し震えた。画面に〈坂東雄大〉と表示されている。慌てて出ようとして、八重の手は意思に反した動きを見せた。体が大きく震えて、携帯がソファに投げ放たれた。携帯は光りながらソファの上をジリジリと移動していたが、やがて静かになった。

「賭けの相手が死んだんじゃ、この勝負おあずけね、ママ」

「麗香ちゃん」

八重は我に返って言った。

「今日はもう、お店、閉めるわよ。帰ろう。気持ち悪い」

本当に坂東が殺されたとでも思ったのか、八重の顔は暗い照明にも青ざめているようで、うっと口を押さえて、トイレに走り込んでしまった。

おかげで初出勤の麗香は、そのあと八重を家まで送っていく羽目になった。


翌日夕方五時、バー〈アイシャドウ〉の扉の裏では、八重が刑事二人の質問攻めにあっていた。昼ごろから新地一帯に聞き込みをかけた北新地署の捜査員たちは、たちまちのうちに、被害者坂東雄大の人物像を把握するに充分な情報を手に入れていた。

「なかなか、お盛んだったようだな。新地の店を総なめにしたと、もっぱらの噂だが」

「ちょっと、刑事さん。別にそんなお客さん、珍しくありませんよ。一念発起、ありがたいわ」

八重の歓迎の意には何の感情も見せず、刑事は言った。

「で、誰かの恨みを買うには、充分な条件だが」

「それは坂東先生に限って、なかったんじゃありませんかね」

「どうしてわかる？」

「先生、金離れよかったから」

何でも金、金……。まったく……。

「夕べは、お宅の店に来る予定だったんだってな」

「ええ。新人が入ってくるものですからね。麗香っていうんですけど、もうすぐ来ますよ」

八重はチラッと腕時計に視線を流した。遅刻だわ、新人のくせして……。

「新しい娘《こ》が入ってくる店には、必ず真っ先に顔を見せたというらしいじゃないか」

「ええ。先生、それはもう、若い子が大好きで」

羨《うらや》ましいこった、と感じているうちはまだ駆け出しの刑事だ。目の前の二人は、相当に年季が入っている。体にも着衣にもである。

八重の目は、刑事たちを蔑《さげす》んでいる。金持ちしか、ここでは用がない。金のないやつの来るところじゃない……。

「とすると、ここに来る途中でやられたか」

「先生、本当に殺されたの？」

「状況から、自分で背中を刺したはずもなく、誤って何かが刺さったわけでもない」

「いったい誰が？」

「その手がかりを探して、ここに来ているんじゃないか。そんな男なら、どう見ても、こっちの関係だろう」

　刑事は小指を立てた。

「患者さんのほうは、どうなんです？　先生、お医者さんだから、何か失敗して、患者さんの恨み買ってたとか」

「もちろん、そちらのほうも当たっている」

「きっと患者さんよ」

　八重はまた腕時計に視線を流した。少ないとはいえ、そろそろ客が顔を出す頃だ。うっとうしい話だった。いつまでも刑事が踏ん張っていると、商売にかかわる。他の店に客を取られようものなら、本日の売り上げに大きくひびく。だが、損害賠償を警察に請求するわけにもいかない。

「患者さんのほう、調べたら。それにしても、遅いわね」

　麗香のことだ。新人が堂々と遅刻である。

「その新人の麗香という娘《こ》だが、被害者と面識は」

頭の悪い刑事だ、説明に使った日本語が理解できないらしい、と八重は刑事を睨んだ。

「あるわけないじゃない。ニューフェイスって言ったでしょ。麗香が入ったから、先生、久しぶりにうちに来てくれる予定だったんじゃないのよ」

扉の外に人の気配がした。

「おはようございまーす」

はしゃいだ黄色い声の後ろに男がつづいた。

「まあ、いらっしゃいませ」

八重の手が客の男に伸びた。

「あら、ママ。お客さん？」

ホステスの目がいささかの不審な光を宿した。

「いいえ。ちょっと、坂東先生のことで」

「先生、どうかしたの？」

刑事が言った。

「昨夜、すぐそこの国道を渡るところで、刺し殺されたんだ」

07　職員名簿

天下製薬近畿支部研究所跡、土中に発見された成人一体の白骨の検査分析が進むあいだ、肝心の白骨の持ち主についての捜査も同時進行していた。

T市警谷村警部が、白骨とともに発見された腕時計から年月日を特定したのは正解だったようで、割り出された三名のうち、歯科医鈴木万作については、自らの歯型模型がF県の自宅に残っており、DNA鑑定を待つまでもなく、別人と判明した。抜け落ちていない歯で充分照合可能だった。

残る二人は、家族が当時の住所にそのまま居住しており、失踪者本人のものと断定できるDNA鑑定用の材料がなかったため、血縁家族の血液が提供された。

結果が得られるまでに、ほぼ一週間。やがて被害者は同定された。

「む、息子が、息子が見つかったとおっしゃるのか?」

すでに七十歳を越えた両親が、大粒の涙を流しながら、T市警から訪れた刑事の報告を聞いていた。T市の北隣M市に外科内科クリニックを開いている杉山義満《よしみつ》の跡取り息子満彦が、何の前触れもなく失踪したのは、二十年前、一九八九年五月二十八日のことであった。

満彦は当時三十歳。T市民病院で外科医として勤務していた。

少しばかりできの悪い息子を、何が何でも医師にして、跡を継がせなければと、二浪後ようやく引っかかった私立H医大補欠合格に、大枚の金を寄付して入学させたのであった。

一年の留年を経て満彦は医大を卒業し、また一年の無駄な時間を浪費して、ようやく医師国家試験に合格した。

晴れて医師免許を頂戴し、満彦は父親の希望もあって、外科医の道を選んだ。父親のつてで、国立O大学系のT市民病院に研修をかねて勤務できたのだが、あまり優秀な医師とは言えなかったようだ。

もっとも、学問的能力はいささか見劣りする満彦でも、見よう見まね、手はけっこう器用で、外科医としてまったく不向きというわけではなかった。T市民病院では二年目には、週一日の外来診察を任されていた。

「何も思い当たる節はなかったのです。今でもありません。どうして息子が急にいなくなったのか」

「いずれ調査が終了しだい、遺骨はお返しいたします」

母親は泣き崩れていた。たぶんに諦めてはいたものの、諦めきれない二十年が経った今、息子がたとえ白骨とはいえ発見されたことに、感情を制御できないのも当然であった。

「そんなところに埋められていたのですか、息子は」

「研究所跡地をマンション建設地として利用するために、土地を整備していて、見つかったのは偶然だったのです」

「天下製薬……？」

「ええ。息子さんは当時外科医をなさっていた。製薬会社とは当然、深いつながりがあると思いますが、何かお心当たり、ありませんか」

何度か方向を変えながら同じ質問がなされたが、失踪当時でさえ何もわからなかった両親に、改めて情報を求めるほうが無理というものだ。

「埋められていたということは、息子は殺されたのでしょうか」

「死因につきましては、申しあげましたように、現在、鋭意調査中です」

失踪が明らかになったとき、両親は血眼《ちまなこ》になって息子の行方を捜した。もちろん、居住地にあるM市警察にも何度も足を運び、何か捜査に進展がないか、今日は見つかるのではないか、明日は、と空しいときを空しいとは感じずにすごしたのだ。

何の手がかりもなかった。ようやく諦めの境地になりかけても、思い出せばまた元に戻された。二十年、どこかで息子は生きている、もしや例の拉致事件の、と考えることもあった。

「それにしても、どうして……？　なぜ息子が殺されなければならなかったんだ。それも製薬会社の中で」

「あ、いや。埋められていたのは天下製薬ですが、どこで殺害されたかまでは」

「そんなこと、どうでもいい。とにかく、早く息子を返してください」

杉山満彦の失踪に、新たな手がかりは何もなかった。

しかも、失踪直後に殺害されたとして、二十年の月日が過去のものとなっていた。刑事たちに事件解決の気合を求めるほうが酷な話であった。直近で起こる凶悪事件の捜査で手いっぱいだ。

調査が終了しだい連絡すると言葉を残して、二人の刑事は速やかに杉山邸を辞した。

刑事たちがT市警に戻ると、下柳科学捜査班長が谷村警部と話し込んでいた。

「白骨が二十年前に失踪した外科医杉山満彦のものだとして、その死因なんだが」

「毒物ではないと」

「ああ。骨の一部を、考えられるだけの方法で検査し、分析にかけてみたんだが、何も出ない」

「ということは、どういうことです？　縊死《いし》の可能性は？」

「頸部の脊椎《せきつい》、舌骨《ぜっこつ》などに問題がない。もちろん絞殺《こうさつ》の可能性を完全に否定はできないがね」

「となると、死因は不明ですか」

谷村は大きな体を椅子の中に沈めて、目を閉じた。

「ますます、犯人の手がかりが乏しくなってきましたな、こいつは」

気合が萎えたのか、谷村の声がか細くなった。やはり、時効かな……。

「ところがだ……」

下柳は何やらうれしそうだ。谷村が目を開けた。

「少々、面白いものが残っていた」

「何です？」

谷村警部の体が起き上がった。脊椎が背もたれから離れた。

「第六胸椎横突起下縁から左第六肋骨下縁に、連続した、深さが四ミリの切痕《せっこん》。さらに前方左第四肋骨《ろっこつ》内側面に深さ二ミリの切痕」

解剖学は谷村警部の得意とする分野ではない。眼球を天井に向けて、何とか想像しようと努力をしたが、諦めた。

「どういうことです、先生」

「肋骨が胸椎から出ていることは知っているな」

知らないが、知っている顔をしていたほうがいいだろう、と谷村は肯定のうなずきを返した。

「横突起のすぐ前方の椎体《ついたい》に、肋骨の頭がはまるような窪みがある。正確には、一本の肋骨の頭は上下二つの胸椎《きょうつい》椎体に接触しているのだが、まあよかろう。要するに、横突起と肋骨についた切痕、何か鋭い金属製のもので切られた痕《あと》だな、こいつが第六肋骨のところで連続している。そして」

下柳が言いたいことが何となくわかってきたようで、谷村は次の下柳の言葉に相槌を打つ準備をした。

「前方の第四肋骨内面の切痕とつなげば」

谷村の脳内で画像が焦点を結んだ。下柳の次の声が、さらに画像を鮮明にした。

「背後からナイフのようなもの、それも刃渡り十五センチほどかな、もうちょっとあるか、それをやや上方に向けて強く刺し込めば」

「なるほど。心の臓を背後からひと突き、ということですな」

「そういうこと」

「刺殺ですか」

「まず、間違いなかろう」

まわりには刑事たちが集まってきて、二人の会話に耳を傾けている。

「揚げ句、研究所の土に埋められたというわけか」

「この白骨死体は、例の三階の研究室から出た大量の白骨とは、性質を異にすると考えたほうがよかろうな」

「こちらは他殺《コロシ》、三階のは別物か……。それにしても別物って何です？」

下柳は少し考えてから言った。

「そいつは、岩谷君が話していたことが当たっているかもしれん」

「何を言っていたのか、よくわかりませんでしたが」

「結論を急ぐ必要はあるまい。もう少し解析してみるよ、あっちのほうは」

「それにしても、岩谷刑事からは何も連絡がありませんね。研究所員の名簿、まだ手に入らないんですかね」

もう一週間も経つのに、とは横にいた蒲田刑事のふくれっ面が口ごもった言葉だ。

「いや、一度私に連絡があった。先ほど説明した肋骨の切痕のことを話すと、すぐに状況を見抜いた。警部が言ったのと同じことを話していたよ。まあ、医師だから、当たり前だろうが、話が早くていい」

「へえ」

「名簿のことだが、旧天下製薬研究所員に知り合いがいるそうだ。例の『特効薬』事件のときに協力してくれた研究員らしい。彼女が」

「女性ですか」

「ああ、そうらしい。今の製薬会社にそのまま残ったらしい。名簿、間もなく手に入るんじゃないかな」

その乱風は、甘い蜜月のような祥子との時間にきっぱりとけじめをつけて埼玉署に戻ると、ただちに旧天下製薬、現エクステンションファーマシー研究所人事部に電話を入れた。

「そちらに旧天下製薬研究所の名簿なんて、残ってないですかね」

「はあ？　当方はエクステンションファーマシーですが」

「知っています。ですが、そちらは元天下製薬創薬研究所ですよね」

「そうですけど。当方がこちらに入ったときには、研究所の設備はともかく、天下製薬の事務書類は何もありませんでしたよ」

まあ、当然だろうな、と乱風は最初から期待しなかったから、改めて用意した人物名をあげた。

「石田徹《いしだとおる》さんか橋本《はしもと》るみ子《こ》さんという研究者は、そちらにおられますかね」

埼玉署岩谷と名のったおかげかどうか、相手は深く乱風個人を確認することなく、少々お待ちください、とパソコンのキーを叩いたようだ。しばらく待たされた。

「どちらのお名前も、当研究所職員には見当たりませんが」

「え？　二人ともいない？　会社が変わったから、辞めちゃったのかな……。石田さんは、旧天下製薬の研究所副所長さんだったんですが」

「たしかに旧天下製薬の方が再就職されてますが。その方はお辞めになったのではないですか」

　肺癌の特効薬サラバストンに社運をかけた天下製薬が倒産し、しばらくして外資系エクステンションファーマシーが買い取り、ここ埼玉県荒川沿いにある創薬研究所はそのままの規模で製薬研究が継続されていた。

　旧天下製薬研究所員の半数ほどが外資系企業を嫌い、他の国内製薬会社に再就職していた。いずれも優秀であったから、ほとんどの研究者は、以前は競争相手、見方によっては敵とも思える製薬会社に速やかに受け入れられた。彼らを雇い入れた企業では、天下製薬における創薬の機密事項をそっくりそのまま手に入れることができるという余剰の利点があった。

　調べたところによると、石田徹は当初エクステンションファーマシーに就職したようだが、天下製薬創薬研究所における副所長という役職に相当する地位が与えられなかったのか、それが不満で辞めたようだった。行き先は不明であった。

「橋本るみ子さんもいらっしゃらないのですね」

「ええ、見当たりません」

「いないかあ……。じゃあ、誰でもいいですから、旧天下製薬の方、いらっしゃいませんかね」

「あ、ちょっとお待ちください」

相手の女性は、警察という言葉が効いたのか、カチャカチャとキーを叩く音がしたあと、声がした。

「下のお名前で検索をかけましたら、二階堂《にかいどう》るみ子さんという方なら、いらっしゃいますけど」

「あ……」

乱風は呆《ほう》けた声を出した。

「おいくつの方ですか」

「三十歳ですね、生年月日から見て」

「すみませんが、その二階堂るみ子さんという方に電話つないでもらえないでしょうか」

またしばらく待たされた。乱風は長い脚を前に投げ出して、以前に快く捜査に協力してくれた橋本るみ子を思い出していた。理知的な、いかにも理科系、研究者という顔つきだった。乱風の要望に迅速な対応をしてくれたのだ。

年齢からすれば、乱風の目指す人物として矛盾なかった。

「おつなぎします」

受話器を置く軽い音がして、別の女性の声がした。

「もしもし」

何となく、聞き覚えている声のような気がした。

「あ、私、埼玉署の岩谷といいますが」

「まあ。お久しぶりです」

「やっぱり。橋本るみ子さん？」

「ええ。お元気ですか。その節は」

「いえ、お礼を申しあげるのはこちらです。当時は本当にお世話になりました。あのあと天下製薬が駄目になって、いささか心苦しいところもあったのですが。再就職されたのですね」

「一時はどうなることかと思いました。詳しくは知りませんが、会社の上層部、とんでもないことをやっていたようで……。会社が閉鎖されるとき、研究所の人たち、みんな泣いてました」

「すみません」

「岩谷さんが謝る必要ないわ。ひどい話だったんですもの。いい薬を創ろうと真面目に研究している私たちは、もう悔しくって」

「そうでしょうねえ……。あ、お名前、変わられたんですね。ご結婚なさったんですか」

少し恥ずかしそうな声が返ってきた。

「ええ」

「それは、おめでとうございます。でも、今日はどうして？」

「どうもありがとうございます」

「実は、るみ子さんは、あ、るみ子さんと呼ばせてもらって、いいですかね」

橋本ならぬ二階堂るみ子は、茶髪にピアスといった奇妙ななりの、のっぽの刑事を思い出している。第一印象が「この人が刑事？」だったし、乱風のほうでも「僕が刑事だったら変ですか」と訊いてきた。

さらに奇妙なことがあった。この刑事、ずいぶん血液データに詳しかった。当時感じた疑問がそのまま蘇《よみがえ》ってきた。

「かまいませんけど。でも、ちょうどいい機会だから、ひとつだけ教えていただけませんか」

「何でしょうか？」

「あのとき岩谷さん、ずいぶん血液のことよくご存じでしたわね。どうしてそんなに詳しいのか、お尋ねした覚えがあります」

「そうでしたかね」

「ええ。でも、お答えにならなかったと思います。はぐらかされたような」

「あ、いいえ、決してそういうつもりじゃ。殺人のことで頭がいっぱいでしたから」

「今日は答えていただけますか」

乱風は何のために橋本るみ子に電話をしたのか、忘れそうになった。

「僕、刑事をやってますが、実は医学部を出ているんです」

「え。まさか」

「いえ、これでも医師免許持ってます」

完全に想像の外だ。

「ご質問の答えは、これでよろしいですか」

るみ子の沈黙が、肯定を意味していると乱風は勝手に解釈した。

「そうそう、何のために今日お電話したのか、忘れるところでした」

るみ子が受話器を持ち替える気配がした。

「るみ子さんは、大阪のT市に天下製薬の研究所がもうひとつあったこと、ご存じでしたか」

「え？」

「その声では、ご存じなかったようですね。天下製薬近畿支部研究所と古めかしい木製の看板に墨の文字が書いてありましたよ。二、三十年は経っているんじゃないでしょうかね」

「初めて聞きました」

「ということは、そちらの研究所とは交流など、まったくなかったのですね」

「もちろん上層部で、何かやり取りがあったかどうかまでは知りませんが」

「副所長さんはどうです?」

「石田さんですか? 石田さんは一カ月ほど新会社におられましたけど、すぐに辞められて」

「今、どうしておられます?」

「ご実家が薬局を開いておられて、そこに戻られました」

「話は聞けそうですかね。住所、ご存じですか?」

「ええ。でも、石田さんの口から、そんな研究所の話、聞いたことありませんよ。亡くなった小林《こばやし》所長もです」

「石田さんには一応当たってみます。住所、教えてください」

名簿があれば、わかるかとも思ったが、実家という話ならば、研究所に勤めていたときの居所とはまったく違っている可能性があった。るみ子が石田から直接聞いたという住所を、乱風は書き留めた。

「でも、どうしてその大阪の研究所のことを？　また何か事件ですか。いえ、事件なんですよね。こうして岩谷さんが電話してきているわけだから」

あ、ちょっと待ってください、とるみ子の声が遠くなった。乱風は受話器を耳に押し当てた。何か遠くに気配がある。

やがて、受話器を取り上げる音がしたあと、るみ子の声が戻ってきた。

「もしもし。お待たせしました。今、ほかの同僚に訊いてみました。彼女たちも私と同じ、旧天下製薬の研究員です。誰も知らないそうです」

「ふーむ……。いや、どうもありがとうございます。そうなると……」

名簿にも載っていない可能性が出てきたと、乱風はいささか心細くなった。

るみ子は乱風が何かを考えているらしい気配に、声をかけるのをためらっている。

「ま、当たって砕けろだ。研究所をご存じだったかどうかはともかくとして、天下製薬の名簿、お持ちじゃありませんか」

「職員名簿ですか。いえ、そういうのって、もらわないですねえ」

「ありませんか……。どこかにないですかね」

るみ子はしばらく考えているようだった。

「同僚に、以前総務にいた人がいます。今も、この会社の総務で働いていますから、訊いてみます。彼なら何か持っているかもしれません」

「それはありがたい。お願いします。明日にでもまた、連絡します」

職員名簿など、どこにでもあるだろうと思っていたが、会社が倒産したりすると案外それまでのデータは散逸してしまうようで、乱風が二階堂るみ子からようやくのことで旧天下製薬職員の名簿を手に入れることができたのは、週末をまたいで次の月曜日だった。

懐かしい旧天下製薬創薬研究所は、以前訪れたときのままの姿でそびえていたが、門柱に掲げられた看板に光る横文字の会社名が厳しい世代交代を告げているようであった。守衛に訪問理由を告げると、行き先を言い渡された。以前の人物とは変わっていたが、守衛はやはり乱風の様相を好奇心剝き出しでジロジロと眺めている。それでも刑事と名のったおかげで、ぞんざいな扱いは受けなかった。

研究所入り口の大きなガラス戸の内側に人影が見えた。乱風の姿を認めると、白衣を着た人影が動き、ガラス戸が開いた。

「どうも、お忙しいところ、恐縮です。お世話になります」

「お久しぶりです、岩谷さん」

二階堂るみ子であった。結婚したせいか、さらに落ち着きが増して、理知さに大人の美しさが加わったようだ。脇にクリアファイルをかかえている。

「立ち話もなんですから、どうぞこちらに」

脇の部屋に通された。会議室を兼ねた来訪者用の少し広めの洋室で、真ん中にプロジェクターが設置されている。パソコンにつなげば、ただちに画像を正面の白壁に映すことができる仕組みだ。

ファイルを机の上に置き、乱風に椅子を勧めて、るみ子は部屋の隅にあったポットからコーヒーをカップに注いで持ってきた。

「岩谷さんはブラックでしたわね」

「よく覚えていらっしゃいますね」

コーヒーをすすった乱風の前にクリアファイルが差し出された。

「お話しした総務の方も、名簿はお持ちじゃありませんでした」

乱風はファイルから目を上げて、るみ子を見た。

「実際に正式に会社で作った社員名簿はないそうです。全社にコンピュータシステムを取り入れた十年ほど前から、すべて徐々に電子化されて、名簿はコンピュータの中に保存されているだけだったのです」

ファイルの中身は、プリンターで印刷されたもので、人名と住所が細かい文字で並んでいた。

「天下製薬が閉鎖になったとき、当時人事部に所属しておられた方が職員ファイルをコピーされて、記念にと保管されていたのです。事情をお話しして、そのファイルを印刷したものが、いま岩谷さんがご覧になっている名簿です。閉鎖当時のものです」

「何ともありがたい……」

総勢何人になるか、二千人か三千人か、乱風は相当の枚数をパラパラと指で弾いた。

「そのときついでと言っては何ですが、岩谷さんがおっしゃった大阪T市の研究所、近畿支部研究所でしたかしら、誰か知らないか尋ねてみたのですが、どなたもご存じありませんでした」

「ほう……。人事の方もご存じない……」

「名簿の中にも、その部署の記載はありません」

るみ子は乱風の手の中の印刷物を指さした。

「なるほど」

「あのう、本当にうちの、いえ、天下製薬の研究所なのですか？」

るみ子が尋ねてきた。

「え？　ええ、古びた門のところに、たしかに天下製薬と書いてありましたが」

「同じような名前の、まったく関係のない会社じゃないのですか」

乱風は祥子と眺めた門柱のくすんだ文字を目に浮かべている。

「間違いなく天下製薬近畿支部研究所と書かれていました。それに、先日るみ子さんにお尋ねしたとき、まったくご存じない、そのような研究所のことをお聞きになったこともないというお話でしたので、念のためにほかにも天下製薬という会社がないかどうか、薬剤医務管理局や関係省庁に問い合わせてみました」

「ほかにはなかったのですね」

「ええ。天下製薬という名前で正式に登録されている会社は、この半世紀、ただ一件のみです」

半世紀という表現がおかしかったのか、るみ子はクスッと小さく笑った。

「会社の人間が誰も知らない研究所……ですか？」

「あ、いや。誰も知らなかったかどうか、それはもう一度きちんと調べてみないことには、わかりません」

「あのう、これ以上のことをお訊きするのは、いいのか悪いのかわかりませんが、その大阪の研究所で何があったのですか？」

乱風はしばらく口をつぐんでいた。視線を名簿に落としている。コーヒーにも最初のひと口をつけたまま、手が伸びなかった。

やがて乱風の目が上がった。

「研究所跡地にマンションが建つようです」

るみ子は身を乗り出した。

「研究所解体工事中に、敷地内から白骨が一体見つかりました」

「まあ……。その捜査で」

乱風はうなずきながら、人差し指を一本、口唇に直角に立てた。

「ご内密に願います」

「それで研究所の名簿がいるのですね。誰が殺されたか、あ、殺されたかどうか、その白骨の持ち主を調べるのですね」

「白骨の持ち主ね……」

妙な言い草に乱風の顔がほころんだ。

るみ子の身がさらに前に出た。しかし乱風は、緩んだ顔面筋を引きしめると、手のひらをひろげて、るみ子の目の前に突き出した。

「今回は、これ以上のお願いはありません。名簿、お預かりします」

るみ子の顔がつまらなさそうな表情に変わった。乱風をまじまじと見つめたあと、突然言った。

「刑事さんて、面白そう」

「え？」

「薬、創っていても、何年に一つできるかできないか。それに、私の仕事って、ほかの人が作った化合物をマウスに投与して、毎日毎日血液の解析ばかり。一生、こんなことばかりじゃ」

「待ってください、るみ子さん。何か、大きな誤解をされていらっしゃる」

「何が？」

「医師になるつもりで医学部を出ながら、一度として医者として社会貢献せず、刑事に方向転換した私にこのようなことを言う資格があるのかどうかわかりませんが、面白いというような仕事ではありません。それに常に身の危険がつきまとう」

表情を険しくした乱風の脳裏に、祥子の姿が浮かんだ。「特効薬」事件、「死の点滴」事件、危ないことばかりだ。今度こそは、事件に巻き込んじゃならない……。祥子の影のない裸身が光った。決して傷をつけてはならない、至極の宝物だった。

「まあ……。冗談よ、岩谷さん。そんな、真面目な顔しないで」

力んだのを恥ずかしそうに乱風は、へへへ、と頭を掻いた。

「それに、多くの人たちの力の結晶で、素晴らしい薬ができるんだ。例のサラバストンだって、最終的には副作用が出たけれど、それ以下の濃度では、まさに肺癌の特効薬だった。いま少し研究が進んでいたら、改良薬ができた可能性だってある」

「わかっています」

「もっとも、るみ子さんが決心したんなら、そのとき一番よいと思う方向に行かれればいいんじゃないですかね。今回、最良の伴侶を選ばれたように」

部屋を出るときに、乱風が振り返った。

「あ、ひとつ聞き忘れてました。研究のことですが、天下製薬、動物のクローンとか臓器再生の研究、やっていませんでしたか?」

るみ子は少し残念そうな声色で答えた。

「いいえ。うちの研究所ではそちらのほうの研究は……。完全に世界に乗り遅れています」

08
白い呼び声

乱風が手に入れた旧天下製薬職員名簿の名前一人ひとりの、現在の所在確認が翌日から精力的に行われた。

研究所にそのまま残り、現エクステンションファーマシーに勤めている者は、最初に確認後除外された。二千余名におよぶ職員のうち、ほぼ半数がそれに該当した。以前から同研究所あるいは東京本社に勤務する役職員たちで、エクステンション社の名簿で簡単に照合されたのである。

残り千名に関しては、住所あるいは電話で本人が確認された。千名にいちいち当たるのは相当の作業で、手のあいた何人かが交代で対応した。乱風自身も自席を温めながら、一日じゅう電話と格闘していた。

受話器を握る手に力が入らなくなり、耳介がしびれそうになる頃、ほぼ大勢が判明した。

奇妙なことがわかったのである。

職員名簿の中の三十名の所在がわからなかった。まず電話番号がデタラメだった。さらに記載された住所に該当する人物がいないどころか、住所そのものが存在しなかった。何市何々町まではよいのだが、何番地何番何号となると、いずれかの数字が実在のものよりも大きく、要するに架空の住所ということだった。

「妙だな」

乱風は何度か首を傾げた。

夕方、いかにもうれしそうな顔つきで二階堂るみ子に連絡を取ると、彼女はいずれの人物も知らないという。相当の大企業だから、見ず知らずの人間がいてもおかしくはないのだが、住所までデタラメ、実在しない住所と聞いて、るみ子は怯えたような声を出した。

「どうして、そのような人たちが私たちの中に」

まさしく不気味そうだった。

「名前をごまかしているのか、あるいは本名だが住所を実在しないものに変えたことで、彼らがおそらくは例の研究所で何かをやっていた可能性があります」

何かとは、乱風の頭の中では充分な確信を持って想像がついているのだが、るみ子に話すことではなかった。昨日の乱風の別れ際の質問が、るみ子に与えられる最大限のヒントだった。

「この名簿ファイルを持っておられた人事の方に、それとなく確認したいのですが」

「ご紹介しましょうか」

　というわけで乱風は、翌日るみ子とともに現れた年配の男性と、研究所近くの喫茶店で面会したのだが、天下製薬人事部に二十五年いたというその男性も、乱風の指摘に首を傾げるばかりであった。

「人事部での名簿作成は、どのようにしてなさってましたか」

「各部署で取りまとめていただいて、それを使います」

「当然、給料支給に必要ですよね」

「そういうことになります。もし、ご指摘の人物が存在しないとなると、妙なことになります」

「でも、そのようなことは起こらなかったようですね」

「まったく。ですから住所はデタラメでも、本人はたしかに社員の中にいたということになります」

「給料は口座振り込みですか。どこの銀行かわかりませんか」

「さあ、そこまでは。もうデータがありません」

　乱風は二人と別れると急遽署に戻り、すべての銀行あて、三十名の名前の口座がないか探索を依頼した。殺人事件の捜査と言えば、銀行側に断る理由が見つからなかったようで、一時間もすると、それぞれの銀行から返事が戻ってきたが、回答はうんざりするほどの量だった。三十の問い合わせに対して、四百名余の同姓同名の該当者が並んだ。

「生年月日情報があれば、もっと絞り込めるのだが……。ふうむ……」

この程度で驚いていては、刑事稼業は務まらない。教えられた住所をいちいちなぞりながら、乱風の顔がしだいにほころびはじめた。

さらに頭を捻ること一時間、乱風は満足そうにペンを机の上に放り出した。

「ひとまずは、この五十八名に当たってみるか」

赤ペンで印がつけられた人物の住所は大阪府T市と、T市を取り囲むようにあるM市、S市、O市。そして大阪府の隣の兵庫県、奈良県、京都府、和歌山県、さらには滋賀県、三重県にまでおよんでいた。要するに近畿一円に居所を持つ人物に絞り込んだというわけだ。

各県警を通じた乱風の捜査依頼で、たちまちのうちに五十八名の現職、さらに天下製薬での職歴がないか、内偵確認された。

その結果、捜査した五十八名全員がたしかに銀行から入手した居所にいずれもが住民登録をしていた。さらにそれぞれの住所に居住していることまで確かめられた。このうち三十名が以前に天下製薬の社員であったことが突き止められた。

ただし、この三十名のうちに一名、行方のわからない人物がいた。数カ月前に、捜索願が出されていたのである。

T市上野南五丁目在住、池之端三郎《いけのはたさぶろう》、五十六歳という男だった。T市警からの情報では、上野南は一戸建てが並ぶ憧れの高級住宅地ということだ。

失踪直後に提出された捜索願では、池之端三郎は天下製薬倒産後、何の職業にも就かなかったようで、無職とあった。

旧天下製薬近畿支部研究所跡地に、再び建設会社の解体作業員たちが入っていた。二十年前に埋められた杉山満彦医師の白骨化した死体が見つかり、さらにT市警による研究棟調査のために工事中断命令が出ていたものが、昨日夜ようやく工事再開の許可がT市警から下りたのである。

もちろん彼らは白骨の持ち主が判明したことも、あるいは研究棟三階から大量の白骨が出たことも知らない。一週間以上も作業が遅れている。彼らの関心は、いかにして工事の遅れを取り戻すかだけだった。

現場主任山川の大声が作業開始の合図だ。たちまち研究所の壁が粉みじんになった。鉄筋が剝き出しになり、下柳や谷村がこじ開けた三階の閉ざされた研究室も、何が何やらわからない状態で、瓦礫の仲間入りをした。

接触して事故を起こしそうな雰囲気で、入れ代わり立ち代わり、瓦礫搬出のトラックが走りまわる。解体に伴い巻き上がる粉塵を放水処置で治めても、騒音までは消すことができない。

周辺の住人が顔を出して、一部には研究所前まで乗り込み、ひとしきり文句を言ったようだが、それとて鼓膜が破れんばかりの大音響の中、さらには頻繁に出入りするトラックに轢《ひ》かれそうになれば、ほうほうの態で退散し、遠くから文句を飛ばすまでであった。

敷地のアスファルトがさらに引き剝がされた。以前は一棟を倒し、敷地半分ほどを壊すのに数日を費やし、工事日当を不当に稼いでいたものが、作業は急ピッチで進んでいた。

夜遅くまでやられては、やかましくてならない。陽が傾き、そろそろ住人たちが心配しはじめた頃、それまでの騒音がピタリと止んだ。

「やれやれ、終了か。それにしても、今日一日で全部やっちゃったのかな。凄まじい騒音だったな」

夕闇が迫ってくる。遠くに夕陽を反射しているのか、キラキラと赤く輝く光がいくつも交叉しながら、研究所方面に近づいてくるようだ。やがて、ワンワンワンと、どう考えても一週間前を思い出させるような音が、ドップラー効果で本来の波長より縮まった高い音をたてながら、間違いなくこちらに向かってきた。

ワンワンワンのやかましい音は、旧天下製薬研究所の中で溜まりこんだ。

音源のパトカーが止まるか止まらないうちに飛び出してきたのは、谷村警部だ。蒲田刑事も転がり出た。事実、足を取られて、土の上で引っくり返った。

次々と捜査員が出てきて、呆然と佇んでいる作業員たちに対峙《たいじ》した。

「山川さんだったかな、現場責任者は」

谷村警部が山川の顔を見つけて近づいた。現場監督はベソをかいたような顔つきだ。ヘルメットの下は泣き顔の男たちまで見える。普段は荒くれ男たちも、形なしの様相であった。

「どこだ？」

山川は両腕を上げた。

「何だ？」

山川の右腕が南東の方角を、左腕が北東の方角を向いた。いずれも人差し指が伸びて、それぞれ離れた一点を指し示していると見えた。

「それにしても、今日一日で、あの研究棟をぶっ壊したのか。すごいな」

今の山川現場監督にとって、解体工事など、もはやどうでもよいことだった。この土地にはマンション建設は無理だろう、というのが山川たち解体業者の正直な感想だ。

谷村が顔を左右に向けながら、少し見えにくい夕闇の中に視線を泳がした。目が点になりかけている。

「で」

目に焦点を取り戻したこの頑強な警部は、あらたまって現場監督に静かに言った。

「また白骨が出た、それも、今度は二体も、と言うのだね、君は」

翌日から周辺の住人は騒音に悩まされることがなくなった。

当初の予定では、土地が平地となってしばらく寝かされたあと、新たにマンションが建つということだった。いつからかと思ってみても、研究所周囲の壁は解体されないままに残り、門はぴったりと閉ざされたまま立入禁止の紙が大きく貼られ、さらに通行を妨げるように、これまた立入禁止の看板が居座った。

「まるで花咲か爺さんのここ掘れワンワンや。白骨がザックザク出たそうやで」

無責任な噂はたちまち大きくひろまる。

「そういえば、気持ち悪い研究所やったからなあ」

「何、研究しとったんや？　薬やないんか」

「いや、製薬会社やと思っとったんやが、できた薬、次々と生身の体で試してたらしい」

誰が言いだしたのか、人々の想像はますますたくましい。

「人体実験か」

「まあ、そんなところやろ。薬の副作用で死んでも公表できへんから、敷地内に埋めとったんとちゃうか」

「いったい、どのくらい白骨が出たんや？」

「せやから、ザックザックや」

最初に研究室内からザクザク出た白骨の山は、どうデータを処理し解釈してよいのか、科学捜査班員たちを困惑させながらも、徐々に検査結果が集積されつつあった。

前日、敷地内南東隅の土中から出た白骨と、逆方向北東隅の土中から出た白骨については、司法解剖送りと即断された。

こちらは、以前に見つかった杉山満彦の白骨とは違って、骨以外、何ひとつ手がかりとなるものがなかった。おまけに、南東隅で見つかった白骨は、何の警戒もしていなかった作業員が打ち込んだショベルで見事に頭蓋骨を粉砕されていたから、仮に頭蓋骨に何らかの死因に直結するような痕跡があったとしても、証拠消滅となってしまったわけだ。

その頃北東の角でも別のショベルカーが敷地掘削作業を進めていた。こちらのほうは、グイッと差し込んだショベルを勢いよく持ち上げると、黒い土に混じって、何やら白色棒状のものと、籠のようなものが一緒に上がってきた。

作業員はいやな予感がした。ショベルの端にある白い球体に、作業員を見つめている黒い孔が二つ並んでいた。ショベルがさらに上昇すると、土が動いて、球体の下半分が剝き出しになり、その頭蓋骨らしいものがニッと笑ったような気がしたのだ。

引きつったように痙攣した腕が、無意識にハンドルを弾いた。ショベルが前下がりになり、土とともにゴロリと白骨一体が寝返りを打って地面に墜落した。

作業員には備長炭《びんちょうたん》同士がぶつかり心地よい音をたてるように、カンカラカンと骨が土の上に落ちていく音が聞こえたようで、不覚にも、尿道括約筋の収縮を解いてしまった。膀胱《ぼうこう》に充満していた尿が勢いよく、作業服に吸い取られていった。

数十メートルは離れた場所、まったく別の時期に埋められ、しかも被害者を埋めた人物は別人と考えるのが妥当かもしれなかったが、二体の白骨を現場で簡単に調べた下柳科学捜査班長は、谷村警部を手招きして、何事か耳もとに囁いた。

「ほう……それは……」

何かを言いかけて、下柳が唇に指を立てているのを見た谷村警部は、大きく首を振りながら解体作業員たちを引き取らせ、門を完全に閉め切って、そのあとの現場捜査の指揮をとったのであった。

下柳は二体の白骨とともに、先にT市警に帰ってきた。班員助手に命じて、二体別々に、可能な限り原型に近い形で並べさせている。

「ほぼ全身の骨はそろっているな」

一体は頭蓋骨がバラバラだが、残りの部分は、二人の成人の大きさでまとまっていた。

「さてと、一人ずつ、見ていくかな」

解剖衣を身に着け、型どおり頭をひとつ下げて、二体同時に哀悼の意を示した下柳は、まずは南東の隅で見つかった白骨に上半身をかがめた。自分は胸部を調べながら、助手に指示を出した。

「頭蓋骨が粉砕されているが、古い傷痕がないかどうか、確認を頼む」

助手がバラバラの頭蓋骨をていねいにひとつずつ手に取り、目視し、あるいは拡大鏡に並べて観察しているあいだに、下柳は熱心に脊柱《せきちゅう》と肋骨に視線を這わせていたが、やがて満足そうな声をあげて、背を伸ばした。

「うーむ。こいつは……。それにしても……」

助手は骨片に集中している。下柳は残りの骨をざっと見たあと、もう一体の人骨に近づいた。何やらつぶやいている。

「まさか、こいつにも……」

下柳の体が躊躇《ためら》いなく、肋骨で囲まれた胸郭の上にかぶさった。こちらのほうは、シヨベルで一度持ち上げられ、放り出されるように回転しながら地面に落下したから、肋骨の一部が脊柱からはずれて、胸郭の形としては不自然なところもあったが、下柳はいっこうに気にする様子がない。顔を捻じ曲げ、肋骨で囲まれた中に自分の頭を差し込むようにして、内面に鋭い視線を当てている。

「あ、あった……」

大きな声に、助手が下柳を振り返った。

「どうしました、先生」

下柳はマスクの下でニヤリと笑ったが、助手には見えない。質問を無視して、逆に下柳は尋ねた。

「どうだ、頭蓋骨。何か傷痕があったかね」

「これで最後です」

助手は指につまんだ骨片を拡大鏡に載せたが、接眼レンズを覗き込みながら頭を振った。

「何もそれらしきものがありません。頭蓋骨に残っているのは、今日、ショベルカーによって潰された破砕の痕のみです」

下柳はうなずいた。

「これで決まったな。先週の白骨、杉山満彦を白骨にした人物と同一の人物が、今日出た二体の白骨、誰のものか知らんが、こちらの二人も白骨に仕上げた可能性がきわめて高い」

「岩谷刑事、そちらの受信具合はどうだ」

「よく見えていますよ、下柳さん。それにしても、さすがT市警ですね。わが国の警察機構、互いの縄張り意識が強いから、このような近代的連結システムがいっこうに実現しない」

乱風がいるのは埼玉署ではない。二階堂るみ子に頼み込んで、エクステンションファーマシーのテレビ会議室を極秘で使わせてもらっている。

部屋には乱風一人である。完全に鍵をかけ、製薬会社の一角で、まさか刑事が遠く大阪府T市警とテレビ捜査会議を開いているとは、お釈迦さまでも知らないことになっている。

下柳から電話で情報を伝えられた乱風は、じれったい対話に業を煮やして、どこかでテレビ会議ができないか、下柳に持ちかけたのである。

T市警は全国一の科学捜査を誇るだけあって、遠方との、特に国際警察機構《インターポール》との会議に、テレビ会議システムをいち早く取り入れていたのだ。これもまた下柳敬太郎科学捜査班長の提言で実現したものであった。

二年ほど前、下柳が国際警察機構の現状視察目的で三カ月を使って海外を飛びまわった結果である。予算編成に相当の困難を強いられたが、次の年には先進的なシステムが数々がそろったというわけであった。

このシステムを自由に使いこなせる者は、T市警といえどもごく数人に限られる。近代機器、近代科学に疎《うと》いことは、捜査現場の専売特許のようで、一般市民にとってはいかにも心細い。

乱風はといえば、エクステンションファーマシーのような大手外資系の製薬会社がテレビ会議システムを持っていないはずがないと思いついたが吉日、さっそく埼玉署長の許可を取り、さらに同社に申し入れたのだ。

警察がこのようなシステムを持っていないと聞いて、エクステンションファーマシー社の担当者が軽蔑したように乱風を見下したのをいっこうに意に介さず、こうして今、テレビ画面の前にいるというわけだ。もちろん極秘捜査ということになっている。見下した社員が万が一この事実を外に漏らそうものなら、捜査妨害のかどでたちまちのうちにお縄、と脅しをかけてある。

会議室に一人、乱風には画面の中の下柳と谷村の姿が見えていた。

「こちらでは、天下製薬創薬研究所副所長だった石田徹さんに訊いてみました。名簿の三十名はおろか、そんな研究所が大阪にあったことなどまったく知らないと、ずいぶん驚いてましたよ。あれは、芝居ではないでしょう」

「名簿の中に隠された、誰も知らない研究者たちか……。しかも、彼らが仕事をしていたと思われる、あの白骨研究所」

下柳は、天下製薬近畿支部研究所を白骨研究所と表現した。

「もまた、誰も知らないときている……」

しばらくの静寂のあと、下柳が口を開いた。

「昨日の電話で話したとおり、研究所敷地内から出た二体目と三体目の両方の肋骨に、杉山満彦の肋骨にあったのと同様の切痕が認められた。もちろん、それぞれ少しばかり位置が違うが、まず間違いなく三名とも背後から刺されている。凶器も類似したもの、あるいは同一のものかもしれない。刃渡り二十センチくらいの鋭いナイフのようなものだ」

「背後からのひと突きか……。心臓を刺し貫いて、失血死。ほぼ即死でしょうね」

「そういうことだろう。杉山満彦の場合は、胸椎にも疵《きず》がついていたし、凶器の先端が第四肋骨内面で止まっていた。昨日のものは、どちらも胸椎には切痕はなかったが、それぞれ左第六肋骨下縁に五ミリ、左第八肋骨下縁に六ミリの切痕が明らかだった。第八肋骨から入ったものはやはり第六肋骨内面に凶器の先端が当たった痕があった」

「ということは、どの犯行も、ほぼ同じ場所を同じ角度から刺した。それも明らかな殺意を持って、渾身の力を込めて突き込んだようですね」

「そのように判断してよいと思う」

「犯人が同じ格好で、被害者が立っている状態で同じ高さから刺したとして、第八肋骨の高さで刺されたほうの人は、もう一人より少し背が高いのでしょうか」

「そのようだが、こちらのほうが頭蓋骨がバラバラなので、正確な身長はわからない。推定百七十五センチ。もう一人は百六十八センチ」

「杉山満彦は」

「母親の話では百七十センチ」

「とすると、刺した人物の身長、推定できますか」

「うむ。刺し方にもよるが、胸の前で構えて、そのまま突き進めば、犯人の身長は百六十センチから百七十センチくらいかな」

「刺したときの状況がわからないから、特定は難しいでしょうかね」

乱風の目玉が天井を向き、床を眺め、さらに左右に振幅して、また正面に戻った。

「昨日見つかった二体が誰であるのか、同定されたのですか?」

「いや、まだだ」

谷村の声がして、画面が谷村警部の顔に移動した。

「君が調べてくれた三十名の中の、ただ一名の行方不明者、池之端三郎の可能性を、現在精力的に当たっている」

「他の二十九名は、所在が把握できているのですね」

「研究所から、あれほどの白骨が出たのだ。明日から一人ずつ厳しく事情を訊く予定だ」

「銀行から得た情報では、池之端三郎は五十六歳でしたかね。とすると、研究所では相当上のほうにいた人物の可能性がありますが」

「ああ、所長とか副所長あたりかもしれんな」

今度は下柳のほうにカメラが移動して、画面に顔が映った。

「もう少し引いていただけますか。お二人同時に見えていたほうが」

乱風の要請に下柳がリモコンを操作したようだ。画面が少し遠くなって、二人の上半身が画面に収まった。

「あ、それでけっこうです。それで池之端は、半年ほど前に捜索願が出ていたんでしたね」

「池之端三郎の歯型、医療情報、ならびに自宅から本人の頭髪、これは本人の櫛《くし》から得られた数本で本人かどうか解析中だ」

「無職とおっしゃいましたが」

「天下製薬が潰れてからあと、職についていないようだ。これは家人にも確かめた」

「生計は？」

「まあ、蓄えがあったのだろう。それに、相当の高級住宅に住んでいる」

「ずっと家にいたのでしょうか」

「いや、毎日、ときには日曜日も、どこかに出かけていたらしい」

「仕事でも探していたのかな」

「奥さんの話では、そのような様子はなかったようだ」

「行方が知れなくなったことや、今回、研究所の敷地内で白骨で見つかったのが夫かもしれないと聞いて、家族の人はどんな反応でした？」

「そもそも池之端が天下製薬に勤めているとは知っていたが、研究所がT市のあんなところにあったことは知らなかったと言っていた。勤めていた頃は、何もトラブルになるようなことは、聞いていなかったようだ」

「それにしても、どうして殺されたのか、あの三階から見つかった研究室と何か関係があるのか……」

双方の部屋に沈黙が流れた。しばらくして、乱風が口を開いた。

「もう一人の白骨のほうは手がかりはない……」

「こちらのほうは、すべての失踪届の出ている人物を当たっている」

「そいつは大変だなあ……。それにしても、杉山満彦が二十年前でしたっけ。で、昨日の一人が池之端三郎だとすると、数カ月前ですか。ずいぶん時間が離れているなあ。同一犯として、動機、ますますわかりませんね」

「うむ。今のところ、白骨の当人の特定がさしあたっての仕事だな」

「何か共通点が……。何にも見えないな……」

「少し時間をいただこう。それより、もうひとつ、君に伝えたいことがある。医学者の君としては、大いに興味があるはずだ」

乱風は少し崩れかけた体を起こした。

「例の研究所のほうの大量の白骨なんだが」

「何かわかったんですね」

さらに乱風は身を乗り出した。

「それが、どうにも解釈がつかないんだ」

下柳が頭に手を載せた。ペタリと平たい音が聞こえてきた。

「まだ解析の途中だ。すべてを調べ終わったわけではない。それを承知で聞いてほしい」

「はい」

乱風の顔がテレビ画面を覗き込んだ。下柳の顔が引きつったように見えたのだ。声を出す下柳の口唇が細かく震えている。

「これまでに調べた骨は約二十体分。どれもこれも調べていては永久に終わらないだろうから、脊柱がはっきりとしているもの、これが五十体ほどあったのだが、そのうちの二十体だ。こいつのＤＮＡの解析が終わった」

下柳は乾いた舌で口唇を舐めた。

「当時、君も骨盤が五十ほどあると言っていたな」

乱風に研究室の床の様相が蘇った。人骨がおびただしく散らばっていた中に、小さな頭蓋骨、小さな骨盤が、広い海に浮かぶように転がっていたのだ。

「どれも、当時見たように、大きくとも身長八十センチくらいだった。あのとき、我々は赤ん坊か胎児だと思ったんだったな」

「ええ」

「で、ＤＮＡ解析の結果なのだが」

また下柳は無駄を承知で口唇を湿らせた。舌が絡まったようだ。乱風には奇妙な発音が聞こえた。

「どの骨も、二十体どの骨も、みんな、まったく同じＤＮＡパターンを示したのだ」

09 謎の研究

「何ですって！」

乱風の脳神経回路がめまぐるしく走りまわり、あちらこちらの神経細胞が過剰な化学反応を起こした。画面の向こうの下柳と谷村が、身動きひとつせずに、乱風の様子をうかがっている。

一分後には、神経回路が急速に冷却静止した。乱風の顔がいかにもうれしそうに緩み、唇の両端が外側上方に持ち上がった。

「ということは……」

乱風はパチンと両手を打ち合わせた。タイミングを計っていたのか、下柳の声がした。

「岩谷君。君はどう思うんだ？　こんなことがありうるのか？」

「要するに、二十体全員が同一のＤＮＡを持っている。すなわち、二十体全員が、同一人物ということですよね」

谷村は理解がおよばず、思考が停止した顔つきだ。下柳はそのような谷村警部を無視して、こちらは至って真剣な顔だ。

「私が先日、そちらで申しあげたこと、あの研究所ではすでに間違いなく実現していたということですよ」

「しかし……。そうなると、クローン人間の作成に成功していたという、とんでもない研究が進んでいたということになるが」

「私が想像したとおりです。ですが、いまだ成功というところまでは行っていないと思いますよ」

「ん？　どういうことだ？」

「動物のクローン、一九九六年の羊のクローンにはじまり、牛などの家畜はたしかにクローンができています。こちらもまだ不充分ではありますがね。で、当然、同じ生物。人間のクローン、クローン人間の研究、倫理上の問題から、表立ってやっているところはないとは思いますが、科学者の究極の望みじゃないでしょうかね。密かに研究しているところ、世界中にいくつもあると思いますよ。強力な軍隊だって作れる」

「それを、天下製薬の言わば隠れた研究所で、連中がやっていたというのか」

「ということになります。ただ、いずれの骨もまだ子ども、それも新生児か胎児の大きさ。人間として生きていくには、まだまだ不完全なんじゃないでしょうか」

「どこか臓器に欠損でもあると」

「その可能性が高いのではないですか。あるところまでは、クローンが育っていたが、それ以上は」

「そいつがあの研究室に残されていた」

「と思います。それに、研究者が作成したクローンのすべてを残していたとして、頭蓋骨、骨盤、脊柱の数が合わないということは、単純に考えれば頭蓋骨形勢不全とか、無脳児ということになります」

「むむむ……」

「以前、アメリカで妊婦がビタミンAを大量に摂取しすぎて、無脳児が多数生まれた。有名な事件ですよね。培養液中にビタミンAをアンバランスに追加すれば……葉酸の欠乏でも起こる……充分にありうることです」

「うーむ。まさに人体実験……」

「まあ、そうですがね。そもそも生物なんて、化学反応の集積でしょ。生命なんて、宇宙の、それこそ素粒子量子のお遊びですよ」

口をつぐんだ下柳は、まじまじと画面の中の乱風を眺めている。こいつ、道を誤れば、生命をもてあそぶかもしれん……。下柳の乱風評価がこれまでと少々異なった様相を一瞬呈したが、次の乱風の言葉で元に戻された。

「問題は、生命を扱う科学者の精神、心でしょうね。私は将来、人間の手で生命が自由にあやつれる時代が来ると思っています。それは、いま申しあげたとおり、生命が単なる化学反応の連鎖集積にすぎないからです。もちろん複雑をきわめていますがね。ほら、人間の遺伝子だってどれほどあるかわからないように言われてましたが、いざ解析が終わると、せいぜい二万六、七千くらいしかなかった。これだけの遺伝子蛋白質《たんぱくしつ》が入り乱れて、人間をつくっている。全部わかっちゃえば、科学者の頭の中で整理し、後はコンピュータがやってくれる。人間、造ることができますよ。各臓器もできますよ。再生医療というやつです。で、重要なのはそれを扱う人間の心ですね」

谷村警部の目が間違いなく天井を向いている。少しばかり呼吸が荒いようだ。思考をつかさどる脳細胞はしばらくのあいだ、完全停止の状態を楽しまざるを得ない。

「研究所で見つかった、同一人物の細胞由来と思われる人骨、それに、あのシャーレの中の指の骨」

一ミリ、二ミリの小さな骨らしきものが、たしかに人の手の形に並んでいた……。

「こうなると、あのシャーレの中も調べていただければ、同じＤＮＡパターンを示すんじゃないでしょうかね」

「な、何だって!?　シャーレの中も同一人物のものと、君は言うのか」

「ええ、可能性だけですがね。骨の残りも、やはり同じじゃないですか」

「うーん……。とすると、どういうことになる」

「再生医療の原点となるＥＳ細胞（胚性幹細胞）とか、ｉＰＳ細胞（人工多能性幹細胞）とか、話題にこと欠きませんよね。これらと同類の幹細胞、元になる細胞を、天下製薬の研究者は持っていたのではないでしょうか」

「それを使って、臓器再生とか、クローンの研究を進めていたと」

「そう考えるのが、一番妥当だと思います、いまの状況に」

ふーっと大きな息を吐いて、下柳は知らずしらずのうちに乗り出していた体を後ろの元の位置に戻した。横で谷村が眼球だけを下柳のほうに移動させてきた。

「となると、研究所の連中にはぜひとも厳しい尋問を用意したほうがよかろうな」

乱風が首を傾げている。

「それはどうでしょうか？　彼ら、本当にクローンの研究をしていたとしたら、全員が口をそろえて否定するのではないでしょうか」

「しかし、このようなことを許しておくわけにもいかんだろう。ほかの連中、まだどこかで研究をつづけている可能性だってある」

「それはそうかもしれませんが、通常の観念から言えば、残り二十九名がどこかで研究をしているとしても、このような研究は現実には難しいんじゃないでしょうか」

「倫理上、許されない、大っぴらにはできないということだな」

「そのとおりです。ほとんどの企業では、クローン人間の研究など許可しないと思います。ですから私は池之端三郎のように、天下製薬が倒産したあと無職でいたというほうが、何かきな臭い気がします」

「池之端が研究をやっていたと言うのかね」

「設備さえあれば、どこでもできることです」

「そんなに簡単にできるものなのか」

これは谷村警部の質問だ。

「できますよ。培養なんか簡単です。ただ、目的の臓器再生とか、クローン人間となると、まだどこも成功していないと思います。とんでもない工夫がいると思います。天下製薬で研究がここまで進んでいたということは」

ふと、乱風の声が途絶えた。下柳と谷村は画面の乱風を覗き込んだ。乱風の目の焦点が遠くに拡散したようだ。

「どうした、岩谷君？」

しばらく乱風の目がぼんやりとしている。何か背後にあるのかと、谷村は振り返ったが、いつもの会議室の風景だ。

ゆっくりと乱風の目が二人の顔に焦点を戻してきた。

「研究が進んでいたと言いましたが、そう簡単にクローン人間ができるはずがない。あるいは再生臓器についても、どこの研究者たちも四苦八苦しています。あるところまでは行くのですが、それらの細胞を生体に移すと、必ずと言ってよいほど奇形腫ができてしまうのです。要するに、うまく行かない。途中で妙な方向に細胞が分化してしまう」

いったん言葉を切って、乱風は下柳を見た。

「思ったとおりに分化せず奇形腫になってしまう。このことが、クローン人間、再生医療の実現への現在における最大の障壁です」

下柳がうなずいた。

「天下製薬の研究者たちが、その障壁を乗り越えていた可能性があります。いや、間違いなく、彼ら独自の方法で、人間のクローン、あるいは手のような組織を造ることに成功していたのですから、そのあたりの問題はクリアしていると考えられます」

「そういうことだな。とんでもなく研究が進んでいたということだな」

「いや、それにしては妙だ」

今度は乱風の目が床に落ちた。自分で自分の思考を混乱させている。

「研究がそれほどまでに進んでいたとしたなら、連中、間違いなく、研究をさらに進めているに違いない。谷村さん」

刑事から指名されて、警部の谷村がギクッと体を縮ませた。

「二十九名に当たるときに、以前の研究所で何をやっていたか、現在の勤務場所で何をやっているか、訊いていただけませんか？　クローン人間という言葉を出して、反応をみてもいいと思います」

「誰か、このとんでもない研究をつづけていないかどうか、人間の複製を造っていないかどうか、調べろというのだな」

人間の複製というところに、谷村は力を入れた。

「お願いします」

乱風は頭を下げた。

「それにしても、仮に池之端三郎が白骨の本人として、八月に失踪。それも二十年前に殺害された杉山満彦医師と同じ方法で殺されて、研究所敷地内に埋められたらしい。何のためだ。岩谷君の言う研究絡みか」

「それはどうでしょうか。二十年前というと、クローンの発想はあったでしょうが、まだ遺伝子さえ全部は解読されていなかった時代です。細胞自体、これほどの分化を促すなど、とても無理だったのじゃないでしょうか」

「動機はつながらないと」

「絶対とは言えませんがね。発想自体は間違いなくあったでしょうから」

「考えていても、結論は出ないな」

下柳が割って入った。

「池之端三郎のＤＮＡ鑑定を待つことにしよう。白骨が本人かどうか。それに、もう一つの白骨。こちらについても、これからだ。捜査に期待する以外ないな」

　そのとき、何やらT市警側で音楽が鳴り、下柳が手をポケットに入れた。出てきたのは携帯電話だ。ちょっと待ってくれというように乱風に目配せをして、下柳は携帯としゃべりはじめた。

「今、ちょっと会議中だ……。何、天下製薬研究所……」

　しばらくのあいだ何もしゃべらず、下柳は携帯を耳に当てていた。眼球だけが小さく動いている。

「わかった。引きつづき、検査を頼む」

　携帯を閉じた下柳は、再び乱風に向かった。

「岩谷君。例のシャーレだが、他のものも順番に検討している。これまでの結果がまとまったという報告だ」

「DNAの解析は？」

「そいつはまだだ。結果が出しだい、君にも知らせよう」

「お願いします。で」

「臓器の再生だな。君が言ったことがさらに証明されたということだな」

「指だけでなく」

「ああ。肝細胞、心筋細胞、神経細胞、血液幹細胞、インスリン分泌細胞などなど」

「見事ですね」

「シャーレの中は干からびていたが、どのような蛋白質が発現していたか、モノクローナル抗体で調べてみた」

「その結果が、肝臓、心臓、神経、血液、そして膵臓《すいぞう》、というわけですね」

「正常の機能を持つ細胞だったのか、臓器組織としての形が構築されていたのか、そのへんはああ干からびていては判別は無理だが、あの手の骨から類推すれば、少なくともある程度の機能を持った細胞ができていた可能性が高い」

「素晴らしい研究ですね。こうなると」

谷村警部の顔つきが先ほどからずいぶん険しい。さらに厳しくなった。

「ん？　どうしたかね、警部？」

下柳が谷村に顔を向けた。

「あ、いや。医学のことはよくわかりませんが」

チラッと乱風に視線を投げた。

「何だか私には、生命というものをいたずらにいじくって、もてあそんでいるだけのような気がして」

乱風は下柳に任せることにした。生命の尊厳、未来の医療については、各人各様の考え方があろう。今この場で議論することではない……。

「すみません。次にここでテレビ会議をする方たちが来られたようです。今日は、いろいろとありがとうございました。電話やメールだけより、こうしてお互い顔を見ながら話せるほうが歓迎ですね。また何かわかりましたら、教えてください。こちらからも連絡をさし上げます。では切ります」

声と同時に、ブッという音がして画面が消えた。

「何とも、名前のように、風のようなやつだな、あの岩谷刑事は」

谷村警部が苦笑いをすると、下柳が残念そうな声を出した。

「テレビ会議、時間制限あるなんて言ってたか？」

エクステンションファーマシーのテレビ会議室では、舌を出しながら乱風が二階堂るみ子に連絡をしていた。

「あ、終わりました。どうもありがとうございました」

研究所玄関でるみ子に再度礼を述べて外に出ると、陽は完全に落ちていた。

るみ子はニコリと笑顔を残して背を向けた。これからもう少し実験をつづけるという。夫も別の階の研究室でまだ仕事中だと言った。

「どこも大変だね」

乱風は首を振りふり車に乗り込むと、エンジンをかけた。南に遠く東京の街の灯で明るい夜の空を背景に、研究所の四角い建物が、まだほとんどの窓に光を残している。

一つひとつの明かりが消えていったとしても、研究室のすべてが暗闇の夜に眠りを迎えるのはいったい何時になるのだろう。徹夜の研究者もいるのだろう……。

天下製薬近畿支部研究所は、ここにあった旧天下製薬の創薬研究所とは、おそらくはまったく関係のない意志が支配した空間であったに違いない。

それは天下製薬の経営陣から発信された意志だったのだろうか。誰にも気づかれない形で天下製薬の研究陣に紛れ込んで、人クローン作成、臓器再生という、成功しても、失敗しても、世界を震撼させる研究が進んでいた……。

乱風の気持ちは複雑だった。研究としては、人類が進むべき道に向かっていると思った。

だが、そこに不自然な個体があった。研究と関係があるのかないのか、さっぱり見当もつかない三つの白骨死体があった。これらは研究が目指す生命現象の科学的な完全解釈と、未来の再生医療という崇高な目的とは相容れない、理不尽な物体であった。

今夜は祥子と長い電話になりそうだ……。

乱風は交差点に差しかかると、左に大きくハンドルを切った。

「人のクローンかあ……」

祥子は乱風から思いがけないことを聞かされて、しばらく絶句していた。

まだたっぷりと話す時間はある、と思っても、夜の電話での愛の交換は、まるで時間に拍車をかけるようで、あっという間に日が変わる。

沈黙の空隙《くうげき》が惜しかった。乱風は祥子の感嘆の余韻と黙考を断ち切ることにした。

「それに臓器再生もだ」

「それも、すごい」

「そう。未来の医療につながる、すごい研究」

「でも、人間が人間を造る試みなんて」

「普通に生殖行為でやってるじゃない。これを人為的にやることは、僕には生命科学の集大成のように思えるけど」

「そうは言うけど、そんなに簡単には」

「もちろん。だから可能になれば、まさに集大成。今もどこかで誰かが研究をつづけているに違いない」

「仮にできるようになったとしても、何だか恐ろしい結果を招くような気がするわ」

「やり方しだいで、どうにでもなる。下手をすれば、人類、自分で自分の首を絞めることになりかねない」

「その前に、温暖化とか核兵器とか、戦争なんかのくだらないことで自滅するような気がするけどね」

「まあ、充分にありうることだな」

「あの研究所にいた研究員、研究をつづけていないの」

「そのことは、一人ずつ存在の確認をかねて、T市警で明日から捜査が開始される」

「誰か密かにやっているかもね」

「もしそうだったとして、祥子はどうする？」

「え？」

「人のクローンは間違いなく倫理問題にひっかかり、大騒動になるだろう。しかし臓器細胞のほうは、場合によっては医療現場に応用される可能性がある」

「再生医療に使えるってこと？」

「そう。当然、現場では歓迎されるだろうね。もちろん倫理問題を完全にクリアしてという条件のもとでだが」

「そうなれば、今の医療ががらりと姿を変えるわ」

「ということは、あの研究所で行われていた研究の、少なくとも臓器再生については、祥子も認めるということだね」

祥子は携帯を耳に当てたまま、うなずいた。気配が乱風に伝わった。

「で、ちょっと変なことを考えた」

突拍子もない妙な思考過程は乱風の専売特許である。

「研究所敷地内で出た三体の白骨死体、T市警の下柳先生の話では、犯人は一人じゃないかと」

「殺害方法が同じだから？」

「そう。ところで人のクローンを造ったり、臓器再生するのって、言うほど簡単じゃない。簡単じゃないが、あの研究所では実現していたと考えて間違いない」

「………………」

「細胞の培養方法、つまり細胞の分化誘導、生体の構築など、誰も知らない方法を、彼らは見つけたことになる」

ノーベル賞がいくつももらえそうだ、と祥子は思った。

「その方法を知っている者が、三名を殺した犯人だとしたら、祥子はどうする？」

本当に乱風はありとあらゆるものを結びつけて、推理してくる。とても追いつかないわ……。私なら、私なら、そんな人間が殺人を犯すとは考えられない……。いや、ありうることかも。殺人犯がとんでもない発明発見をしたとしたら、そしてそれが人類に大いなる恩恵をもたらす発明発見だとしたら……。どうする……？

祥子はうまい答えを思いついた。少し笑いながら、携帯に向かって言った。

「乱風の仮定の話には答えられない。犯人を捕まえてから言ってよ」

「じゃあ、そういう場合も考えておいてね、そのときになって慌てないように」

「捕まえるのは乱風でしょ。私じゃない」

「そいつはわからないよ。これまでの事件、最後に犯人と格闘したのは、みーんな祥子だったから」

「あ」

「いや。今度こそは、祥子を危ない目にはあわせられない。今度だけじゃない、今後ずっとだ」

「まあ」

「ともかく、危ないことはダメだ。あれっ、何の話だったっけ」

「だから、犯人が天才的科学者で、人類に恩恵をもたらすような大発明大発見をした場合、どうするかってことでしょ」

「ああ、そうだった」

「もう……。それより、私のほうも連絡事項があるの」

乱風はベッドの上でだらしなく体を回転させながら、携帯を当てる耳を換えた。

「このあいだ、患者さんが急死したこと話したでしょ」

「ああ。僕と同い年の横紋筋肉腫の女性患者さんね。たしか、最初の処置がまずかったから、患者さんが死んだんじゃないかって、祥子、怒ってた」

「さすが、よく覚えてるわね。今でもその気持ち変わらないわ。今日、解剖結果が出たの」

「どうだったの？　亡くなったのは、横紋筋肉腫の転移のせい？」

「という病理の結論。全身、あらゆるリンパ節に転移していた」

祥子の声が震えて、少し小さくなった。

「最初の腫瘍にメスが入ってから二週間ほどって言ってなかった、O大学を受診したの。それも腸閉塞で」

「ええ。それからひと月あまり。肺にリンパ管主体に浸潤するように転移していたから、呼吸困難が原因で、それが急に増悪して死亡したと思っていたの」

「え？　違うの？」

「それはそれで正しいと思う」

「また何か、妙なことに気づいたんだね」

乱風は体の位置を少し変えた。祥子の嗅覚はバカにならない。「特効薬」事件で、新薬の副作用に気がついたのも、祥子の直感が発端だった。

「ここに、病理解剖所見のコピーを取ってきた。一部を読むから、よく聞いてね」

紙をめくるパサパサという音が聞こえてきた。

「肺転移所見。リンパ管に多数の横紋筋肉腫細胞浸潤あり。内腔はほぼ閉塞」

「最初の大腿部腫瘍からリンパ節に一気にひろがったのと同時に、全身のリンパ組織を侵したんだな」

「そういうこと。つづき。細動脈、毛細血管に腫瘍細胞浸潤。一部は腫瘍塞栓《そくせん》」

「血行性にも」

乱風の反応を祥子は無視してつづけた。

「肺実質ならびに胸膜にも転移巣多数。径一ミリから径三ミリ。どう思う?」

「どうって、やはりリンパ行性、血行性にも転移を起こしたんじゃないの」

「もう少し読むわね。よく聞いてよ」

「耳をダンボにして聞いてます」

「よろしい。心臓所見。三尖弁《さんせんべん》、肺動脈弁基部《べんきぶ》に腫瘍塊」

乱風は頭の中で心臓の解剖をおさらいしている。

「心室中隔欠損《しんしつちゆうかくけつそん》。径二ミリ」

「心室中隔欠損があったの?」

「そう。手術せずに置いておいたらしい。もっともこの大きさでは、生活に何も支障なかったと思うけどね。それより、つづき」

「うん」

「大動脈弁基部に横紋筋肉腫細胞塊、径一ミリ」

「え? どういうこと? 大動脈まで?」

「さらに、左右冠動脈に腫瘍塞栓」

「ふーん」

「という所見が書かれていた」

「それって、心臓にも横紋筋肉腫が転移していたということね、血行性に」

「そう思う？」

「え、違うの？」

「まあ、肺に転移があったから、さらに心臓にまで細胞が運ばれて、転移したと考えてもおかしくないけど」

「祥子にはおかしいんだ」

「転移はほぼリンパ行性に発生した。血行性に転移したと思われる臓器は、この肺と心臓だけよ」

乱風はもう一度心臓の解剖図を思い浮かべている。あの弁はあの位置……。

「ほかは？　肝臓は？」

「やはりリンパ管は腫瘍が浸潤していた。何しろどこもかしこもリンパ節が累々《るいるい》と腫れていたし、リンパ管だって普段は肉眼では見えないのに、腫瘍が詰まっているから、太くなって目で見えたのよ。こんな経験、初めてだわ」

「よくわからないな。リンパ行性に転移がひどくなれば、血行性にもいくらでも転移が起こるんじゃないの」

「それにしても、心臓と肺だけ？　肺に転移したものが肺静脈に入って心臓に戻り、全身に運ばれたなら、血行性の全身転移があってもおかしくないのに、どういうわけか心臓の段階で止まっている」

「血行性に全身にひろがる前に亡くなったんじゃないの」

「それならそれで、解釈はできるけど」

「まだ、何か変？」

「じゃあ、どうして僧帽弁《そうぼうべん》には腫瘍が見つからないの？」

「え？　僧帽弁って、左心房と左心室のあいだの弁だよね。大動脈弁は左心室と上行大動脈のあいだにある」

「そう。大動脈弁には腫瘍があった。さらにそのすぐ先の冠動脈にも腫瘍が入っていた。で、肺から心臓に返ってくる血液の通り道にある僧帽弁だけが、腫瘍の転移が記載されていない」

祥子の言いたいことが少しずつわかってきた。

「心室中隔欠損……」

乱風は、悪魔のような腫瘍細胞がニヤニヤ笑いながら血液の中を流れ、一部が右心室と左心室を隔てている心室中隔に開いた孔を抜けていく様子が見えるような気がした。

「やっぱり血行性に横紋筋肉腫細胞が流れてきて、右心房から右心室に入り、肺にも転移した。同時に心室中隔欠損部を通り、左心室に入った細胞が大動脈に流れ、一部が冠動脈に入ったんだな」

「流れはそれでいいと思う」

祥子の声が妙な響きを含んでいる。

「この心臓での転移所見だけなら、それでいいと思う。でも」

「でも？」

「話の順序が逆になるけど、患者さんが亡くなる日の午前中、胸部のCTを撮った」

「うん」

「そのCT画像には、リンパ行性の転移所見はあった。リンパ管の膨張によるすりガラス状の陰影が薄いけど、はっきりしていた。でも、肉眼的に明らかな転移巣、つまり血行性に転移したと思われる腫瘍の塊はなかった。こちらは普通のCTでも、塊として写る」

乱風はリンパ行性の肺転移のときの画像、何となく曇ったような所見の画像と、血行性の転移でよく見る腫瘍塊がゴロゴロと散らばる画像を思い浮かべて、比較している。

「CTでは腫瘍塊はなかった。要するに、血行性転移はまだなかったと思える。ところが……」

祥子は一度唾液を飲み込んだ。

「ところが、それが解剖したときの肺にははっきりとあったのよ。バラバラと目でもそれとはっきりわかる腫瘍塊がいっぱいあったのよ。たった一日で、そんなことが起こるはずがない」


電話を切ってからも、乱風はベッドに寝そべったまま考えつづけた。祥子が説明したことが完全に理解できていないような気がして、会話の内容を反芻《はんすう》していたのだ。

死亡直前に撮ったCT画像では、見えるような血行性転移巣、腫瘍の塊はなかったという。ところが病理解剖のときには、メスが入った肺の中に、細かい横紋筋肉腫細胞の塊が無数に見えたというのだ。あの大きさならば、CTで写らないはずはないと祥子は言った。

そして病理解剖所見、特に心臓の所見。四つある弁のうち、三つだけに横紋筋肉腫細胞の塊が貼りついていた。しかも冠動脈すなわち心臓を栄養する血管の中にも腫瘍細胞が塞栓を起こすような形で侵入していたということは、腫瘍細胞が心室中隔に開いた孔を通過して、右から左の心室に流れ込んだのであって、肺の転移から飛んできたものではないということを意味していた。

要するに、肺から左心室への血流路を腫瘍細胞は通っていないということだ。

「これらの所見をつなぎ合わせれば、どういうことになる？」

祥子の乱風への昨夜最後の質問が、まだ耳に残っていた。そのあとのキスの音は、いま乱風の脳の中で走っている思考回路の音に掻き消されてしまっていた。

「急に発生した、血行性の心臓および肺の転移巣……」

すでに全身のリンパ系が横紋筋肉腫の身勝手な浸潤を受けている。そのうちのどこかから、突然、大量の腫瘍細胞が血管になだれ込み、一気に心臓に達したと考えれは、何の矛盾もなかった。

すでに末期に近い患者であった。何が起こってもおかしくない……。

だが、乱風には、祥子はそうは考えていないように思えた。

もうひとつ、眠れない理由があった。祥子が明後日から木下修一医師と一緒に、大分別府《べっぷ》で開催される横紋筋肉腫学会に行くと聞かされたのだ。

急に、わけのわからない、多分に嫉妬とも思えるような不安感が乱風の体に痛みを与えた。

「聞いてなかったぞ」

少し焦って声を荒らげても、祥子の返事は普段のトーンだ。

「今度亡くなった患者さんも、発表症例の中に入っているのよ。病理所見も出たから、先生、スライド作り直して発表するって」

「別に祥子が学会に行く必要なんか、ないじゃないか」

別府といえば温泉だ。ヤバイなあ……。乱風のこのあたりの思考は、祥子とは完全に次元が異なっている。

「木下先生ね、消化器外科医なのに、どういうわけか、横紋筋肉腫が専門なのよ。もちろん、それだけじゃないけどね。研究論文、ほとんど横紋筋肉腫」

乱風にとって、木下医師の専門が何であろうが、どうでもよかった。消化器外科医で消化管をいじくっていようが、消化管にない横紋筋をいじくっていようが、知ったことではなかった。

どんなやつなんだ、と訊きたい気持ちを必死で抑えながら、祥子が言葉を切ったのを捉えて言った。

「患者さん、多いんだろ。忙しいのに、よく許可が出たな」

「急に思いついて、教授のオッケーもらったから」

「何泊だ？」

「学会は二日間。前の日から入るから二泊ね」

二泊も……乱風はその二晩のうちに、祥子が木下に組み敷かれ、木下の肉体の下で餌食になる様子を瞬間に想像して、大きな眩暈を感じた。天井がぐるぐるとまわった。

「どこに泊まるんだ？」

「ええっと、木下先生が取ってくださった。学会場になる、別府鉄輪《かんなわ》温泉湯《ゆ》の香《か》旅館」

くうーっと乱風の頭が熱くなった。祥子はそんな乱風の混乱を知ることなく、天真爛漫に先に進んだ。

「学会が終わったら、温泉三昧《ざんまい》。私だけ悪いわね。そうだ！　乱風もいらっしゃいよ。休み取れない？」

汗が乱風の額に噴き出ている。

「取れるわけないじゃん！」

乱風は吐き出した。

「そうだね。私と一週間も一緒だったものね。無理かあ……」

学会に行けば、夜は狼に変身するやつが溢れるほどいるはずだ。危ないこと、このうえない。

「そ、その、木下先生って……いくつだ？」

訊いても意味のない質問だ。その気になれば、七十であろうが八十であろうが、けだものに変身し得る。ようやく、祥子は電話の向こうの乱風の変な様子に気づいた。

「ちょ、ちょっと、乱風。何、考えてるのよ。変なこと考えないでよ。木下先生、お年は四十代半ばかなあ。消化器外科准教授。真面目で真摯《しんし》な先生よ。変なこと考えたら、先生に失礼よ」

それならいいが……人はなかなか見かけによらないから困るんだ。人格と下半身は別というからな、とは自分の尻軽を棚に上げて、祥子には言えないセリフだ。

しかし、祥子の自由意志を阻《はば》む理由はなかった。乱風はともすれば浮かんでくる根拠のない妄想焦燥に、頭の中を長い爪で引っ掻きまわされるような気持ちで、とにかく祥子が死亡患者で感じた疑問の意味を考えることに没頭しようと努力した。

おびただしいエネルギーを無駄なひとり相撲に使い果たした乱風は、しばらくして深い眠りに落ち込んだ。

10 学会出張

木下修一は、今回の横紋筋肉腫学会の発表口演の中に、〈症例Y・H　二十八歳女性〉、すなわち死亡した山内晴美の病理解剖所見を追記した新たなスライド数枚をつけ加えた。木下が独自に考案した免疫療法の効果を、患者が死亡したとはいえ、病理解剖学的あるいは細胞科学的に解析し、次の新しい治療に反映させねばならない。

病理解剖のときに得られた転移巣を構成していた横紋筋肉腫細胞は、解剖のあと研究室に戻った木下の手でバラバラに分離され、新たに何十枚というシャーレの上に撒かれていた。特殊な培養液を用いている。

そのシャーレの中の何枚かで、細胞が勢いよく増殖していた。細胞はさらに木下の間違いのない緻密《ちみつ》な手技で一細胞ずつに分離され、さらに培養が継続された。

これら一細胞が細胞分裂を起こし、二細胞が四細胞に、四細胞が八細胞に、十六細胞、三十二細胞、六十四、百二十八……と順調に分裂増殖を繰り返したあと、種々の解析に使えるだけの大量の横紋筋肉腫細胞が得られた。

遺伝子が調べられ、細胞が作る蛋白質が分析され、ありとあらゆる情報を得るまでにはまだ何カ月もの研究が必要であったが、ひとまずそれまでに得られた研究成果は、スライドの一部に反映されている。

学会前日の午後、木下が祥子のところに電話をかけてきた。

「そろそろ行くか。準備は？」

祥子は二日分の着替えを詰めたバッグを腕にかけた。

病院玄関には客待ちのタクシーがずらりと並んでいる。二人は先頭の一台に乗り込んだ。木下が行き先を告げた。

「新大阪」

新大阪からのぞみで小倉まで行き、そこから日豊《にっぽう》本線に乗り継ぎ、別府までは、ほぼ四時間の旅である。

のぞみに乗り込んだ木下は、簡単に明日からの学会の状況を祥子に説明したあと、パソコンを開いて、発表スライドの点検をはじめた。隣の席から覗き込んでも、細かい文字やグラフはほとんど読めない。

祥子は諦めて、自分でコピーを取ってきた横紋筋肉腫に関する論文に目を移した。

木下修一は、そのへんにいる話好きの中年おじさんではなかったようだ。ましてや、好色という気配すらない。祥子という病院随一の美人女医にも、格別の関心は持っていないようで、同じ臨床医としての態度しか示さなかった。

一時間ほどして木下がパソコンを閉じる気配に、祥子も読んでいた論文から目を離した。

「先生。少し、お話ししてよろしいでしょうか」

「ん？　何？」

「山内晴美さんのことですが、患者さんの肉腫細胞、セルライン（細胞株）化されたそうですね」

「ああ。けっこう効率よく、うまく行った。相当の細胞解析、特に遺伝子解析も進んだ」

データはこの中にあるよ、と木下はパソコンをポンと叩いた。

「病理解剖のときにおっしゃってらした免疫反応、いかがでした」

木下はじっと祥子の目を見つめた。しばらく考えたあと、答えが返ってきた。

「まだまだだ。思ったほどの効果が出ていない」

「先生が考案された新しい免疫療法っておっしゃってましたが、もし差しつかえなかったら」

教えてもらえませんか、という祥子の声は、ちょうどトンネルに入った騒音で掻き消された。しゃべっても声が届かないと思ったのか、外が暗いあいだ、木下の口は開かなかった。

トンネルを抜けると、車内が明るくなった。

「免疫療法の詳細はまだ企業秘密」

木下は半分おどけたような、半分真剣な顔つきで、祥子に人差し指を立ててみせた。

またトンネルだ。けっこう、うっとうしい。

「新幹線、西はトンネルが多いですねえ」

「たしかにな。しかし、九州新幹線はもっとひどいぞ」

祥子はまだ九州新幹線に乗ったことがない。

「新八代《しんやつしろ》と鹿児島中央までしか完成していないが、三十五分ほどの走行中、トンネルだらけだ」

想像がつかなかった。

「地下鉄ですか?」

「いや、堂々と地上を走っている。しかし、三十五分のうち半分以上、もしかしたら二十五分くらいはトンネルかもしれん」

木下は普段あまり笑わない顔に、ニッと小さな笑いを浮かべた。

「名前を『つばめ』という」

「つばめ……」

「だが、実態は」

またニッと唇の先が上がった。

「モグラ」

プッと吹き出したのは祥子だ。

「モグラ新幹線ですか」

「ああ、その名前がふさわしい」

この先生でも冗談を言うんだ……。日頃は病院でもほとんど顔を合わせることがない。山内晴美を二人で診察していたときも、冗談ひとつ言わない、厳格な医師であった。言葉の端々に患者を思うやさしさが滲み出ていることは感じるのだが、気づかなければずいぶん怖い先生ということになろう。

「先生はこの横紋筋肉腫研究に情熱を注いでいらっしゃるようですが、失礼ですけど、先生のご専門、消化器外科ですよね。消化器原発の横紋筋肉腫、ほとんどお目にかからないと思いますが。どうして横紋筋肉腫なんですか。一度、お訊きしたいと思っていました」

木下の目が大きく見開かれて、祥子を見つめた。列車がトンネルに入り、出てまた入るのを何回か繰り返しても、木下は口をつぐんだままだ。

「倉石先生。女性に年齢を訊くのは失礼とは思うが、先生は今おいくつですか」

「二十九です」

「そうですか……」

またしばらく木下は沈黙した。ときに唇が開きそうになるのだが、すぐにキッと強く結ばれた。祥子は辛抱強く待つことにした。木下の横顔に視線を固定して動かさない。

祥子の我慢が勝ったようだ。木下が口を開いた。

「以前、私の患者さんに十五歳の少女がいましてね」

「十五……ですか。まだ中学生？」

「高校に入る春、私のところにやってきた。二十年ほど前のことです」

「二十年前……。先生はその頃」

「医者になって四年目だったかな。大学病院でまだ医員だった。病棟での受け持ちが私になったんだ」

「その方が、もしかして」

「横紋筋肉腫。彼女は入院してから半年ほどで、この世を去った。十六になる前だよ」

「十六……」

何という短い人生……。

「あの……」

木下は祥子の膝の上にある論文の束に視線を落とした。

「横紋筋肉腫は若い人に多い。このごろでは、ずいぶん化学療法が発達して、少しは予《よ》後《ご》がよくなった。でも、まだまだ最も悪性度の高い腫瘍であることには変わりはない。それに、進行がきわめて速いのも、この悪性腫瘍の特徴だ」

「そうですね。山内さんだって、最初の大腿部腫瘍にメスが入ってから、わずか二週間でイレウス腸閉塞。化学療法が効いたように見えても、ひと月あまりで死亡してしまった」

「たしかに悪性度がきわめて高い。だが、この山内さんも最初の処置が間違っていなかったなら、おそらくは生きていられたに違いない」

「先生は前にもそのようなこと、おっしゃってましたね。私もそう思います」

木下の目が強い光を放った。祥子には、木下が解剖室で「いつまでも、こんな悪性腫瘍をのさばらしておくわけにはいかないんだ」と強い口調で言い放ったときと同じ目だと思えた。

ふっと、木下のまなざしがやわらかくなった。目が遠くを見ている。視線の先には、通路をこちらのほうにやってくる女性がいた。細身で背の高い美人だ。

列車の揺れに合わせて、ゆらゆらと泳ぐように歩いてくる。祥子よりは少し歳がいっているかもしれない。長い黒髪が白いスーツの上着に映える。目もと涼しく、眉は細めにきれいな曲線を描いている。口唇にのったルージュは慎ましやかだが、ぞんぶんに男を魅了するだけの色つやを放っていた。

彼女の目が祥子たちのほうを向いた。小さくうなずいたように見えた。すぐに視線は逸《そ》れて、別の席のほうに流れた。そのまま、その美しい女性は祥子たちの横を通りすぎていった。

しばらくの沈黙があった。

「私が受け持った十五歳の少女。山内さんと同じような状況で、大学病院に入院してきたのだ。きれいな娘だった。すらりと背が高く、少し大人びた、あのまま元気で大きくなれば、モデルさんにでもなれたんじゃないかと思えるほど、美人でスタイルのいい子だった」

祥子は自分の半分ほどしか生きられなかった少女の薄幸を考えると、胸が潰れそうな気持ちになった。木下の顔をそっと見れば、准教授の表情が遠い過去に恋したような、ほのかなゆらぎに包まれているようだった。

顔の向こうの車窓に流れる景色が、そのように思わせたのかもしれなかった。

「ご両親の嘆きかたは尋常じゃなかった。私も彼女の部屋に行くのがつらかった。何もしてあげられない。無力さをつくづく感じさせられる毎日だった」

祥子はまだ親になったことはない。自分のおなかから出てきた子どもが悪魔に魅入られたら、間違いなく取り乱すだろう。冷静な気持ちでいられる自信がなかった。

「何よりも、私に横紋筋肉腫と戦うことを決心させたのは、この少女がある日、口にしたひと言だったんだ」

木下は目を閉じた。睫毛が細かく震えている。

「手術したあと、創の処置をしているときだった。それまで素直だった彼女が、突然叫んだのだ」

木下の目が大きく開いた。少女が叫んだときと同じ目だったに違いない。

「彼女は病棟中に響き渡るような声で叫んだんだ」

——もう、治らないんでしょう——

木下は頭蓋内に少女の声がまた大きく響いたのを感じた。

「もう、治らないんでしょう……ですか……」

祥子もまた、体を貫く少女の叫び声が聞こえたような気がした。

——もう、治らないんでしょう——

悲痛な命の叫びだった。

「つらいなあ……」

山内晴美の死に顔が浮かんだ。すべてが止まった静かな顔だった。しかし、じっと見つめていると、穏やかな死に顔と言うにはほど遠い、病魔との闘いから解き放たれた安らぎなど微塵《みじん》も感じられない顔つきだった。

まったく動かない体表面は、ただ理不尽な死に対する憤怒《ふんぬ》の色だけで塗り固められているような気がした。

平和な死、であるはずもなかった。安らかな死に顔、などというのは、残された者が自らの気持ちを鎮めるために、無理やりそう思っているだけだ。

仇を取って……山内晴美の顔が語っていた。

木下修一医師に生涯をかける研究を決心させた少女もまた、同じような無念の死に顔を木下に向けて、怨念を木下の記憶に刻み込んだに違いなかった。

十五で逝《い》った少女の顔を知るはずもない祥子は、なぜだかわからないが、遠い昔から少女を知っているような気になっていた。

「倉石祥子さまですね。お部屋は別館アネックスのほうに、シングルで二泊、ご用意しております」

学会場となる温泉ホテルは、別府から少し北に戻ったところにある鉄輪温泉の中にあった。このあたりは地獄めぐりとして有名な温泉街である。

地獄めぐりは別府の代名詞のように思えるのだが、さまざまな色合いと風情を楽しませてくれる有名な坊主地獄や血の池地獄、竜巻地獄といえば、中心はこの鉄輪であった。

祥子はルームキーを受け取った。

「本館のほうは、学会関係者が泊まっている。夜は会長招宴とか理事会とかで、何かと騒がしい。君もうるさくないほうがいいだろうと思って、アネックスのほうを頼んでおいた」

「ありがとうございます。先生は本館のほうですか」

木下はキーを振ってみせた。

「本館の四五六号室。何かあったら電話くれたらいい。さてと」

バッグを持ち上げて、木下は祥子に言った。

「先に温泉でも楽しむかな。夜は一緒に食事しよう。そうだな」

腕時計に視線が走った。

「六時でいいかな」

「はい。どこに行けばいいですか」

木下は本館三階にあるレストランを指定した。

「何でもいいんだろ。和食でいいか？」

祥子に好き嫌いはない。

「じゃあ、六時に」

十二階建てアネックスの最上階、一二〇八号室からは、本館が見下ろせた。流れくる湯煙に屋根が途切れている。

祥子は旅装を解いて、暮れなずむ温泉の街を眺めた。影がしのんできて、あちらこちらで上がっているであろう湯煙がほとんど見えなかった。

「私は生きていて、この風景を楽しむことができている」

だが、十五で死んだという木下の患者、つい最近死んだ山内晴美。乱風と同い年、自分とも一つしか違わない。生きているうちに、どれほど人生を楽しむことができたのだろう……。

祥子は携帯を取り出し、乱風にメールを打った。知らせておかないと、よけいな心配をするだろう。乱風の何となく狼狽《ろうばい》しているような、焦っているような、妙な雰囲気を思い出して、祥子はクスッと笑った。

〈今、部屋に到着。これから温泉に行ってきます〉

一般客に加えて、学会で医師たちが集まってきている。ホテルの中はどこもけっこうな人で賑わっていた。大浴場とて例外ではない。情緒を深めるために明かりが落としてある。もうもうと立ち込める湯気の中に、不意に肌色の人形《ひとがた》が浮かび上がる。

湯は少し熱めで、うーんと伸びをした祥子の裸体に心地よくまとわりついて離れない。

「この温泉の恵みさえ、彼女たちはほとんど知らないんだろうなあ」

今夜の祥子の思考は、どうしても若くしてこの世に別れを告げた患者たちのところにいってしまう。

「本当に不公平だ……」

祥子は小さくつぶやいた。

「そして、私たちはあまりにも無力だ」

木下でなくとも「このような悪性腫瘍、いつまでものさばらせておくわけにはいかない」のだと祥子は思った。

大浴場の向こうで、嬌声が起こった。祥子の前に入っていったおばさん軍団だ。脱衣場で、たっぷりの脂肪を恥ずかしげもなくブルンブルンと震わせているときから賑やかだった。浴場ではさらにワンワンと響いている。

「生きていれば、ああやって人生を楽しめる」

賑やかさを通り越してやかましいのも、生きているからこそであった。

「天国天国」「極楽極楽」

おばさんたちは大喜びだ。

「なに言ってんのよ。ここは地獄よ。明日は地獄めぐり」

「そうだ、そうだわ。天国じゃない、地獄ね」

「併せて一緒に、地獄楽《じごくらく》」

「何、それ……」

わあわあ、げらげら……。

「本当に、天国と……地獄だわ……」

祥子は大きな音をたてて、湯から身を起こした。

部屋にポカポカする体を戻して携帯を見ても、乱風からの返事はなかった。まだまだ仕事で走りまわっているのだろう。

六時少し前にレストランに行って、木下の姿を探してキョロキョロしていると、ウェイトレスが祥子に近づいて声をかけてきた。

「倉石さまですか」

うなずく祥子の顔を驚いたように眺めて、客に見えないように嘆息をついたウェイトレスが言った。

「お連れさまは少し遅れそうなので、先にはじめていてくださいとのご伝言です」

案内されたテーブルには和食料理が並んでいた。

「何かお飲み物、承りますが」

まわりのテーブルはすでに半分以上が埋まっている。空いている席も、〈予約席〉と札が立っている。予約なしで来たら、しばらく待たされたかもしれない。木下が手配してくれたようだ。

「あとでまた」

挨拶をして、ウェイトレスは引き下がった。

空いていた席も、次々とやってくる客で埋まっていった。男も女もチラチラと祥子に視線を投げていく。必ず、祥子の前のまだ主のいない木下の席にも、視線が流れた。

木下は十五分ほど遅れてやってきた。

「やあ、すまない。温泉で知り合いに会ったものだから。待ったか」

席に腰を沈めながら、木下は祥子に小さく頭を下げた。

「T大学の友人だ。ちょっと研究の話を進めてきた」

「温泉でも先生の頭は休みませんね」

「まあな。ところで、倉石先生は何か飲む？」

「あ、私はアルコールは。先生、どうぞ私にかまわず、お好きなものを」

「じゃあ、ビールをもらおう。君も少し、どう？」

祥子は手を振った。

食事のあいだ、二人が話すことといえば、大学病院のことや、症例のことばかりだった。木下は私的なことはまったく口にしなかったし、祥子にも訊いてこなかった。もっぱら患者のこと、診療のこと、そして研究のことであった。

先ほどのウェイトレスだけでなく、まわりの客たちも、歳の差のあるらしい超美人と中年男の組み合わせに、通俗的な興味を露《あら》わにしていたが、二人にとっては関心の外だ。

「ああ、もう、おなかいっぱい」

食べつくして、祥子は背筋を伸ばした。いささか腹部が窮屈だ。

「よく食べるなあ、倉石先生は」

「ええ。昔から大食いです」

「ははは。それにしてはスタイルがいいね」

木下の視線が祥子の身体線上を這ったが、それは好色な目ではなく、ただ目の前にあるものをあるがままに愛《め》でただけのようだった。

「先生は、あまり飲まれないんですね」

瓶の中は空っぽだが、コップにビールが半分ほど残っていた。すでに泡もない。

木下の顔がほんのりと赤くなっている。

「ああ。もともとあまり強くない。それに、できるだけ長く外科医をつづけたいからね。大量の飲酒は細かい手術には禁忌だ。何ともないと思っていても、長い期間のうちに、やはり影響が出てくる」

指を目の前に突き出して、瞬間目を見開いた木下は、さてと、と腰を浮かした。

「倉石先生はこれからどうする？　私はこのあと何人か、すでにホテルにチェックインしている知り合いと会わなければならない」

学会は明朝九時からはじまる。遠方からの参加者は、会場となっているこの温泉ホテルに、ほとんどが今夜のうちに入ることになる。

「お忙しいですね。私は適当に温泉に入って、部屋ですごします」

「そうか。じゃあ、明日の朝七時半、ここで落ち合おう。朝食はバイキングだ」

「わかりました。それじゃ、ひとまず、おやすみなさい」

木下と祥子が別々の方向に歩いていくのを見て、興味津々で二人を眺めていたすべての人が、つまらなさそうな表情になった。彼らは口の中の料理の味まで落ちたような気がした。

少し部屋で休んでから温泉に出かけた祥子は、今度は屋外に設けられた露天風呂に体を沈めた。食事どきということもあって、大浴場を抜けて露天に来る途中、入浴客は少なかった。

湯気に定かではないが、初老と思える女性が一人、露天の中にいた。祥子が軽く頭を下げても、気がつかないようだ。老女の平和を乱さないように、祥子は離れて、体の動きを止めた。

静かな時間が流れた。ときに漂ってくる温泉のにおいが、遠い旅情を感じさせた。湯に浸ったまま首を後ろに曲げて空を見ると、都会よりは暗いひろがりがあったが、湯屋の灯に星明かりは消されていた。それでも、暗黒の空に吸い込まれていきそうな気分だ。

老女が先に湯から出て行った。動くものが何かこの平和な時間にそぐわない気がした。すべてが静止している……。

地から湧き出る温泉の湯。人間が掘り起こしたとして、何十年、何百年のものなのだろうが、地底の湯の流れは、何千年、何万年、いや何百万年前からあるものなのかもしれない。その長さからすれば、人間の命、それが五年であろうが、十五年であろうが、あるいは二十八年であろうが、ほとんど誤差範囲だろう。湯の流れもときの流れも、地上にある生命など意に介さない。

その命という現象を長くも短くも感じる、人間の心、感情とは何なのだろう……？

死んだあと、当人の肉体は何も残らない。火に焼かれて、肉体という物質はそれまでの美しい形を失う。

祥子は湯の中に伸びる自らの白い肉体を眺めた。細やかな湯の動きに、肉体はちぎれ、つながり、またちぎれて揺らめいている。

そう……。死ねば、このちぎれた体はつながらない。

本人の心もまた、もちろん完全に消滅する。

老女の動きに起こった波が鎮《しず》んで、祥子の湯影がつながった。

残された生者に刻み込まれて、死者は残る……。

少しのぼせてきた……。祥子は湯の中の岩に腰かけて、上半身を湯から出した。冷やりとした空気が、ちょうど心地よく肌を包んでくれる。

でも……。冷えたせいか、祥子の頭脳は医科学者のそれに戻った。

山内晴美は横紋筋肉腫細胞株という形で、木下先生の研究室で、培養細胞として生きている。山内晴美の遺伝子を内蔵したクローン細胞である。

え？　クローン……？

乱風が言っていた、旧天下製薬の研究所で見つかった人骨は、どうやら不完全ながら人間のクローンかもしれないということだった。さらに培養されていた臓器細胞もまた、同一遺伝子を持っているかもしれないという。

あの密封された研究室で見つかったすべてが一人のもの、一人の遺伝子が支配しているということになる。

まだ誰も到達したことのないところまで、生命体を創るという、いわば神の領域まで踏み込んでいる科学者がいる……。

祥子には、山内晴美の病理解剖所見と臨床所見の乖離《かいり》に、少しばかり気になることがあった。それは乱風に質問として残した疑惑であった。そのために今回、木下修一に頼み込んで、学会出張に同伴させてもらったのだ。

明日と明後日、木下と行動をともにして、疑問に対する答えを見つけなければならない。

肩が、胸の大きなふくらみが、急に冷えてきた。祥子は慌てて、また湯の中に身を沈めた。


再びおばさん軍団の来襲を受けたのを機に、祥子は湯から出て部屋に戻った。

携帯に着信のサインが点滅している。乱風だ。

ベッドに寝転んで乱風にかけようとしたとき、携帯が鳴った。表示にまさしく〈乱風〉と出ている。

「もしもし、祥子？」

「お疲れさん。さっき、かけてくれた？」

「もう……さっきから何度も。どこに行ってたの」

「露天風呂」

「こんなに入ってたの？　長い風呂だね」

「そんなに入ってたかなあ」

「木下先生は？」

「どなたかと会われるらしくって、食事のあと別れちゃった」

「ふーん。誰と会うのかな？」

「さあ。でも明日からの学会のために、こちらに来られている先生方、多そうだから。いろいろとご都合あるんでしょう。簡単にふられちゃった。それより、何か天下製薬の研究所のほうで進展がなかったの？」

答える前に、乱風は自分を安心させる質問を口にした。

「じゃあ、今夜はもう先生とは？」

「明日の朝食でまた」

「ちゃんと一人で寝ろよ」

「何、言ってんのよ。一人に決まってるじゃない」

「僕も一人だ」

「当たり前でしょ。ははーん。乱風」

「何？　祥子」

「乱風がもし医者になっていたとして、こんな学会に来たら、女の子、口説くんだ」

「ま、まさか」

「白状なさい」

「い、いや。祥子と知り合う前なら、もしかしたら」

乱風は狼狽している。「もしかしたら」なんて、言わないでもいいことを口走った。

以前の尻軽さを自ら露呈している。

「何がもしかしたらよ。やっぱり、そんなこと考えてるのね。いやらしい」

「す、すみません……」

祥子の反撃に、乱風の声が消えてしまいそうだ。

「いや。誓います。僕は祥子ひと筋です」

「信用できないなあ」

祥子は笑っている。

「相手をよく見て、ものを言うことね。木下先生、相当の信念を持っていらっしゃるわ」

祥子は別府に来るまでに木下から聞かされた、心の中に残る少女のことを話した。

「もう治らないんでしょう、って叫んだその十五歳の女の子の声が、先生には生涯忘れられないに違いないわ」

「つらいなあ」

「ようやく、まともになったようね、乱風」

「はい。面目ない」

「それに、乱風が考えたこと、私に対しても侮辱だわよ」

　祥子は笑いながら、怖い声で言った。

「反省しております」

「まあ、今回は許してあげるわ。バカなこと、考えないでね」

「はい……」

「で、どうだったの、捜査のほう」

　完全に祥子の勝ちだ。乱風はぴしゃりと頰を平手ではたいた。その衝撃音に、祥子の鼓膜が破れそうになった。

「わ」

「あ、ごめん」

「何やってんのよ、もう……。切るわよ」

　その気は毛頭ないのに、祥子は脅しをかけた。

「い、いや……。待って……。ひとつ進展があった。下柳先生から連絡が入った」

「何？　クローンのこと？」

「いや。そちらの解析はもう少し時間がかかる。何しろ大量のＤＮＡを調べてるんだから。土の中から出た白骨のほうだ。身元が割れた」

「調べていた行方不明の人？　池之端さんだったっけ」

「そう。間違いなさそうだ。それに、池之端三郎は旧天下製薬近畿支部研究所の副所長をやっていたらしい」

「そうなの」

「残り二十九名全員、昨日今日いっぱいで確認が取れたそうだ。そちらのほうから、池之端が副所長だと判明した」

「クローンの研究は？」

「そのことについては、本人と話ができた全員が否定した」

「怪しいなあ」

「まあ、口が裂けても言えないだろう。拷問でもやらなければ、言えるような内容じゃない。それに、大半の研究者は現在、別の製薬会社に再就職している。クローン研究をつづけることは、現実には難しいだろう」

「でも、絶対に誰かが」

「僕もそう思う。隠れて研究している可能性が充分にある。あそこまで進んでいるんだ。

やめるはずがない」

「池之端副所長も、何かやっていたんじゃないの？」

「それもあるかもしれない。もう少し二十九名を探ってみる必要がある」

「あと一つの白骨は？」

「こっちは、まったく手がかりなしだ。まさか全国の失踪者全員のＤＮＡを調べるわけにはいかない」

「研究所で働いていた人で、ほかに行方不明の人、いないの」

「いない。それは確認ずみだ」

「じゃあ、外部の人？」

「たぶんね。でも、今のところ、動機も、つながりも何も見えてこない」

「難しい事件ねえ……」

携帯を持つ手が疲れると、二人はベッドと耳のあいだに携帯を挟んで、怠惰な格好で話しつづけた。やがて祥子が居眠りをはじめ、乱風も大きなあくびが出た。

いち、に、さん、で携帯が切れた。

祥子と乱風が話し込んでいる頃、木下の部屋のドアをノックする音があった。木下は祥子と別れると、足早に自室に戻っていた。

約束があった。来訪者はすでにホテルのフロントで木下の部屋の番号を尋ねているはずであった。

ドアホールから外の人物を見ると、たしかに待ち人であった。

木下は鍵をはずした。最初からドアチェーンをかけていない。

ドアが開くと、外の人物が浴衣を着た体を横に滑り込ませてきた。

「木下先生」

閉まったドアに阻まれて、木下の歓迎の声は部屋の外には聞こえなかった。

11
影の訪問者

「病理解剖の結果はいかがでしたかな」

目の前のソファに腰かけた初老の男性は、静かに尋ねてきた。木下は相手の目を見据えながら、こちらも静かに答えた。

「投与した細胞、間違いなく腫瘍攻撃反応を起こしていました」

「それは、以前と比べて、どうです？」

「以前より強いと思います」

「しかし、肝心の患者さん、山内さんは亡くなった」

「原因は、病理解剖によれば、肺動脈ならびに冠動脈の腫瘍細胞塞栓です」

「肺と心臓の重要な血管が詰まってしまったのでは、いかんともしがたい」

「誤算でした」

「山内さんには気の毒なことをした。だが、彼女の死は決して無駄にしない」

男の強い声に、木下はうなずいた。

「しかし、いつもながら先生の素晴らしいアイデアと技術には感服いたします」

「が、治療が成功しないのでは、アイデアも何もあったもんじゃありません」

木下から先生と呼ばれた初老の男性は、隣に腰かけて小さく体を揺らしている老女の手に、優しく自分の手を載せている。

「患者さんの病巣はいかがでした？　考えたとおりの効果は出ておりましたか」

「ええ。最初に申しましたとおり、腫瘍細胞同士の拒絶反応は、以前より強くなっています。まさに、腫瘍を攻撃するリンパ球の性質を搭載した腫瘍細胞。患者の細胞に結合して、見事に破壊するのですが」

「破壊だけではいけない。腫瘍が壊れたら、その部分は欠損する。正常組織がただちに元どおりに戻らねばならない」

「その再生機能を持つ細胞も同時に投与しました」

「どちらの細胞が塞栓を起こしたのか、わかりますかな」

「ええ。肺動脈に詰まった細胞の遺伝子を調べてみました」

「投与した、娘の細胞ではあるのですな？」

男は妙なことを口にしている。娘の細胞……。

「そのとおりです。一部は山内さんの肺転移巣にも侵入して、患者の腫瘍を破壊すると同時に、正常の肺胞上皮細胞への分化をはじめているようでした」

「それは先ほど聞いた。治療効果があることは、これまでの症例も含めて、たしかに向上していることはわかった。だが、どうして投与した細胞が塊になったのだ。固まって、血管に詰まったのだ？」

男性の声が少しずつ、険しいものに変わってきている。

「塞栓を起こした細胞は、投与した二種類の細胞の両方が混じっていました。それらが固まったのは患者側の問題かと思います」

「何か細胞を固まらせる要因が、患者さんの側にあったと」

「そうです。早急にそのことも確かめないと。私に少し心当たりがあります」

「ようやくここまで来たのだ。憎い横紋筋肉腫を叩き壊し、正常の状態に戻してやる。その能力を持った娘の細胞ができたのだ。私のほうでは、さらに攻撃力の強い細胞を作る。破壊された臓器を補う再生細胞も、より改善して提供しよう」

「よろしくお願いします」

木下は頭を下げた。

「培養中は、細胞同士が固まるということは、まったくなかった。攻撃用腫瘍細胞も組織再生用細胞も、どちらも娘の細胞だ。分化してこそ結合して組織塊を形成するが、投与してから、わずか一時間で患者が死亡するほどの変化は起こさない」

「やはり、患者さん側の要因でしょう」

「患者の体の中に入れたとたんに固まれば、効果が出るどころか、患者を死に追いやってしまう」

声が震えた。しばらく目が閉じられたまま、時間がすぎた。横では相変わらず、老女がゆらゆらと、穏やかな顔のまま遠い目をつづけている。

「細胞が固まってしまった患者さんには、本当に気の毒なことをした。だが、いつまでもこのような理不尽な悪性腫瘍をのさばらせておくわけにはいかないんだ」

男の声に、木下が大きくうなずいた。二人の意気込みにも、老女は変わらず、小さな笑みさえ浮かべている。

「先生からいただいた特殊培養液のおかげで、細胞培養、組織培養がこれほどまでに簡単になるとは驚きでした。山内晴美さんの横紋筋肉腫細胞も、すでに充分なクローンが取れています」

「学会から帰ったら、君が作った細胞株、クローンをいただこう。娘の細胞同様、治療に使える細胞を作る。分化誘導の特殊培養液を使ってな」

「わかりました。ですが、以前のようにまた、横槍が入らないように、お気をつけにならないと」

「池之端か」

「ええ。先生の研究を狙って」

「研究所の跡地がマンションになるとかで、掘り返した際、やつの骨が出たということだ。その件で、昨日、T市警の刑事たちがやってきた。何をどうやって旧天下製薬近畿支部研究所のメンバーを特定したのか、皆目見当がつかんが」

「天下製薬の名簿などを当たったのではないですか？」

「君にこのようなことを話すのは初めてかもしれんが、私たちの名前は、天下製薬の名簿の中に、それとはわからないようにカモフラージュして紛れ込ませてあった。君も知ってのとおり、特殊な研究所だったからな。そのことを見抜いたやつがいるようだ」

木下はこの男性とは二十年以上前に知り合った。当時、製薬会社に勤めていると言った。

しばらくのあいだ音沙汰がなかったのだが、「もう治らないんでしょう」と叫んだ少女のために、ひたすら研究に没頭していた木下のところに、ある日、電話がかかってきた。

「横紋筋肉腫について、私のほうで基盤となる安定した細胞が得られた。木下先生の力を借りたい」

木下修一は研究の内容を聞いて驚愕した。治療に使う基盤になるという細胞を見せられて、ただちに木下は協力することを承諾したのである。

途中何度か障害にぶつかりながらも、研究は絵空事ではなく、現実の成果が目の前に次々と現れた。

それが執念とも言うべき一研究者の脳細胞が考えることから出てきた結果であることも事実だった。

この初老の男性はいつも妻と一緒だった。

天下製薬が倒産し研究所が閉鎖されたとき、木下は今後の研究について大きな不安を抱いた。

「大丈夫。研究所はもう使えないが、このようなこともあろうかと、自宅でも研究室を整備していたのだ。それに培養に関する肝心の部分は、すべてこの中に入っている」

節くれだった指が、自らの脳髄を収納している頭蓋骨をコツコツと叩いた。長年の凄まじい研究の時間を物語るように、頭皮の上に載った髪は、わずかな縞模様を描いているのみだ。

「池之端は、天下製薬倒産以来、私の研究を狙って、常に私の周囲を窺っていた」

木下はただ聞く側にまわっている。口を挟む場面ではなかった。

「ある日をさかいに、池之端の姿が消えた。そしてつい最近、彼の白骨化した死体が、研究所跡から出た」

頭を指さした手が老女の手の上に戻って、また静かに撫でている。

「何がやつの身に起こったのか……」

目の中に感情は見えなかった。老女もまた遠くを見つづけている……。

「研究所も取り壊された。あそこに残してきたもの、すべてが白日の下に曝《さら》されただろう」

「それは……」

「かまわない。あそこに残してきた細胞や組織はすべて死に絶えている。生きているものといえば、娘の遺伝子ＤＮＡだけだ」

言葉が途切れた。が、すぐにまた声がつづいた。

「今の自宅の研究室に、娘の細胞、娘の遺伝子は、たっぷりと残っている。そして今も生きつづけている」

わずかの時間、男の目がキラキラと光をたたえた。木下の目も光を弾いて煌いた。

「いつの日にか、それも近いうちにだ。娘はまた元の体で、私たちのところに戻ってくる」

夫と妻の合わさった手が、優しく握り合った。

「そうですね……」

木下の視線が遠くなった。遠い彼方に、「もう治らないんでしょう」と叫んだ美少女の姿が浮かんだ。木下には、娘が再生してくるという男の言葉に逆らう気はまったくなかった。

「それでは、私たちは今夜はこれで退散することとしよう。澄江《すみえ》、行こうか」

男はこの部屋に来て初めて妻の名前を呼んだ。

遠い目のまま、老女は手を引かれて、立ち上がった。

部屋のドアに手をかけながら、男は言った。

「あの方も、いらっしゃっているのかな」

木下は小さくうなずきながら答えた。

「ええ。もう、間もなく」

二人は静かに出て行った。

木下の部屋から出た二人は、そのまま部屋には帰らず、ホテルの外に出た。肌寒い中、そぞろ歩きの温泉客たちがちらほらと見える。ほとんどは温泉に浸っているに違いない。

先生、と木下から呼ばれた男は、横に並ぶ老妻をいたわりながら、ゆっくりと歩を進めている。何か目的でもあるのか、二人は少しずつ暗いほうへ暗いほうへと進んでいった。

足もとに温かい空気の流れが感じられる。近くに湯が流れているのかもしれなかった。

老妻の歩みが少し乱れたような気がした。目の前の暗がりに、人の影があった。

「ようやく見つけましたよ」

人影が近づいた。背後のわずかな灯りに浮かんだ顔を、先生は知っていたようだ。

「君は……。やはりな」

　先生の顔に微《かす》かな笑いが走ったのを、現れた男は見逃した。

「こんなところまで。執念深いやつだ」

「こちらに来られたのは知っていました。横紋筋肉腫学会だ。当然ですよね」

「君には関係のないことだ」

「いいえ、大ありです。池之端副所長をいったいどうなさったんです？　もう、何カ月も姿を見ない」

「知らんね」

「まあ、副所長のことはどうでもいい。こちらはあなたを歓迎して、高額の給料をお支払いしたうえに、今後の研究も自由にしていただこうと提案しているのですよ」

「何度言われても同じだ。私の答えは変わらない。研究が完成すれば、しかるべき形で公表する」

「それは困ります。そうなると、世界じゅうの人があなたのところに押しかけますよ」

「とにかく、利益だけを追求する輩に、この研究を渡すわけにはいかない」

「利益は必要です。研究にも金が要りますからね。それに医療に役立てるとしても、やはり金が要ります」

「それはわかる。だから、一カ所に利益が集中しないようにしなければいかん。とにかく、まだ研究は完成していない。帰ってくれ」

「そうですか……。でも、今、あなた方がこうしてこちらにいらっしゃっているあいだに、ご自宅の研究室、調べさせてもらってます」

「またか……。何度やっても、君たちの探しているものは見つからん」

「細胞をいただこうかと思いましたが、以前に何回かやって、すべて失敗しています。どうしても、細胞を維持できない」

「当たり前だ。私が考案した特殊培養液が必要だ。それも一種類ではない。細胞の段階に応じた培養液だ」

「そこまで話していただいたのなら、培養液の組成と使用方法、教えてくださいよ」

「何度言ったらわかるんだ。しかるべきときが来たら、公表する」

「どうしてですか……。それじゃ、莫大な富をどぶに捨てるようなものだ」

「だから、そんなもの、私にとってはどうでもいいことだ」

「研究所から持ち出されたノート、どうしても見つからない」

「そんなもの、初めからない」

「そんなはずないでしょう。膨大な研究記録だ。どこかに残していないと。パソコンの中、調べさせてもらいましたが、どこにも見つからなかった」

「すべては私の頭の中だ」

風が動いたようだ。何かが小さな鋭い光を放った。

暗がりの中の二人の男の声が途絶えた。低い唸り声が下に落ちていった。ドブンと湯が割れる重い音がした。


木下の部屋の扉に人の影が映った。前後に誰もいないことを確認して、その人物はドアをノックするために手を上げた。

中から見ていたのだろう。扉がスッと開かれた。木下の笑顔が見えた。

「やあ、待ってたよ」

木下の声に誘われるように、浴衣に丹前、黒髪を垂らした女性が中に消えた。長い髪が揺れて、白い肌を撫でた。

「お話は進みましたか」

「ああ」

「先生のお顔から察するに、まだまだのようですね」

「いや。そんなことはない」

少し沈んだ女の声がした。

「患者さんの山内さんは亡くなったのですし」

「すまない」

「お気の毒です、山内さん」

「原因はまた大学に帰ってから調べる。小田切《おだぎり》先生もさらに効果のある治療細胞を提供してくださるということだ」

先ほど木下と話をしていた初老の男性は小田切という名のようだ。

「私のために」

「治療法が確実になるまでは、君には」

「お気持ちは本当にありがたいのですが、私のために、これまでに何人もの方が犠牲に」

「いや、治療法は確実に前進している。細胞が固まった原因さえつかめば、必ず……。小田切先生もそうおっしゃっていた」

「でも、私には、あまり時間がないように思います」

「何を言うんだ、そんな、気の弱い」

黒髪の女性は静かに頭を振った。木下の腕に心地よく感じられる女性の温かみを払いのけるような、力のない動きだった。

「今日の電車の中で、横に座っておられた方、おきれいな方ですね。あの方が山内さんを先生と一緒に診《み》ていらした倉石先生ですのね。病院で一度か二度お見かけしたことがある」

「そうか。澪《みお》も会ったことがあるんだ」

「うらやましい。とても溌剌《はつらつ》として、美しい……」

「澪だって、本当にきれいだ」

透き通るような顔に、切れ長の目がくっきりと掘り込まれている。ルージュを落としていても、たぎるように口唇が紅い。

「でも、私も間もなく」

切ない言葉を遮るように、木下の唇が重なってきた。わずかに身をよじりながら、木下の口づけを澪は受けつづけた。

自然に木下の手が浴衣を分け、こんもりとふくらんだ澪の乳房をつかんだ。淡いため息が澪の口から木下に伝わった。


翌朝、窓がほんのりと明るくなるころ、祥子は爽やかな目覚めに、うーんと体を伸ばした。枕元を見れば、携帯に光がある。

〈おはよう、祥子。緊急呼び出しだ。紺屋また〉

慌てて打ったのだろう、紺屋は今夜だと解釈して、祥子は微笑んだ。もちろんハートマークは入っていない。受信時刻は五時三十五分。

「大変ねえ、朝早くから」

祥子の手の中の携帯が、ペールギュントを奏でた。目覚ましだった。六時半だ。

「何だ……」

祥子は苦笑いをしながら、アラームを切った。ペールギュントが鳴るたびに、乱風を期待する自分に、祥子は呆れながらも満足だ。

「さてと、露天風呂、露天風呂」

タオルを引っかけると、祥子は部屋を飛び出した。露天風呂は本館大浴場のさらに先にある。別館アネックスから連絡路を通り、本館ロビー前を抜けて行くことになる。

途中、やはり朝の露天を楽しむ客が同じ方向に向かっていた。すでに気持ちを満たした帰り客もチラホラとすれ違う。

「あら……」

前から来る背の高い黒髪浴衣姿の女性を見たとき、祥子は小さく声をあげた。

広いホールの端と端だ。相手は気がつかないようで、長い黒髪に表情を見せないまま、通りすぎていった。

祥子は立ち止まって、女性の後ろ姿を見送った。覚えがあった。のぞみで見かけた、涼やかな目もとに真紅のルージュが鮮やかな女性だった。

「あの方も、学会に来られたのかしら」

根拠はなかったが、昨日見た聡明な顔つきの彼女が、学会の開かれているこのホテルに泊まっているとすれば、学会参加者と考えても不思議ではなかった。

五分後、祥子の思考は露天の湯気の中、至福の生の悦びに漂っていた。


夜明けの陽光に無作為の煌きを飛び散らせる湯煙。

その底に浮かび上がる湯水の色と形は特別と、おばさん軍団は暗いうちからホテルを出て、行く先いまだ不如意の中、がやがやと歩を進めていた。

ボコリ……。

足もとに不気味な音が漂う。

「押さないでよ」「あぶないっ」「きゃー」

わいわいがやがや……。

おばさんたちの影が長く西に伸びた。木立や岩に遮られて、見ようによっては妖怪が蠢くようで、微妙な絵模様だ。

陽が昇ってきた。白く立ち上る湯気が、目の前に幻想的な光景を揺らめかせている。

「まあ……。真っ赤だ」

「あらあ、ほんとに。でも、ここ血の池地獄と違うわよね」

ボコリ……。ボコリ……。

「坊主地獄じゃないの」

「もうそんなところ？」

居場所不明のまま、おばさんたちの視線が目の前のあぶくに集中した。

移動する旭日《きょくじつ》に、湧き起こる泥水の動きが、ますます不気味だ。色が赤いのもまた地獄風景に似合う……。

おばさんの一人が、いや複数人が、その地獄風景を妨げるものを視野の中に認めた。大きなあぶくが、ボコリともち上がってきたのだ。泥の山がグーッと上がってきた。真ん中あたりの泥がやけに黒かった。黒い染みを持った大入道だ。

さらに、その大きなあぶくの横でいくつか泥のあぶくがボコリボコリと音をたてた。大あぶくがいっこうに弾けないのが不思議だった。

間もなくおばさんたちは声を呑んで、大あぶくを見つめることになった。泥ではなく、何か男性のコートが泥にまみれているだけのように見えたのだ。

誰かがコートを捨てたのかしら、と考えたおばさんはいなかった。あと少し浮かび上がった泥のあぶくに襟らしきものが見えて、そこにつながる、ちぢれ、乱れ、薄くなってはいるが、間違いなく人間の髪と思われる黒い部分があったのだ。

おばさんたちの呼吸は、極端に早くなるか、ピタリと止まるか、いずれかだった。

「ク、ヒッ！」

妙な音が彼女たちの声帯を震わせた。

「ヒエー」「キャー」「あわわ……」

何種類かの恐怖の声の合唱があった。もちろん共鳴はしない。

バラバラの状態で、おばさんたちはもと来た方向に一目散に駆けだした。

12 殺意の共通点

ホテルのロビー付近で何やら騒ぎが起こっても、レストランで朝食を摂《と》っていた祥子たちには伝わらなかった。おばさん軍団は「人らしきものが浮いている」とホテルフロントに報告後、すぐに恐怖から放たれて、野次馬根性だけになったおしゃべりをつづけ、気分が悪くなったと言う者もなく、そのまま朝食バイキングになだれ込んだ。

そこでも生まれて初めての第一発見者経験に花が咲いて、賑わしいこと、逞しいことこのうえない。

入れ違いにレストランから出た祥子たちは、すれ違いざまの、相も変わらぬおばさん軍団の騒々しさに眉をひそめながら、いったんそれぞれの部屋に戻り、身支度をして学会場に向かった。

八時五十分、学会長による開会宣言のあと口演発表がはじまったため、ホテルからの連絡で駆けつけた県警の捜査陣が現場に集合し、泥まみれの死体を引き上げたことは、学会関係者はほとんど知らなかった。

ホテルから歩いて十五分ほどのところで背中を鋭利な刃物でひと突きにされ、熱い泥水が湧き起こる中に浮かんでいたとしても、死体を巡る騒ぎは、熱心に研究成果を聴取し討論を闘わせる医科学者にはまったく関係のないことであった。

　殺人事件があったらしいということが学会関係者の耳に入ったのは昼近くのことで、ほとんどの者は、「へえ、そんなことが」とそれ以上の関心を示さなかった。

　発見された男性が持っていた運転免許証、といっても泥と熱でクニャリと曲がっていたのだが、文字と顔写真は何とか事実を伝えることができた。名前が中馬六郎《ちゅうまろくろう》、四十五歳で、住所が大阪府T市となっていたため、ただちにT市警に照会された。同人物はT市H町在住で、家人の話では大分別府で行われる学会に参加すべく、昨日こちらに向かったということがわかった時点で、大分県警佐伯温生《さえきあつお》警部補は現場近くで開催されている横紋筋肉腫学会会場に乗り込んだ。学会の名がつくといえば、近辺ではこの学会しかない。

　ホテル三階にある学会受付でチラリと身分証を示すと、受付嬢は驚いた顔のまま、すぐ横の部屋に入った。出てきたのは、スーツでピッシリと身を固めた若い男であった。

「学会総務を担当しております別府医科大学田中《たなか》ですが、何か？」

「実は、ここから一キロほど先にある小坊主地獄で、男性の他殺と思われる死体が上がったのです」

　田中の表情に変わりはなかった。むしろ横で耳をそばだてていた受付嬢のほうが身をすくめ、口に手を当てた。

女性の動きを視野の端に入れながら、佐伯警部補はつづけた。

「持っていた身分証明書から、名前は中馬六郎さん。家人の話では、こちらの学会に参加すべく昨日別府に入ったというのです」

「学会員ですか？」

「確認したいと思いまして」

「学会参加受付は今朝八時からです。その中馬さんはいつ？」

時間からすれば、免許証の顔写真を拡大コピーしたものをここで見せても意味がない。佐伯はポケットに突っ込みかけた手を出した。

「死体発見時刻は今朝午前六時三十分ごろです」

「とすると、まだ登録前ですねえ。学会参加の方のお名前はいちいち登録しません。参加費をいただいたあと、自書して会期中に携帯していただく名札をお渡しするだけです」

田中は受付嬢を促して、会員名簿の中に中馬六郎の名前を探させた。

「年会費をここで払われる会員の方もいらっしゃいますので、会員名簿があります」

田中の言葉が終わらないうちに、受付嬢の声があがった。

「ございませんねえ」

受付嬢が指さすところを佐伯と田中が覗き込んだ。

「中馬という苗字の方は二名いらっしゃいますが、六郎さんというお名前は見当たりません」

「念のために、なかうま、とかはありませんかね」

ページをめくって探していたが、受付嬢は首を横に振った。

「ここに書かれていないということは、学会員ではありませんね。ご自宅でこちらの学会に参加されると言われたのは間違いないのですか」

「別府での学会ということです。調べてみて、現在、別府で開催されている学会はこの、何でしたっけ」

「横紋筋肉腫学会」

「そう、その横紋筋、これしかないのです。しかも、死体が会場の近くで見つかった。まずこの学会と考えてよいと思います。ときに、この横紋筋……」

佐伯は置いてある学会誌らしきものに目をやった。

「肉腫ですか、これ、何です？」

「ああ。筋肉にできるきわめて悪性度の高い腫瘍です」

「はあ……。ということはお医者さんの学会で」

「ええ。ほとんどの参加者は医師です。製薬会社の人もいるかな」

「なるほど」

佐伯はポケットから先ほどは出すのを中断した拡大コピーを取り出した。

「この人なんですがね。見覚え、ありませんかね」

田中はコピーを手にした。運転免許証の写真を五倍ほど拡大したものであった。熱で歪んでいたせいか、顔写真を見て一瞬吹き出しそうになった田中は、慌てて顔面筋に制御の意思を伝えた。

「私もこの学会は毎年参加していますが、お見かけしたことはありませんねえ。同じ研究仲間ですし、さほど大きな学会ではないですから、まあ、たいがいの方は知っていますがね」

田中は受付嬢も首を横に振ったので、コピーを警部補に返した。

「一見《いちげん》さんなんじゃないですか」

「一見さん？」

「ええ。学会員ではないけれど、飛び込み参加ということは、けっこうありますよ」

この時点で、佐伯警部補は大阪T市警にも捜査の依頼が必要だろうと判断した。

体じゅう熱傷で火ぶくれとなった死体解剖の結果、背後から左胸を貫いた刺し傷が致命傷となったことは確実であった。犯行は昨夜八時から十二時のあいだと推定された。犯行現場は死体が見つかった小坊主地獄で、土の上に血痕が認められた。

夜ともなれば、わずかな灯りしかない。被害者がなぜそのような場所に行ったのか、誰かと一緒だったのか、足もとの土にあったかもしれない証拠は、入り乱れた足跡が掻き消していた。

T市警に照会提示された中馬六郎殺害に関する情報を見て、谷村警部たちが興奮し、下柳科学捜査班長のところに飛んでいったのは、その日の夕方近くであった。

外の殺人事件捜査などまったく異次元の世界、学会は粛々と進んでいった。

口演会場は百名ほどが収容できる部屋で、もうひとつ、並んでやや大きめのシンポジウム会場があった。

祥子はほとんどの時間をシンポジウム会場で聴講し、横紋筋肉腫に関する総合的な発表とともに、各所に深く入り込んだ細かい研究の話題についても、旺盛な知識欲を満たしていた。

木下修一の発表は、主として彼が担当した症例に関する個別の解析であった。午前十一時の口演に組まれている。それまではシンポジウム会場にいるつもりだ。

祥子はいつもならスクリーンに近い前列付近の席に陣取るのだが、今日は後方の座席にいた。口演のあいだ落とされている会場の照明が点くたびに、そして演者が変わるたびに、祥子は顔を巡らせて、会場内に今朝露天に行くときに見かけた女性を捜した。

祥子は横紋筋肉腫学会員ではない。今回の参加は木下についてきた飛び入りの参加である。年会費を納めている学会員より少し高い参加費を支払って、会場に入っている。会場の男性会員たちの中には、前のスクリーンよりも関心を引かれる存在に、いささか落ち着かない者もいるようだ。いつものように、男性陣のざわめきも祥子には何の影響も与えてはいない。

彼らの関心の的が明るくなるたびにキョロキョロするので、ますます気になる存在になっている。

逆に祥子が関心を持つ人物は、ついに会場には姿を見せなかった。ときに席を立って、隣の会場を覗いてみても、それらしき姿は見えない。

木下はといえば、十一時の発表までは祥子の近くで、やはりシンポジウムを熱心に聴いていた。そのうちに、口演の合間に何となく落ち着かない素振りを見せる祥子に気づいた。

木下が近づいて、祥子に声をかけた。

「どうしたんだ。誰か捜しているのか」

「あ、いいえ。ほら、昨日ののぞみで見かけた女性、覚えていらっしゃいませんか」

「何のこと？」

「新山口あたりだったかな。前から歩いてきた、背の高い、きれいな女《ひと》」

「あのなあ、倉石先生。新幹線ですれ違う女性、それも君が言うのだから間違いなくきれいな女性なんだろうが、いったいそんな女性、何人いると思う」

「今朝、露天に行くときに見かけたんです」

「同じ女《ひと》だったの？」

「間違いないと思います」

「このホテルに泊まってるってこと？」

「ええ。学会に来られたのかなと思って」

「ははあ、美女同士気になるんだ」

「いいえ、そんなこと……」

「そりゃあ、同じルートを通ってきてもおかしくないだろう、この温泉に来たのなら」

「まあ、そうですよね」

偶然同じ電車に乗り、偶然同じホテルに来ただけのことだったのだろう。

「お、もうすぐ僕の番だ。隣の会場に行くよ」

「じゃあ、私も」

祥子は立ち上がった。周辺の男性たちが、祥子と木下を胡散臭そうな目つきで見ていた。彼らの思考の中に、よけいな勘ぐりが混じりこんだに違いなかった。

木下の口演は滞りなくすんだ。自身が手を下して行った研究と、それを応用した患者治療の成果であった。

山内晴美の経過と解剖結果についても、論述があった。祥子はその部分をとりわけ集中して聴いていた。

「死亡原因は、主として肺のリンパ行性の転移によるものと断定してよいかと思います。投与した腫瘍攻撃型リンパ球は一部では効果が認められたが、大部分では何の反応も認められませんでした」

口演が終了し、期待したほどの成果が得られなかったことで、聴衆にため息が洩れた。

定例となっている座長の「どなたかご質問は？」という声に反応して、一人の手が上がった。

「木下先生。患者さんはリンパ行性の転移で亡くなったと言われました。死亡当日の画像所見も、リンパ行性の肺転移で矛盾ないと思います。この患者さんには、血行性転移はなかったのでしょうか？　といいますのも、投与された腫瘍攻撃型リンパ球は静脈内投与ですよね。血管の中を走るでしょうが、なかなかリンパ管には入らないのではありませんか。かといって、リンパ管内に投与するのはほとんど無理です。ですから先生が腫瘍攻撃型リンパ球を患者さんの血管に投与しても、ルートが違うのだから、治療効果は期待できないのではありませんか」

厳しい質問だった。要するに、リンパ管経由で転移した腫瘍に対して、血管から治療用のリンパ球を入れても、病巣に到達しないのではないか、治療法が間違っているのではないかと、追及しているのだ。

祥子の脳細胞が噴火するように活動している。いいえ、血行性転移はあった……そう、とても奇妙な血行性転移が……。祥子の目は壇上の木下を睨んでいるかのようだ。

木下はしばらく口をつぐんで考えていた。聴衆には、治療法の矛盾点を指摘されて、壇上で立往生しているようにも見えた。

木下がマイクを取り上げた。

「ご指摘はごもっともと思います。ですが、リンパ行性転移でも、必ず栄養血管を必要とします」

それまで少し優越感をたたえていた質問者の顔に細かい痙攣が走ったようだ。

「おっしゃるとおり、リンパ行性の転移に対して、リンパ管から攻撃することは非常に難しい。解剖学上、無理でしょうね。ですから、血管からの投与に頼らざるを得ない。効果が認められた転移巣には栄養血管が豊富なところだったのでしょう。他の転移巣には栄養血管が比較的乏しい。したがって、リンパ球も届かなかったと解釈できると思います」

質問者は引き下がった。

「今日に至っても横紋筋肉腫の治療は、抗癌剤の多剤併用に頼らざるを得ない。治療成績が上がってきたといっても、まだまだ満足できる状況じゃない。そういった意味で、木下先生の行われている免疫療法は、新しい試みとして注目に値すると思いますが、ほかに、ご質問等、どなたか……」

会場に声は起こらなかった。木下は病理解剖所見にあった血行性転移については、話すつもりはないようだった。

木下が壇上から下りたところで、木下の口演は終了した。

次の演者が所定の位置につくまでに、会場からは何人かが出て行った。

祥子の斜め後ろに腰かけて、身じろぎもせず熱心に木下の口演に耳を傾けていた初老の男性もまた、隣に座って遠くに視線を投げていた女性の手を取って、ゆっくりと立ち上がった。二人は静かに会場を出て行った。

午後のすべての時間をシンポジウム聴講に費やした祥子は一度部屋に戻ったあと、夜からの懇親会に木下と合流した。乱風には、これから懇親会とメールを飛ばしてある。

まだ何となく気になる黒髪長身の美女は、まったく姿を見せなかった。一泊の温泉旅行で帰ったのかもしれなかった。

いつまでも頭から離れない女性の姿に、祥子は妙な気分になっていた。木下がからかったように、自分とあの女性の美しさを比較するつもりなど毛頭なかった。何かが祥子の意識に引っかかっていた。

たしか、「ただいま新山口駅を通過」というテロップが流れる動きを視野の中に感じながら、木下と話し込んでいて、ふっと目を上げると、女性が通路を歩いてきたのだ。

いや、私にはあの女性の姿が、車輌のドアが開いてこちらに向かってくるときから、目に入っていた。誰が歩いてこようと、向こうに行こうと、普段はいちいち注目して見ることもない。単に視野に入れているだけだ。

どうして、急にあの女性に焦点を結んだのだろう……。

ああ、そういえば……。無意識の中に記憶刻印された映像が蘇ってきた。そう、彼女が大きくよろめいたのだ。のぞみが揺れたわけでもないのに、何かにつまずきでもしたのか、視野の中の不自然な動きに、祥子の水晶体の焦点が合ったのだ。

彼女はすぐに元の体勢に戻って……そのあと少し手を額に当てて……そのとき、こちらに視線が向いた……小さく笑ったように見えた……。

そのまま彼女は列車の揺れに歩みを合わせるように近づいてきた。通路を行く乗客の顔を記憶にとどめることなど、普段ならないはずだ。彼女の顔をしっかりと覚えていたのは、彼女が通りすぎるまでじっと見ていたから……。

そして彼女の顔が、透き通るように白かったから……。椅子に当てがった手の指も、顔と同じように白かった……。

今朝は浴衣に丹前、長い髪が垂れて、表情など見えなかったけれど、一瞬だけ見ることができた全身像は、間違いなくのぞみの女性だった。

強い貧血でもあったなら……。

祥子の思考は、学会長の懇親会開催宣言に断ち切られた。

さすが港が近いだけあって、懇親会場のご馳走は、都会の学会では味わうことのできない、新鮮な自然の幸に溢れていた。

脳細胞を働かせれば働かせるほど、腹が減る……。あちらこちら皿から皿へと渡り歩く祥子の姿を見て、横紋筋肉腫学会では初めてお目にかかる超美人女医に何とか声をかけたいものだと下心満点の医師たちも、いささか気おくれした状態だ。

近づいても、また遠ざかる。

学会長をはじめ長老たちも、話題の隅に、

「あの女医は誰だ」「O大学内科だそうだ」「内科？　どうして横紋筋肉腫学会に」「名前はさっき名札を覗いてみた。倉石祥子だ」

などなど、花が咲いたような景色を歓迎している。

そもそもこの学会、整形外科医が多いから、どうしても男性が大半を占める。殺風景な情景は免れない。ということで、このような小規模の学会にもかかわらず、コンパニオン女性を十名ほど雇ってある。飲み物食べ物は彼女たちが運んでくれるし、また話し相手にもなってくれる。赤いコスチュームにさらに鮮やかな白い肌が、花を流したように会場を色づかせる。

今宵一夜のアバンチュールをと、さかんに目をつけたコンパニオンを口説き落としにかかる者数名。もっとも、このような場で相手が見つかり、めでたくゴールインしたカップルもいるのだから、チャンスは逃さないようにしたほうがよいのかもしれない。

祥子もまた、数えてきりがないほど声をかけられた。肺癌学会ではそれなりに顔が売れているが、この会ではまったくの新参者、男たちは遠慮がない。

近くで早朝、刺殺死体が見つかったことも、わずかに話題にのぼっただけで、すぐに消えてしまった。関係のない殺人事件など、首を突っ込もうという酔狂な輩もいない。

木下に助けを求めようにも、最初のうちは誰かと話し込んでいるし、後半にはどこに行ったのか、姿が見えなくなった。

「倉石先生。部屋、どこです？」

露骨な質問、答えられるはずもない。

「先生。私も大阪なんですよ」

名札には、大阪の私立医科大学の名前がある。

「大阪に帰ったら、ぜひ一度お食事でも」

今後は、薬指に指輪をしていたほうがいいなあ……と、部屋に帰ってからの乱風へのおねだりを思いついてニヤリとすると、相手は承諾の意思と取ったのか、

「先生。電話番号教えてくださいよ、ぜひ。僕の渡しますから」

と、テーブルにあったナプキンペーパーを取って番号を書きはじめた。祥子は慌てて手を振った。

「あ、いいえ。私、結婚してますから」

自然に出た言葉に祥子は充分に満足した。何だか体じゅうがうれしさに浮き上がりそうだ。

「え」

相手の手がピタリと止まった。瞬間、祥子の手に目が行った。くるりと背を向けた祥子に、まだ疑惑に満ちた未練気な視線が這いまわっていた。


「ということで、私は乱風の奥さん。指輪、買ってちょうだい。普通のじゃ駄目よ。乱風の耳に下がっているピアスぐらいの」

祥子は携帯をまた耳とベッドのあいだに挟んで、薬指を静かに撫でている。

「まいったなあ。僕の今の安月給じゃ」

「じゃあ、乱風の、ちょうだい」

「え」

「乱風のピアス、ちょうだい」

「でも祥子、ピアスはしない主義なんだろ」

「ええ。指輪に作り変えてもらう」

「やれやれ」

「くれるの、くれないの」

乱風がピアスをいじっている気配が伝わってくる。

「あ・げ・る」

「ほんとう！」

祥子は携帯を引っつかむと、ベッドに起き上がった。

「大きいほう、祥子にあげる。小さいほうは、しばらくまだ僕がつけておく。結婚するときに指輪にしよう」

祥子はしかし、と考えた。あの大きなダイヤモンド、指輪にしても、学会なんかにつけて来れる代物じゃない。

「乱風。もう少し小さいほうが」

「じゃあ、このピアスは結婚したときに、祥子にあげる。今はとりあえず小さなダイヤ、いくつか持ってるから、それを指輪にしよう」

乱風もうきうきしていた。祥子が乱風夫人として、堂々と左手薬指に指輪をつけて学会に出かける。今回のように、焦る気持ちも多分に抑えることができる。

「明日帰るんだろ」

「ええ。学会は三時までだから、終わったら直行で帰ります。病院の患者さんも気になるし」

「木下先生は？」

「先ほど懇親会が終わるときにお訊きしたら、先生は鹿児島にご親戚がいらっしゃるとかで、そちらのほうにまわられるんだって。土日を利用して寄ってくるっておっしゃってた」

「じゃあ、帰りは祥子一人？」

「そう」

「今晩はこれから？」

「温泉」

時刻はまだ九時前だ。

「いいなあ……こちらは朝早くから呼び出されて、一日じゅう、走りまわっていた。くたくただ」

「寝れるときに寝なきゃあ。じゃあ、今夜はこれでいち、に、さん、ね」

「温泉、うらやましい。あ、何だかキャッチが入ったみたい。まさか、これから呼び出しというんじゃないだろうね」

うんざりした乱風の声がした。

「ごめんね、私だけ。じゃあ……」

「いち、に、さん」

乱風の情けない声が消えた。

知った顔には会わず、おばさん軍団も今夜はいなかった。何人かが静かに湯を楽しんでいるだけだった。

闇の空を映す黒い水の揺らめきに目を遊ばせながら、祥子は山内晴美のことを考えている。

口演中、あるいは質問されたときにも、気になる血行性転移のことに木下はまったく触れなかった。祥子から見れば妙な場所に飛び散った腫瘍細胞、これは血流を介してでないとあり得ない転移の仕方だった。

山内晴美が急死したのは、横紋筋肉腫の肺転移が原因という臨床的解釈に対して、病理学的には別の答えもあると祥子は考えている。それは血行性転移した腫瘍細胞が冠動脈すなわち心臓を栄養する血管に塞栓を起こした、心筋梗塞と同じ状態だったということだ。

病理解剖所見に塞栓のことが記載されていた。

静脈内に流れ込んだ腫瘍細胞が、右心室から心室中隔の欠損部を通過して左心室に入り、つづく大動脈の根元に口を開いている冠動脈に入った。それが冠動脈内で固まった。当然、心筋梗塞の状態と同じ病態が作られる。

呼吸困難で徐々に死に至るのと異なり、心筋梗塞では短時間の勝負だ。不幸な場合、即死である。

祥子には、山内晴美の死が心筋梗塞に近いものであり、急変したという状況に最もふさわしい病名のような気がしている。

梗塞を起こした原因は腫瘍細胞……。湯が波立って、揺らめく水模様が祥子の手足をちぎった。

病理解剖所見を読んだあと、この学会に来る前に祥子は、山内晴美の病理解剖を執刀した綾部教授に尋ねている。

「いろいろと木下先生、治療を試みられていたようですが、解剖中に木下先生がおっしゃった免疫的な治療効果、いかがでした。おそらくは腫瘍攻撃型のリンパ球を投与されたと思うんですけど」

「病理学的には、転移巣へのリンパ球の攻撃を思わせるような所見は、ほとんどないな」

「ありませんか」

「ああ。だが、横紋筋肉腫細胞の破壊は認められる」

「抗癌剤の効果ですか」

「いや。抗癌剤の投与は一カ月ほど前だろ。肉眼的にはリンパ節転移によく効いていたようだ。私がいま言った破壊というのは、肺転移に対してだ。この効果は、きわめて直近の効果だ。抗癌剤で潰れたなら、一カ月も経った今さら、所見は認められないよ」

「どういうことでしょうか。よくわかりません」

「私にもよくわからない。あまり見ない現象だ。しかし、横紋筋肉腫の塊の一部が確実に破壊されている」

「別の治療でも試みられたのでしょうか、木下先生」

「さあ、それは……新たに抗癌剤でも投与したのなら別だが」

「それはありません」

　綾部にもそれ以上何も思い浮かばないようだった。

「それと死因なのですが、私、担当医として、木下先生には悪いんですが、山内さんの呼吸状態が悪くなっただけで、こんなに急に死亡したことがどうしても納得できないのです」

「臨床的には、まだそこまでは悪くなっていなかったと言いたいのかね、倉石先生は」

祥子はうなずいた。

「しかしね、あれほどのリンパ行性の転移だ。急な窒息、急な呼吸の増悪など、いくらでも起こりうるのじゃないかね」

「そうかもしれません。でも、通常はもう少しゆっくりです。もちろん本当に末期の状態ならば、いつどうなってもとは思います。山内さんの肺転移、急速にひろがっていってました。でも、もう少し」

普通ならいささかしつこいと敬遠されてもおかしくない祥子のこだわりようだった。

「冠動脈に腫瘍塞栓がありましたよね」

「ああ、何カ所かで認められた」

「心筋梗塞の状態になりませんか」

「もちろん、急に詰まれば腫瘍塞栓による梗塞も考えられようが、あれだけあちこちに転移している状態だから、冠動脈にも転移していた。これが徐々に来れば、代償性に側副路ができるから、なかなか梗塞にはならない」

「急に詰まったとは考えられませんか」

「となれば、どこかから腫瘍が血行性に飛んできて、冠動脈に入り、塞栓を起こしたことになる。よほど運が悪かったというべきだろう」

「先生」

祥子は喉が極端に渇いていると思った。うまくしゃべれるだろうか……。

「実は死亡当日の朝、山内さん、胸部のCTを撮っています。肉腫性リンパ管症、つまりリンパ行性の転移所見は明らかでした。でも、血行性転移はほとんど認められなかったのです」

「CTまでは私は見ていないが……」

「明らかな塊状の転移巣は、画像上、認められませんでした」

「何を言いたいんだ、君は？」

綾部のそれまで穏やかだった顔が引きしまった。

「病理解剖のとき、肺野にも無数の塊状の転移巣がありましたよね。木下先生に肺を切って渡されるとき、断面に無数の白い転移巣がありました」

「うむ……」

「CTで充分に描出《びょうしゅつ》可能な大きさの転移巣でした」

「君……」

思わずそのとき綾部にうなずいたように、湯の中で大きく顔を動かした祥子は、顔面で湯を打って鼻まで浸かり、熱い液体が鼻腔奥に流れ込んだ。

むせ返って咳《せ》き込んだ騒音に、湯の客たちは少々眉根をひそめることとなった。

喉の奥に違和感を残しながら部屋に帰ると、夕べ同様、携帯が点滅している。

「乱風……」

今度はメールと電話の両方の着信記録だ。呼び出し音もなく、瞬時に乱風の声が聞こえた。

「どうしたの、乱風。電話」

「それどころじゃない。何も聞いてないのか」

「え。何のこと?」

「そっちで今朝、刺殺死体が上がっただろ」

「そういえば、何か殺人事件があったらしいと。でも」

「殺されたのは、旧天下製薬研究所の例の二十九名の一人だ」

「何ですって!」

「手口も、これまでの三つの白骨死体から想像される背後からのひと突きとまったく同様のやり方だ」

「そんな……。信じられない」

「名前は中馬六郎。六つの郎だ。大阪T市在住」

「いったい誰が……」

「二十年前に杉山満彦を刺殺し、つい数カ月前にも天下製薬研究所副所長池之端三郎を手にかけ、もう一人いまだ身元不明の人物を同様の手口で殺害した人物が、まだ跳梁《ちょうりょう》していて獲物を狙ったということだ」

「この近くにいるってこと!?」

祥子を怖がらせまいとしたのか、乱風は被害者の足どりを説明した。

「家族の話では、中馬六郎は別府で開かれる学会に行くと言って、昨日、家を出たそうだ。大分県警の捜査で、二泊の予定で、祥子が泊まっているホテルとは目と鼻の先にある鉄輪地獄温泉旅館に宿泊していることがわかった」

「こちらの学会って、横紋筋肉腫学会？」

「調べたところ、いま開催中の学会は、別府鉄輪あたりでは、横紋筋肉腫学会だけだ」

「いったい誰が……」

祥子は同じ疑問を口にした。

「学会に関係のある人？」

なぜか木下の顔が目に浮かんで、慌てて祥子は顔を振った。

「まさか……木下先生じゃないわよ」

「祥子は昨夜、早々と木下先生にふられたんだっけ。そのあと先生、何してたのかな？」

「学会関係の先生方とお話があるみたいだったわよ」

乱風は少しのあいだ何か考えているようだった。

「今日の先生の様子、どうだった？」

「冗談じゃないわよ。先生、普通だったわよ。それに、懇親会場でも殺人があったってチラッと聞いたけど、先生に変なところ、何もなかったわよ」

「そりゃま、そうだろ」

「でも、今朝って言ったわね、殺人事件」

「発見されたのは、ホテルの近くの小坊主地獄。今朝六時半ごろ。殺されたのは、熱い泥水に浸かっていたことも充分に考慮して、昨夜八時から真夜中あたり」

「私にはアリバイがあるわね。乱風としゃべってたし」

「あのね……」

「でも、天下製薬の研究所で働いていたのなら、胡散臭いわね。横紋筋肉腫と見つかったクローンや再生組織、何か関係があるのかしら」

「まだわからない。ただ横紋筋肉腫学会に行くとは言っていたが、中馬六郎は学会員じゃない。横紋筋肉腫に興味があったのかもしれないが、まったく別の目的でそちらに行った可能性もある」

「それにしても、誰が……」

思考に行き詰まると、祥子の口から出るのは「いったい誰が」ばかりだ。これまでの白骨とも、思考がつながっているのかいないのか、こんがらがって、すっきりとしない。

「ゆうべそちらにいた人物、事件の流れから言って、それもこちらから行った人物である可能性がきわめて高い。横紋筋肉腫とどうつながるのか、僕にもまったくわからない。五里霧中だ。だが、天下製薬近畿支部研究所という、人のクローンを造るような試みをやっていた特殊な研究所というところだけは、完全につながっているように思う」

祥子の思考は珍しく停止している。そもそも、人間のクローンを造る試みなど、あるとしても遠い将来の話だと思っていたし、今は山内晴美の死の現実に対する疑問のほうが気になっていたのだ。

乱風の声がつづいた。

「白骨で見つかった副所長に加えて、今度は旧所員の一人が、同じ手口で殺された。もっとも、今回は埋められることはなかったがね。これまでの白骨死体と完全に同じ手口かどうかの判定はもう少し詳しい検査が必要で、この調査は下柳先生のところで進んでいる」

祥子はうなずく以外なかった。

「明日いっぱいをかけて、研究所の残り二十八名のアリバイ捜査が行われることになった」

「研究所の人の中に、殺人鬼がいるというの」

「そう考えるほうが妥当だろう。白骨三体はすべて研究所の敷地内から出た。四人目の被害者は研究所の一員。犯人はもう戻ってきているかもしれないが、少なくとも昨夜、大阪にいなかった人物の可能性が高い」

だが、と乱風はつぶやいた。

「動機は何だ？　何のために、これほどの人間が？　研究に関係があるのは間違いないだろうけど……」

13
培養細胞

　祥子と懇親会場で別れた木下は、まっすぐに部屋に戻った。ややうつむき加減に廊下を行く姿は何かを考えていて、すれ違う人の視線を嫌うようであった。

　ときどき曲がり角で背後をうかがい、目がチラリと動いた。祥子の姿はもちろんない。知り合いの医師たちが木下を追ってくる様子もない。

　木下は部屋の前でまた左右を気にした。人影はなかった。

　素早くルームキーをまわして、部屋に体を滑り込ませる姿は、まるで誰か他人の部屋に忍んでいくようであった。

　中に立つ女がいた。

「先生」

　ドアがすぐに閉まり、二人の唇が重なり合った。

　澪は室内の浴室を使ったらしい。濡れた黒髪が木下の頬を冷たく刺激した。ほのかな石鹸の香りが鼻腔に心地よく流れてきた。

「待ったかい？」

唇を離した木下が、澪の腰を引きつけたまま囁いた。

「ええ。少し……」

澪の目が怯えたような光を放った。

「人が殺されたとか……」

「ああ。この近くの小坊主地獄というところで、男が刺し殺されたと聞いた」

「恐ろしいこと……」

「澪は何も心配しなくていい」

木下は澪を抱き上げると、静かにベッドに運んだ。

「体の調子は？」

「お昼を食べてから、少しあたりを散歩して来ました。いいお天気だった」

「調子は悪くないんだね。眩暈はしない？」

澪はベッドサイドに腰を下ろしたまま、横に並んだ木下に静かな視線を送った。

「大丈夫です。まだ、まだ、大丈夫」

木下は澪が着ていたセーターをたくし上げると、何もつけていない素肌に耳を当てた。

静かな呼吸の音が、木下の鼓膜に届いた。

少し耳の位置をずらせば、乳房の脇だ。そこでも木下は耳を澪の肌に押し当てた。

目の前にまろやかな曲線がある。木下の目は静かに閉じられている。

木下の顔が澪の胸のまわりを一周した。ホッとため息をつくと、セーターをまた下ろし、澪の目を覗き込んだ。

澪も無言でまじまじと木下の目の奥を見ている。

「大丈夫だ。きれいな呼吸の音」

澪はうなずいた。

「治療、間に合うのでしょうか」

「もちろんだ。必ず間に合わせてみせる」

木下の強い声に、澪は笑みを浮かべた。

「今日、あちこち歩いてみました」

木下は少し首を傾けながら、澪の言葉を待っている。

「平たいところは、ゆっくりとなら、たいして苦痛もなく歩けます」

美しい双眸《そうぼう》が、わずかに狭くなったまぶたに揺れた。

「でも、坂になると……」

「苦しいのか？」

澪は小さく頭を振った。

「この頃、少しずつ、つらくなってきます。少しずつ、胸が苦しくなるのです」

澪の苦しさを打ち払うように、木下が大きく首を横に振った。

「まだ、まだ、大丈夫だ。たとえ澪の肺がどう侵されようと、あの細胞を使えば、すべてきれいになる。元に戻れるんだ。それほど威力がある細胞なんだ」

「でも、どうして山内晴美さんは亡くなったのです？　私と同じような……」

「何かが合わなかったのだ。心当たりがある。これまでの症例が教えてくれた。僕は大阪に帰ったら、ただちに調べてみる。間違いなく答えが出る。彼女たちの死を無駄にはできない」

「圭子《けいこ》ちゃんの細胞……」

木下の目が遠くなった。焦点を無限の彼方に結んだ木下の二つの目を見つめる澪の目もまた、人のすべての感情を湛えた色に染まっている。

「圭子ちゃん……」

小田切圭子……。

そう、すべてはこの少女からはじまっているのだ……。

木下は目の前の澪の顔に、死に直面しているせいか、普通の十五歳よりも大人びた、しかしあどけなさも残していた小田切圭子の顔を重ねていた。


——もう、治らないんでしょう——

小田切雅夫《まさお》が妻澄江とともに、遠く大阪の都会のざわめきを沈めたM市の自宅に戻ったのは、その日も夕陽が落ちて、冷たい夜風が音をたてて木立のあいだを吹き抜ける夜半であった。

飛行機が嫌いな二人は大分別府から鉄道を使って、のんびりとしたときとともに帰路を辿ってきた。

彼らは横紋筋肉腫学会が開催される別府鉄輪の地に、学会前日から入っていた。初老の夫婦二人連れの湯治を楽しんだあと、学会で木下修一の研究発表を、ちょうど倉石祥子の斜め後ろの席で聴講した。

小田切雅夫にとっても、山内晴美の突然の死亡は予期せぬ出来事であった。

すでに研究は完成していると言ってよかった。横紋筋肉腫細胞を攻撃し破壊する細胞、さらに欠損部を修復するための再生細胞、双方を組み合わせた治療実験は、小田切の手から木下に渡された二種類の細胞によって、間違いなく成功していたのだ。

山内晴美はその治療法によって、肺リンパ管に浸潤した横紋筋肉腫細胞がことごとく破壊され、治癒するはずであった。

「山内さんは治る」

小田切が確信し、木下に告げた言葉だった。

「まだ、圭子の復活を妨げるものがある……」

これは小田切が山内晴美の突然の死を木下から聞かされ、自らにつぶやいた言葉だ。

小田切雅夫は別府から帰る途中、何も考えなかった。研究は最終段階に到達しつつあった。考える必要がなかった。

「木下君が、患者側の要因を解明してくれるだろう」

確信があった。

小田切の手は、すべての行程で妻の手を握り、さすりつづけていた。さすりつづけ、握りつづけて二十年になる……。

「さあ、着いたよ」

家の前にタクシーが到着した。

ぼんやりと門の灯が闇の中に浮かんでいる。M市の山手、閑静な住宅街を少し山の中に入ったところに、小田切の居宅があった。

まわりに門灯以外の光といえば、空の星と、眼下にわずかに溜まる都会の明かりだけだ。

小田切はポケットから鍵を取り出して、鍵穴に入れた。

「そういえば中馬のやつ、私たちの留守中にまた家捜しをしたと言っていたな」

家の中に入ると、たしかに自分たち二人以外のにおいが残っているような気がした。

スイッチの音がして、明るくなった。

「けっこう紳士的などろぼうたちだな」

部屋の中に大きな乱れはなかった。侵入されたことすら、訴え出たところで否定されそうなくらいに、出かけたときと変わりがなかった。

にもかかわらず、少しずつ置いてある物の位置が違い、かけてある絵画の角度が違っていた。

妻は同じ顔で手をゆだねたまま、静かに小田切についてくる。

「澄江。何とも、ご苦労なことだな。あれほど、何もないと言っているのに、懲《こ》りない連中だ」

小田切は奥に進んでいった。そこには一室、少し大きな部屋があった。手をかけると鍵はかかっていない。

「元どおりに鍵もかけて帰るのが礼儀というものだ」

どろぼうに礼儀もないだろうが、小田切は冗談を口にして笑いながら中に入った。研究室であった。

「おやおや、また培養液を持って行きおったか」

冷蔵庫の中の培養液の瓶が何本か抜けていた。

「無理無理。君たちの頭では、この培養液の秘密は決してわからんよ。私の二十年にわたる研究の結晶だ。無理だよ、いくら持っていっても」

インキュベータを開けて、小田切の顔が少しばかり歪んだ。

「澄江。やつらはまた、圭子の細胞まで持っていったよ」

一瞬、澄江のまぶたが大きく開いたが、すぐに悲しそうに閉じられた。次に開いたときには、元の遠い目になっていた。

「圭子の細胞がまた死ぬのは、いささかつらいものがあるが、我慢しよう。圭子はそんな弱い娘じゃない。どこまでもいつまでも、私たちとともに生きている。決して死ぬことのない遺伝子だ」

小田切は横にあったインキュベータをポンと叩いた。

「この中で圭子は生きつづけている。いくら殺したって、圭子の細胞は永遠だ。いくらでも代わりがある」

インキュベータの蓋に載っていた小田切の手が、反対の手で支えていた澄江の手に添えられた。

「さあ、今日は長旅に疲れただろう。先に休みなさい」

小田切雅夫は澄江を寝室に連れて行った。そこで旅装を解くと、夜着を身につけた澄江は、静かに床に入った。

間もなく、聞こえてきた安らかな寝息を確かめると、小田切は部屋の明かりを小さくして、再び研究室に戻った。そして、インキュベータにあるシャーレを外から眺めたあと、いくつかを取り出して、顕微鏡の下に置いた。

拡大された細胞のひとつひとつにレンズを通して注がれる小田切の視線は、このうえなく慈愛に満ちたものだった。

「圭子……ただいま」

そのあと、雅夫が澄江の傍らに体を休めたのは、一時間ほどしてからであった。

大分県別府鉄輪温泉で刺殺された中馬六郎に関する情報は乏しいものであった。天下製薬に給料をもらっていたとはいえ、中馬の妻は夫の会社のことや、どのような仕事をしていたのか、尋ねても皆目要領を得なかった。

天下製薬倒産とほぼ同時に、関東の研究所員すら知らない大阪T市の研究所もまた閉鎖され、その後約一年のあいだ、中馬はどこに就職するでもなく、自宅でコンサルタント会社を設立したということだ。

夫が殺害されたと聞かされ、ぼんやりと腑抜けた顔になった妻の話では、実際には中馬は自宅にいる時間が少なく、毎日どこかに出かけていたという。コンサルタント会社としての仕事は果たしてどれほど受注していたのか、事務所として使っている自宅の一室に、殺害された動機につながると思えるような資料は見つからなかった。

大分県警で行われた司法解剖の所見を、下柳は連絡があったと同時に、依頼入手している。さらに乱風に一報を入れたその場で、谷村警部と頭を突き合わせての討論であった。

「左胸を背後からのひと突き……。ほとんど心臓を刺し貫き、前胸部に切っ先が突き抜けたようだ。中馬六郎は小柄な男だったようだな」

身長百六十五センチ、体重六十キロという数字が、下柳の解析を裏づけていた。

「どうだ、谷村君。こちらでこれまでに見つかっている白骨刺殺死体と同じと考えてよいかね」

谷村が大きくうなずいた。

「天下製薬というところでも、つながりがあるようですしね。偶然とするには」

「そうだな。しかし、いったいどんなやつなんだ、犯人は」

ちょうど祥子が乱風に「いったい誰が」と唸っていた時間だ。

「何のために？」

「動機がいまだにさっぱり。しかし、こうなると、例の薄気味の悪い研究と、何か関係があるのでしょうかね」

「二十年前の杉山満彦以来、同一犯人として、このところ犯行が早まっていると考えるべきか？」

「どうでしょうか。ただ、二つ目はまだわからないとして、三つ目の池之端三郎、今回の中馬六郎は間違いなく旧天下製薬近畿支部研究所員だ。つながらないと考えるほうが難しいでしょう」

「例のクローンとシャーレの中の組織、岩谷君も非常な興味を示していた。さすが天下のT大医学部卒だ。刑事をやっていても、医科学者としての資質は衰えないようだな。なかなかのつわものだよ」

下柳はしばらく何か考えているようで、口をつぐんでいた。目の前で、電話が静かな呼び出し音を奏でた。下柳はチラリと壁の掛け時計に視線を走らせ、手を受話器に置いた。

「ああ。何？　ああ、かまわないよ。こちらに運んでくれたまえ。今からやるよ」

受話器を戻した下柳に、谷村はため息をつきながら言った。

「先生。また、ですか」

「第八公園で、ホームレスが一人」

「これからとなると、遅くなりますよ」

今度は谷村が壁の時計に目をやった。ちょうど、八時になるところだ。

「いつものことだ。たいしたことない」

「それにしても、先生の熱心さには」

頭が下がると言いたかったのか、それとも、呆れると言いたかったのか、谷村は複雑な表情で下柳を見ている。

「死者への敬意だ。可能な限り、死因を正確に把握する。事件性がまったくない、という保証もあるまい」

「たしかに、それはそうですが……」

この先生、本当に解剖が好きだ。今の電話だと、第八公園でホームレスが死んだということになる。一応、変死体扱いだから警察処理である。死体検案が必須となる。

ずいぶん前から下柳は、管轄で発生したホームレス死亡症例に関しては、可能な限り、行政解剖を行うようにしていた。ときには、警察医を委嘱された医師たち、これは地元の開業医が多かったのだが、彼らが事件性がないと判断したものでも、解剖を主張することがあった。これが度重なると、いつしか死体を検死した医師たちの耳にも入ることになり、当然のことながら、彼らは臍を曲げるか、怒りと抗議の意思表示をした。

ついに多くの医師が協力を断るという事態になったのだが、下柳は平然と、ほぼ全例の検死を、行政あるいは司法解剖という形で引き受けたのである。

夜中であろうが、休日であろうが、死体が上がれば、下柳の姿が冷たいコンクリートで囲まれた薄暗いT市警地下解剖室にあった。休んだのは関連学会出張で大阪を離れているときのみというタフぶりで、検死のみならば見逃したであろう、殺人絡みの死亡例が何例か見つかったことは事実だ。

事件性など何もないと日常の通り一遍の捜査で判断したもののいくつかに、彼らには見えなかった糸口や鍵となるような事象を示されると、刑事たちは「よけいなことを。わざわざ事件をほじくりだして」と警察官にあるまじき文言を舌打ちと一緒に吐き出して、あとは事件解決より、ひたすら自らの失策の取りまとめに奔走することとなった。それも一度や二度ではない。

先生が趣味のようにやっている司法解剖だ。誰の手を煩わせようというのでもない。やりたいと言うのだから、やらせておけばいい。

というわけで、下柳敬太郎の時間を問わない解剖は、T市警の名物のようになっていた。

今夜も一人のホームレスが、冷たい体を解剖台の上に横たえることになった。時間が時間だけに、助手を呼び出すこともせず、下柳は解剖用ガウンを身にまとって、ひとり長靴姿で現れた。解剖に必要な器械は一式、いつでも使えるように用意されている。

下柳は一晩に何体もの解剖が必要な場合に備えて、都合三組の解剖用道具を取り揃えているという用意周到さだ。

当初の予算では一組が限界だったが、どうやら下柳は自費で、残る二組を購入したらしい。

筆記者も不要だ。ガウンにワイヤレス小型マイクをつけておいて、手を進めながら口を動かせばよい。録音された下柳の声の文字への変換は、翌日の助手の仕事である。この頃の若い者は時間外勤務を極端に嫌う。しかも公務員、少ない時間外手当も正規の形では支給されない、ところによっては裏金としてプールされているような現状では、定刻になればさっさと帰ってしまう。呼び出しに応じるはずもない。

侘《わび》しく、薄気味の悪い解剖室の中で、血の気のない汚れた体の一個の死体と向き合って、下柳の目はキラキラとした輝きを保っている。

「さて、取りかかるかな」

ホームレスでも、身のまわりの何がしかの持ち物の中に名前を残している者がいるようで、死体は生前岸川久雄《きしかわひさお》という名だったようだ。死体発見現場の簡単な記述のコピーが置いてある。推定年齢六十とあった。

鈍く光るメスを取り上げると、下柳は死体に小さく一礼して、胸部から腹部にかけて、一気に切り下げた。

肋骨を切り、胸郭全面を持ち上げるまでに五分とかからなかった。

電動鋸が皮膚を剝がされた胸壁に騎乗すると、左右同時に飛沫をあげて肋骨が次々と切断された。いちいち骨切り鋏を用いて、手動でえっちらおっちら切っていくのとは大違い。いかにも最先端をいく科学捜査班長の満足げな笑みがマスクの下に溢れているようだ。

新品同様に磨かれた無影灯の光が集積する中に、都会での長いホームレスの生活を物語るかのように、肺はどす黒く、肝臓は小さく固く、いかにも機能低下を思わせる様相をさらけだしている。

皮膚や筋肉、肋骨を切離操作するあいだに滲み出た酸素含有量の少ない血液が、凝固することもなく、まるで黒い雨のように皮膚に絵模様を流した。

下柳の手が、ゴボリという生々しい音とともに、左肺を持ち上げた。

「胸水なし。軽度の胸膜癒着あり。結核性胸膜炎と考えられる」

下柳は炭素粉塵《ふんじん》が細胞に取り込まれ、黒い斑点として隙間なく散らばる肺を、上部から握りだした。肺がまるでマシュマロを潰したように縮み、また元の形に戻ってくる。シュワッチュ、ジュジュウと空気が押し出される音は、世間では普段耳にすることがない音だ。

「左肺、異常なし」

同じことが右の肺でも繰り返された。

「肺は大丈夫だな。次、心臓」

両肺に挟まれて横たわる心臓。黄色い脂肪をたくわえた心外膜は、無影灯の光に真っ白だ。

目視と触診に、全神経が集中している。

「心筋梗塞を思わせる所見なし」

帽子とマスクのあいだに光る目が満足そうだ。

下柳は腹腔内に鋭い視線を走らせたあと、今度は両手で胃をつかみだした。

「ないな……」

すでに指は十二指腸から空腸、そして長い小腸を下へ下へと手繰っている。

「案外、きれいな腹だ」

大腸をぐるりとまわって、手が骨盤の中に差し込まれた。

「S状結腸、直腸まで、消化管異常なし」

下柳はメスを取った。腸間膜に切開線が入った。

サクッサクッという音のあとに、しばらくして、ゴボリ……。音には余韻がある。腹腔内に一瞬こもって反射し、臓器を包むように上がってくるからだろう……。

小腸がひと塊として根元からはずされ、腹部下方から股間あたりに山積みされた。たちまちのうちに、大動脈、下大静脈、腸間膜動静脈などの血管切断面から、どす黒い液体が大量に流れ出た。下柳は手早く溜まった血液を吸引した。

大血管、膵臓、腎臓などが、半分空っぽの腹腔内に露わになった。

「いずれも異常ない」

やはり予想どおり肝臓だな、という満足げな声は声にならず、マイクにも集音されなかった。

手が肝臓表面をなぞり、正常の三分の二ほどに縮んだ臓器の全体像を把握している。

「うむ。あった……」

指が硬い結節を捉えた。

「肝右葉《かんうよう》S７に肝臓癌」

メスが肝臓をサクッサクッと切り刻んだ。

「肝癌の肝内転移。少なくとも二十」

大小さまざまの白い塊が、切断面に散らばっている。

「よかろう」

下柳は無造作に肝臓を元の位置に戻した。

「肝細胞癌による肝不全で死亡、として矛盾なし」

満足そうにうなずいたあとは、黙々と遺体修復作業がつづいた。

小腸がズルリと滑り落ちて腹腔に納まり、肋骨胸骨が胸腔にかぶせられた。

皮膚を縫う段になって、下柳は手袋を脱ぎ、無影灯の横に備えられたアームを引き寄せた。

先端を皮切線《ひせっせん》の上端に合わせる。スイッチを入れると、モーターの音とともにミシンのごとく皮膚を縫いはじめた。見るみるうちに引き寄せられた皮膚に連続的に糸がかかっていく。

胸壁を縫い終わると、いったんモーターを止め、目盛を変更した。スイッチが入ると、今度は腹壁の連続縫合だ。縫製と同じである。

深く長く腹壁に入り込んだ針が糸を伴って、創の上を踊るかのごとく進んでいく。一分もしないうちに、連続ステッチ、きれいに縫い込められた腹壁ができ上がった。手縫いよりはるかに美しい。

「次、脳」

新しい手袋をつけた下柳は、再びメスを取ると、頭皮に皮切線を入れ、手早く頭蓋骨から剝いでいった。

手が今度は小型の電動鋸にかかった。ギューンという頭蓋骨を金属歯が切り抜く音は、最後にジュボッと頭蓋骨上半分が切り離されて浮いた音で終息した。

細いへらのようなメスが、頭蓋骨と脳のあいだに差し込まれ、ごそごそと一周した。ゴボリ……下柳の手の上に、岸川久雄の切断された脳が載った直後、下柳の手のひらに挟まれて、岸川の脳はほぼ半分の大きさにまで押し潰されてしまった。

「脳腫瘍なし」

下柳は潰れた脳を頭蓋内に落とし、先ほど切り取られた頭蓋骨上半分を当て、頭蓋内を封鎖した。

　縫合線と形を合わせ、ピストルのようなものを突きつければ、まさに消音銃だ。プス、プスと音がして、頭蓋骨にホッチキスが打ち込まれていった。少しばかり、下柳の手が弾き返されている。あっという間に、頭蓋骨が元どおりに、つなぎ合わさった。

　頭皮がまくり下ろされ、帽子のようにかぶせられた。また消音銃だ。今度は皮膚が等間隔で縫われていった。

「む。少し、ずれたか……。まあ、この程度ならよかろう。許せ」

　軽妙に死体に向かってつぶやいた下柳は、消音銃を置くと言った。

「終了。所要時間」

　目が壁の時計に動いた。

「四十五分」

　マイクに向かって静かに宣言した下柳の声が、地下解剖室に厳かに響いた。


　解剖室を出た下柳は自席に戻り、コンピュータ画面を操作した。何やら表が出ている。名簿のようだ。人名の横には性別、生年月日があり、さらに地域分類、操作分類、操作開始年月日、操作終了年月日、死亡日、死亡原因などの項目があった。

　スクロールされていた画面が止まった。カーソルが動いた。結果のところに、本日の年月日、死亡、肝細胞癌と入力された。

「すべての死亡原因を逃してはならない。それが私の特命だからな」

間もなく、科学捜査班長室の明かりが落とされた。

14 歌かなし

夜明けの光が静かに部屋に忍び込んできた。山の鋭い稜線が、やわらかくまろやかな縁取りに変わっている。

静かな歌声が、光に運ばれ遊ぶように、部屋の中に満ちていた。

荒城の月……。

昨夜、部屋の窓から上空に眺めた蒼白の円球。照らされた澪の顔は、さらに透き通るように白かった。すべてが溶けて、虚ろに空しくなってしまいそうな……。

古《いにしえ》に月の明かりは不吉なものという。そもそもが栄養も不充分であった時代に、月明かりがさらに儚《はかな》げな美女たちの痩身を照らし、これで病にでも伏そうものなら、間違いなく月の光が災いをなしたと考えたのであろう。

澪の声は細く長く、坂道が少しつらいと言ったわりには、いつまでも部屋に残り満ちていた。

ベッドの上では、まだ木下が静かな寝息をたてている。

澪はなかなか木下が起きてこないので、また初めから歌いだした。

祖母がいつも歌っていた唄。幼い頃から聴かされて、澪は知らずしらずのうちに小学校にあがる前に覚えてしまった。

恐ろしい病に侵されたことを知ったとき、なぜか我が身の運命が唄の調べそのもののようで、自然に口をついて出てきたのだった。

――春高楼の花の宴　巡る杯　影さして――

音は長く、これ以上に長くは息がもたないであろうくらいに、ゆっくりと沁みるように、紅い唇を震わせて出てくる。澪の目には愛おしい光が満ちていて、ときどき木下を見つめるのだが、彼は何も知らずに眠っている。

――千代の松が枝　分け出でし――

千代の松……永遠に命がつづく松などあるのだろうか……千代に八千代に……いつまでつづけば、人は満足なのだろう……私の命は……。

――昔の光　今いづこ――

この世はどこまでもつづくのだろうが、昔日の繁栄は今はない……。幼い頃の楽しかった日々……。澪の目が窓の外に向いた。少しずつ空が明るくなってきている。

――秋陣営の霜の色　鳴きゆく雁の　数見せて――

見上げた目に、鳥の影はない。

――植うる剣に　照り沿いし――

私も鳥……病を背負いながら、逃れられぬ宿命に、ただあてどもなく、空を迷い飛ぶ鳥……。

――昔の光　今いづこ――

木下が身じろぎした気配に、澪は視線を戻した。頭の位置だけ変わって、木下はまだ心地よい夢の中だ。

澪は少し声の音程を上げた。

――いま荒城の夜半の月　変わらぬ光　誰《た》がためぞ――

夜の月の光は、どこに行ってしまったのだろう。誰かのために夜中じゅう照り輝いても、朝の陽光に消されて、変わらぬ光など、あるのだろうか。それとも、私のために、間もなくこの世から消える私のために、いま映した私の影をそのまま、未来永劫、またこの場に運んで映してくれるというの……。

――垣に残るは　ただ葛《かづら》　松に歌ふは　ただ嵐――

巻きついて垣を這うつた葛は、果たしてただ昔を偲《しの》ばせるだけの侘しい姿なのか。いや、枝を伸ばす松を揺すって吹き抜ける風……風雨……いかにも昔の繁栄の形見のような……でも葛も松もまだ生きている……。

木下が少し微笑んだようで、澪は窓際から体を離して、ベッドの脇に寄り添い、木下の顔に自分の顔を近づけた。

――天上影は変わらねど――

本当にこの世の空、変わらないのだろうか……。

――栄枯は移る　世の姿――

人の上にときは容赦なく流れていく。栄枯盛衰、これが世の姿……。

――映さんとてか　今もなお　ああ――

ふっと、木下の目が開いた。澪の視線が木下の目を捉えた。

――荒城の　夜半の　月――

少し開いて静止した澪の上と下の唇のあいだから、細く長く息が流れて、木下の睫毛を微かに揺らした。まるでつた葛か松の枝を撫でていく風のように。

木下が何度か瞬いた。澪の息が眼球を冷やしたらしい。

よわの……つ……き……い……。

「ああ。もう駄目」

澪が木下の胸に飛び込んだ。大きく息を継いでいる。

顔を上げた澪が、目をキラキラと輝かせて、うなずいた。

「まだ、まだ、大丈夫ね。大丈夫だよね」

呼吸機能がさほど落ちていないことを喜んでいるのだろう。坂道が少し苦しくなってきたと不安げに言った澪は、唄を歌うことによって、自らの肺機能の状態を調べていたに違いない。

これまでどおりに、長く細く歌えることに安心したに違いない。

「先生」

木下の唇が、澪の唇に重なった。木下の腕が澪の細い腰に巻きついた。二人の体がピタリと重なり合った。


二日目の学会場に木下の姿はなかった。祥子は朝一番の演題から聴きはじめていたが、二つの会場を行ったり来たりしても、木下を見つけることはできなかった。

もっとも祥子には、木下から本日の口演演題に格別の興味があるようなものはないと聞いていたので、すでに鹿児島にいるという親戚のほうに向かったのだろうと思えた。

昨晩の乱風との長話のあと、いつものように二人同時に力を入れて携帯を切っても、祥子は眠気がさしてこなかった。考えることが多すぎた。

旧天下製薬研究所員の一人が、祥子のすぐ近くで死体で見つかったことは、にわかに祥子の興味を引いた。副所長の池之端三郎につづいて研究員もまた、どうやら同じ殺され方だったらしい。

世界の先端を行く、現代の世の中ではまだとても公表のできない研究が密かに行われていた研究所で、まさに秘密の研究にふさわしい謎の殺人であった。

どのような思考想像も因果関係を見出せない状態で、祥子の眠りは浅かった。

ぼんやりとした頭を朝の露天風呂ではっきりとさせたあと、朝食バイキングで、むしろ木下を見かけないほうが何となく気が楽だった。思考に集中できる。

天下製薬の元研究所員殺人事件で熱くなった脳細胞が、祥子の山内晴美の急死に対する疑問にもまたさらなる疑惑を重ねたのだ。

何がどうつながるとも思えなかった。共通点すら、何ひとつなかった。祥子は大学に帰ったら、もう一度、患者のことを徹底的に調べてみようと思った。殺人事件のほうは乱風に任せる以外になかった。

あれこれと考える祥子にとって、むしろ木下に会わないほうが、独りの思考を巡らせるのに都合がよかったかもしれない。その日の学会場で、ついに木下と顔を合わせることはなかったが、祥子は最後の演題まで聴講すると、静かに学会場を立ち去った。

脳の半分で研究発表内容を反芻整理し、車窓から暮れ行く景色の流れに目をやっても、どうしても祥子の脳細胞は、夕べからの思考回路に戻りたがった。何本もの思考回路が絡み合ったが、どこにも交差点がなかった。にもかかわらず、祥子はすべてを同時に考えていた。

横紋筋肉腫という悪魔の病を鍵に、どこかで何かがつながっているような気がしてならなかった。

夕闇に白煙が上がって、道路の先を覆っている。季節には似合わない暖かさは、地熱と水蒸気によるものだろうか。

鼻には容赦なく、硫黄のにおいが入ってくる。

タクシーが坂道をうねりながら登っていく先々に、白い煙が道を塞ぐほどに舞い上がる。

「霧島《きりしま》は初めてだけど、これほどまでに湯煙が上がっているとは」

「ほら。あそこなんか、前が見えない」

タクシーの運転手は慣れたものだ。白煙に隠された先の道路のカーブを充分に心得ているのだろう。あっという間に煙の中を突き抜けた。

道路わきのガードレールには〈危険、近づくな！〉と警告が出ている。

「湯煙でも、ずいぶん温度が高いんでしょうね」

「それに、有毒ガスでも出ているんじゃないか？」

運転士に火山ガスの興味はないようだ。左右に体を傾けながらハンドルを切るだけであった。

さらに外の光が落ちて、代わりに目の前に大きな温泉ホテルの灯りがひろがった。

「着いた」

フロントで案内を乞うと、宿泊人名簿が差し出された。

「私が書くわ」

澪がペンを取って、細くきれいな文字で、〈木下修一〉、下に並べて〈澪〉と書き記した。

受付の男性の視線が、澪の手元に注がれている。

住所の文字の連なりにも滞りがない。

「ありがとうございます。二泊でございますね。お部屋は……」

週末の有名温泉宿。世の中不景気というわりには客は多いようで、不愉快でないほどの浴衣姿がロビーにも廊下にも、エレベーターの中でも見かけられた。

部屋は和室と洋室ふた間つづきで、窓が山に面しているせいで、見晴らしはよくない。

もっとも、闇が落ちた景色は鑑賞の対象外だ。

木下はカーテンを閉じた。

寄り添っていた澪の唇が重なってきた。


「温泉に行ってくるよ」

「行ってらっしゃい」

「この部屋の湯も温泉が出るのだね。香りがする」

「よかった……。じゃあ、ゆっくり、行ってらしてね」

露天風呂でのぼせた顔だけを闇夜の冷気になぶらせ、体には湯の恵みをたっぷりと満たした木下が部屋に戻ると、澪もまた体じゅうから湯と肌の香りを立ち上らせて、愛しい男を出迎えた。

15 容疑者

旧天下製薬近畿支部の元研究員二十八名、すなわち最初の三十名から池之端三郎と中馬六郎を除く二十八名の一昨晩の居場所が特定された。

ただ一人、自宅にいなかった人物がいた。

「小田切雅夫という男です。一昨日の晩を含め三日ほど、夫婦ともども家を空けていたようです」

蒲田刑事の報告を聞いているのは、T市警谷村警部、下柳科学捜査班長たちだ。

「ほかの二十七名のアリバイは確実なのだな」

「家人および血縁者以外の証言を取ってあります」

「小田切雅夫はどこに行っていたのだ。妻も一緒か」

「行き先は、現在捜査中です。小田切夫妻は昨夜遅く帰宅したもようです」

下柳は口を挟まず、静かに耳を傾けている。

「家族は？　二人だけか？」

「近所の住人に訊いたところでは、初老の夫婦だけだそうです。娘が一人いたようですが、二十年ほど前に亡くなっています」

「亡くなった？　事故か？　病気か？　それにしても二十年前で娘さんというと、ずいぶん若いな」

「そうですねえ……」

しばらくの沈黙があった。谷村の声が一瞬よどんだ重苦しい空気を破った。

「小田切雅夫は研究所では何をやっていたのだ？」

「それは不明です。ほかの研究所員たちも、天下製薬の研究所に関することとなると、たちまち口をつぐんでしまいます。よほどの秘密でもあるんじゃないですかね」

「まったく怪しいな。どうです、下柳先生」

谷村警部は、いつもならばもう少し口を差し挟んでくる科学捜査班長に水を向けた。

下柳はそれまで組んでいた脚をほどいて、上体をかがめた。

「小田切雅夫……」

下柳のつぶやきを谷村の耳は捉えている。

「そうです。その男、唯一その男一人が一昨日の晩のアリバイがありません」

「ふむ」

下柳は節くれだった手で顎を撫でた。

「仮にこの小田切雅夫が中馬六郎殺害に何か関与があるとして、やはり動機は研究関係かな。折しも殺害現場の大分別府鉄輪温泉では医学系の学会が開かれておる」

「例のクローン人間はいかがです？」

「そいつはどうかな。あの研究に関しては、ずっとＤＮＡ解析をつづけているが、結果が出れば出るほど、何とも言いようがないとんでもない研究だ。中馬六郎についても、研究所が潰れたあとはコンサルタント会社を作ったということだが、研究所での役割はわからないんだろう？」

谷村はうなずいて、蒲田刑事に同意を求めた。蒲田も首を縦に振った。

「気味の悪い研究所ですよ。そもそも……」

下柳が手を上げた。

「研究の中身は、おいおい考えるとして、その小田切雅夫という人物は、この一年間、何をやっていたのだ？」

「どこにも勤めていた様子はありません。少し具合が悪い妻の看病をしていたようです」

蒲田の返事に、谷村は目玉をギョロリと動かした。

「本人の様子は？」

「Ｍ市郊外の一戸建てに住んでいます。年齢的には二人とも六十くらいでしょうかね。凶悪な殺人を犯すようには見えませんでしたが」

「先入観は禁物だ。いずれにせよ、この夫婦が果たして一昨日、別府にいたかどうかだが……」

「しかし、仮に小田切雅夫が同じ研究所にいた中馬六郎の殺害に関係があるとして、夏の元副所長の池之端刺殺までは考えられますが、二十年も前の、ええっと誰でしたっけ」

蒲田はすぐには最初に白骨で発見された被害者の名前が出てこなかった。

「杉山満彦だ。当時、T市民病院の外科医」

「ああ、そうそう、その杉山は医師ですよ。いくら殺害方法が似ているからと言って」

「だが、研究所に埋められている。小田切がやったとしても、おかしくはあるまいが」

「研究絡みですか、動機は？」

「そこに来ると、さっぱりわからん」

誰もが口をつぐんだ。

「ともかく、小田切雅夫が別府にいたかどうかだな」

答えは次の日、大分県警のほうからの連絡で明らかとなった。

「小田切夫妻は、別府鉄輪温泉湯の香旅館に宿泊していたということだ」

「本名で泊まっていたのですね」

「顔写真も照合ずみだ」

「とするど、決まりかな。そんな殺人を犯すようには見えないんだがなあ」

「凶器は?」

「出ていない。殺害現場の小坊主地獄に放り込んだんじゃないかな。底をさらうわけにもいかんだろう」

「あの、よく見る、ぶくぶくと出ているやつですかね」

「だろうな。熱湯というより煮えたぎる泥なんじゃないか」

「殺すんなら、そこに突き落とせばいいだろうに、ごていねいに刃物で背中を」

「そういえばそうだな。熱湯に落ちれば、それでアウトだろう。どんなところなんだ?県警の見解はどうなっている?」

今度はT市警から大分県警佐伯警部補に連絡が取られた。

「小坊主地獄ですか。ええ、湯温は約三百度。落ちれば、間違いなく熱傷で死亡します」

「刺されたあと、落ちたんですよね」

「そのようです。転落防止用に鉄柵があります。背後から刺されて、鉄柵にもたれ、そのまま落ちたのでしょう」

「捜査をお願いした小田切雅夫ですが、中馬六郎の背後からのひと突きですよね。これ、一人でやったのでしょうかね」

「それはこちらでも考えました。もちろん、後ろを向いたときに刺せばいいわけですが、二人の照会がそちらからあったときに、これはと思いましたが」

「そう思われる何かが？」

「犯行の時間帯、夜八時から十二時ですが、あのあたり、ほとんど灯りがありません」

「それでは、相当危ないのではありませんか」

「いえ、足もとは大丈夫です。ただ、けっこう見えにくい。争ったような形跡もない。一対一で後ろを向いたときに一撃も可能でしょうが、たとえば相対している二人の背後から、というほうが簡単です」

谷村は想像しようとしたが、どうにもわかりにくい。

「話し声が頼りになる、ということです」

「そんなに暗い？」

「ええ。道案内になる足もとの灯りで、幻想的な雰囲気を作っているのです。ただ、地獄風景は思ったほどは見えませんから、夜間は観光協会の思惑ほどは客は集まりませんがね」

足もとには光があっても、そこから上はすぐに暗闇ということなのだろう。

「そうなりますと、ナイフのようなもので左胸部を刺し貫くような傷でしたが、狙うのも暗いでしょう。狙いたがわずというわけには行きますまい」

谷村は刺殺創に関する見解に、少しばかり不安になった。偶然、同じ位置についただけなのか……。

天下製薬の妙な研究所員ということと、背部からの刺創という二点をもって、これまでの白骨死体と結びつけるように考えたのが、こうなるとまったく無関係とせねばならない状況もありうることになる。

「しかし、足もとは見えていますからね。被害者が普通に立っておれば、胸のあたりを突き刺すことは、さほど難しくはないでしょう」

「実は……」

谷村は被害者の中馬六郎が一年前まで勤めていた研究所跡で、同様の方法で殺害された三体の白骨が見つかったことを、手短に話した。

佐伯警部補は一言も発することなく聞いていた。

「今回の県警のご努力で、どうやら小田切雅夫と澄江夫妻が、一連の事件に何らかのかかわりがありそうなこと、確実になってきました」

「それにしても、二十年ですか。いったい何のために」

「そのことについては、研究と関係があるようなのですが、まだ」

佐伯にも何がなにやらわからず、情報もいま谷村から聞いたことだけで、考えがまとまらなかった。谷村の声がつづいた。

「背後からの刺殺ですが、犯人は相当の返り血を浴びるのではありませんかね」

「刺されたと思われる場所の土に、狭い範囲でまとまって血液が落ちていましたが、それも傷から想像されるほど多くありませんでした。周辺の土も調べられるだけ調べてみたのですが、ほとんど血が飛んでいないのです」

「そうすると、コートを着ていたということですが、血液の噴出を妨げたような感じですかね」

「そういうことになろうかと思います。コートの内側は大量の血液が滲んだあとがありましたから。ただ、凶器が出ません。さすがに地獄をさらうのは」

無理だろうとは最初のT市警の想像だ。佐伯警部補も自ら可能性を否定した。

「小田切夫妻は旅館に戻っていると思いますが、旅館のほうでは何も気づかなかったのでしょうか」

「本人たちを従業員が特定したわけではないので、確実なところは不明です。ですが、客に不審な様子はなかったと、話を訊いた全員が答えました」

「さほど、返り血は浴びなかったということか……」

「二人でやったとしたら、刺したほうが少しくらい返り血をくらっても、隠すことぐらい簡単でしょうね。それに夜中なら、あまり客もいないだろうしな」

小田切雅夫と妻澄江が重要参考人として特定された。しかし、彼らが殺人犯という確証があるわけでもなかった。たまたま中馬六郎と同じ場所にいた、昔の研究所仲間というだけであった。池之端三郎についても、同様の状況だ。

「今日明日、土日で二人の身辺を探ろう。今のところ状況がそうというだけで、あるいは胡散臭い研究所が絡んでいるというだけのことでしかない。何度も言うように、動機すら見つかっていない。さて、どうすべきか……」

ギョロ目を巡らす谷村警部を中心に、刑事たちは沈黙したままだ。下柳もなす術《すべ》がないという顔つきで、口をつぐんでいる。

電話の音が捜査員室に鳴り響いて、何人かがギョッとしたように顔を上げた。

「下柳先生にです」

「はい。私だが。そうか、わかった。運んでくれ。いま手が空いている。三十分後には、はじめられるように準備を頼む」

受話器を置いた下柳が言った。

「またホームレスが死んだ」

「解剖ですか、いつものとおり」

下柳は重々しくうなずいた。

目の前で、再び電話が鳴りたてた。今度は下柳が直接取った。

「ああ、私だが。え、もう一体。先ほどの変死体ではないのか……。場所は……。ああ、よかろう。先ほど一体、別のが上がったから、少し時間は遅くなるだろうが、つづけてできるように準備を頼む」

捜査員の目が全員、喜々とした顔つきの下柳に集中した。二体連続の司法解剖と解釈できる。

「先生。このところ、解剖がたてつづけですね」

「ああ、忙しいことだ」

「それにしては、先生、いっこうに忙しそうな顔じゃありませんよ」

「きちんと死因を突き止めてあげないとな」

「ですが、先生。最近は死因に疑惑があるような死亡例はないんでしょ」

「ああ、ないよ。君たちの手を煩わせるような事件性のものはない」

「みんな自然死か病死ですか？」

「病死だな。みな、癌死だ」

「癌死？」

「癌。みーんな、癌。全員、どこかの癌だよ」

うれしそうに「癌、癌」という下柳を薄気味悪そうに見た捜査員たちは、全員いやな顔をして、互いの目を覗き込み合った。

警察関係者が動いているあいだ、倉石祥子もまた大学病院で忙しかった。

受け持ちの患者だけでも五名いる。すべて肺癌か、他に原発巣を持つ癌の肺転移患者である。

病巣が孤立し、数も少なければ、積極的に外科手術で切除する治療法が選択されようが、転移というものは、血液あるいはリンパ液の流れで腫瘍細胞が運ばれてくるから、体じゅうに起こる可能性がある。

ただ、腫瘍細胞にも顔つきというものがあって、行き着いた先の細胞と仲よくなれるかなれないか、それぞれの好みしだいである。居心地がよければ、そこで腫瘍細胞は腰を落ち着け、分裂増殖しはじめる。これが遠隔転移病巣の根源となる。

居心地がよくなければ、さらに別の安住の地を求めて、また血液やリンパ液に流されていくものもあれば、あえなくその場で死に至る腫瘍細胞も出てくる。

そもそも、腫瘍細胞とて生きていくための条件が必要で、一説には、一万個の腫瘍細胞が体内を流れたとして、転移巣を形成しうるのはわずか一個と言われる。

単純に考えれば、腫瘍細胞がどこにも定着せず、血液あるいはリンパ液の中を流れつづけていれば、転移は起こらない。腫瘍細胞はいずれ寿命を迎える。

二日間、横紋筋肉腫学会に参加していたために、五名の入院患者は別の医師が手分けして看ていてくれたが、やはり主治医の祥子が顔を出すと、全員ほっとしたように、頬の筋肉を緩めた。

「お変わりありませんでしたか」

患者はうなずきながら、言葉を返す。

「先生。学会、いかがでした？」

内容を話しても、患者の理解を超えている。

「ええ。いろいろと勉強になりました」

「いつの日にか、癌も克服される日が来るのでしょうねえ」

患者の口は重たい。ため息がつづく。自分は将来の癌克服の恩恵にあずかれないことを知っている。

「原因がいろいろとわかってきています。原因がわかって、それを断つ方法を考えれば、ずいぶん癌になる人、減るでしょうねえ」

これから癌になる人のことなど、患者にとってはどうでもいい。今の自分の癌をどうにかしてほしいというところだ。

「私なんか、煙草、一本も吸わないのに、こんな肺癌になってしまって」

弱々しく声をかけてくるのは、中年の女性患者片桐麻子《かたぎりあさこ》だ。夫も吸わないという。

「都会の空気が悪いですからねえ。肺癌、ずいぶん増えました。やはり排気ガスとか、大気汚染が原因のひとつでしょうね。いろいろな発癌物質が、我々が吸い込む空気の中にたっぷりと含まれていますから」

この患者は、見つかった肺癌を切除し、さらに抗癌剤の追加治療を受けた。病魔が沈静を保っていたのは半年ほどで、胸水が溜まりはじめた。検査の結果、胸水内に肺腺癌細胞が見つかり、再発と診断されたのである。

強力な抗癌剤による治療のために、全身が浮腫《むく》み、貧血も強く活気がない。本人は死を覚悟して、毎日の時間をすごしている。

患者が突然、祥子の手を取った。

「先生。倉石先生」

祥子は引かれるままに足を前に出した。膝がベッド枠に当たって音がした。

「先生。いっそのこと、ひと思いに死なせていただけませんかね」

「えっ!?」

「もう、疲れました」

患者の目には、生きようという光がない。

「抗癌剤治療、つらいですが、確実に治るというのなら我慢もできます。でも、先日の検査ではまた胸の水、溜まってきたんでしょ。薬、効いてないじゃないですか」

いま治療に使用している抗癌剤以上の効果を期待できるものは、もうない。この治療をしながら、癌性胸水が再び溜まってきたということは、薬剤が癌細胞を壊すより、癌細胞の増殖力が優っているということである。

癌に侵されているのに、治療しないわけにはいかない。医師側はこれまでの知識経験を活かして、最良の治療法を提供する義務がある。効果の程度を見ながら、次々と手を打っていく。

攻撃に次ぐ攻撃である。手を緩めることなく、さらに攻撃をかける。

「癌」と告知されて、死を考えない者はいないだろう。治療が効いても、完全に治ったと言われるまでには、ずいぶんの時間を要する。完治したと医師から宣言されない例のほうが、圧倒的に多い。いつ再発するかわからないからである。医師側にも患者体内から癌細胞がすべて駆逐されたという確証がないのである。

癌が見つかり、癌の宣告を受ける。このときから患者の苦悩がはじまる。

人生最大の苦悩……の一つであろう。

患者を愛する家族の苦悩……もまた計り知れないものがある。

治療を受け、効果が出れば、いくぶんかの安らぎはあるとしても、自分が癌だという苦悩は拭いようもない。癌すなわち死という方程式は簡単には崩れない。

祥子に「ひと思いに死なせてくれ」と願った患者もまた、闘病生活に疲れ、死の恐怖にさいなまれ、どうしてこんなことにと不幸を呪い、心に溜まった鉛のような苦しみが限界に来ているに違いなかった。

再発して胸水が溜まっている。とはいえ、さほど呼吸が苦しいというわけでもない。抗癌剤治療がつらいとしても、血液データがよほどの悪い状況を示しているわけでもない。

患者が耐えられないのは、残された時間、見えない時間、そのすべての時間、ひたすら死へと向かう恐怖、絶望感なのだ。

祥子がいかににこやかに患者の診療をし、心のこもった言葉をかけようと、患者の心の重みまで取り除くことはできない。

「このあいだ、以前に同室だった山内晴美さんが急に亡くなられたでしょ」

患者の話が飛躍した。

「彼女、まだお若いのに、たしか横紋筋肉腫とか」

祥子は小さくうなずいた。

「肺に転移していたから、先生の担当になったんですってね」

何を言いたいのだろう……気になる患者の名前が出てきて、祥子の瞳孔が小さくなった。

「彼女、歩くとき少し苦しそうだった。でも、あんなに急に……」

祥子は訊いてみることにした。何かを期待している自分に気がついている。

「片桐さん。山内さんのこと、何かご存じなんですか？」

「いいえ、別に。でも、山内さん、眠っているうちに亡くなられたんでしょ。朝、聞いてびっくりしました」

祥子は山内晴美の心臓弁や冠動脈に固まった腫瘍細胞を思い浮かべた。

「私もあんな死に方したい……」

「え!?」

祥子の顔がこわばった。

「寝ているうちに、何も知らないうちに……」

祥子には答えようがなかった。

「山内さん、病気のこと、ずいぶん怖がっていらした。先生が診察されるときは、けっこう明るい顔されてたけど、先生方、山内さんがほかの時間はどれほど悲惨な顔していたか、知らないでしょう？」

祥子は顔が自然に歪むのがわかった。

「彼女がため息をつくと、こちらまでため息が出てしまう。彼女のため息が体の中に染みとおるような気がしたものです」

患者の目が一瞬遠くなった。

「山内さん、一日のほとんどの時間をデイルームですごされていた。外の景色を見る彼女の目は、いつもどこを見ているかわからない、意思のない目だった」

祥子は自分のすべての細胞が動きを止めたような感触を覚えた。

「彼女は長い時間、何を見ていたのでしょうか……。いいえ。山内さんだけじゃない。私や、ここにいる癌患者さんみんなが、普段どんな顔してるか、先生、知らないでしょう?」

「…………」

「先生。ご両親とか、お好きな方とか、どなたか癌になられたことあります?」

両親や乱風の顔が浮かんだ。みんな元気なはずだ。帰ってきた祥子を迎える乱風の声は明るかった。祥子は首を振った。

「いいえ……」

何となく、片桐麻子が言いたいことがわかるような気がした。

「先生や看護師さんたちと話をするとき、私たち患者は少しでもいい話をと、期待しているんです。だから自分も何とかいい顔ができる。でも、普段の私たちは違うんです。四六時中、癌という悪魔の影に怯えている。なってみないと、わかりませんよ、この気持ち」

そしてまた、突然に祥子の手を取った。強い力で握られて、痛みを感じるほどだ。

「山内さんは、あの若さですよ。もっともっと生きていたかったに違いない。忍び寄る死の恐怖に、あの若さで耐えなければならない。病気で苦しい呼吸より、そっちのほうがはるかに苦痛だわ」

　麻子はクッと喉を鳴らした。

「突然の死で、彼女はすべてから解放された」

「山内さんは、積極的な治療を希望していらっしゃいましたよ」

「それは先生たちが勧めたからでしょ。医者でもない患者に、治療の選択肢はないわ」

　これまで祥子たち呼吸器内科の治療に文句ひとつ言わず従ってきた麻子が、むしろ挑戦的だ。

「そんなことありません。片桐さんもよくわかっていらっしゃると思いますが、治療の内容については充分に」

「先生。先生たちの説明、患者が完全に理解できていると本当に思ってらっしゃるのですか」

「え？」

　祥子は頭蓋骨の中に寒い風が吹き込んで、脳細胞を叩いたような気がした。

「説明責任があるから説明されるのでしょうが、結局は一方的ですよ。患者側に拒否できる可能性、どのくらいあると思ってらっしゃるんです？　患者にそんな知識、あるはずもないじゃないですか」

「…………」

「他の先生にセカンドオピニオン求めても、結局は医者。言っていることはほとんど同じ。そりゃそうでしょう、治療方法なんて、それほどたくさんあるわけもないですからね。治療しなければ、諦める以外ない」

手を握る力が少し緩んで、また強くなった。

「山内さんだって、先生方の前では決して見せない涙を流しながら、いつも言ってましたよ。もうこうなっては、先生たちのおっしゃる治療を受ける以外に、どうしようもない。治療しなければ、死ぬだけだからって」

麻子は祥子の手を握り、目を見据えたままだ。

「抗癌剤で治療を受けているときの山内さんの目、ギラギラと燃えるようだった。でも、副作用もあるし、それ以上にとんでもない病魔をかかえていることに、誰にもわからない恐怖を感じていたんです。私がそうだから、とてもよくわかったんです」

麻子は少し息を整えた。やはり肺の中の病魔が肉体を蝕んでいるのだ。

「こんなことなら、いっそ何も知らずに、癌だなんて告知されずに、いつの日にか病気が進んで、呼吸が詰まって、何が何だかわけがわからずに死ねば、癌だという恐怖にならんか」

「でも、そんなことしたら治るものも治らなくなってしまうし、最後はずいぶん苦しい思いをしますよ」

「治るものも治らなくなってしまうだなんて……。私は治してもらおうと、治療を受けたのですよ。でも結局、痛い目してもつらい目しても、治らなかった」

　祥子は医療の力不足を痛切に感じて、唇を噛んだ。

「それに、最後はずいぶん苦しい思い、ですか？　先生。治療してこのざまじゃ、いずれずいぶん苦しくなるんでしょうね。同じことですよ」

「それは……」

「癌は病院に来る前からあったんだ。何カ月か何年か知らないけれど、ずっと私の肺にあったんだ。何も知らなかった。何も知らないから平和だった。こちらに来て、肺癌って宣告されて、突然それまでの平和な私の人生が崩れた。愛する家族との、平和で楽しい暮らしが壊れてしまった。告知の日から、恐怖が片ときも頭の中から消えたことはないんですよ。私だけじゃない、夫も子どもたちも、しばらくは何も手がつかないくらいだった」

「でも、病気のこと、よく知ってもらわないと、満足な治療もできませんよ」

「満足な治療って何です？　先生方にとっては満足かもしれませんが、私にはちっとも満足じゃない。治すことのできない治療なんか……」

　患者の手が祥子から離れた。強く握られて真っ白い指の型がついている。しばらくして、今度は鮮やかなピンク色に充血した。

弱々しい麻子の肉体の中には、癌病巣よりはるかに体を蝕んでいる精神的苦痛があるようだ。

治療をつづけて胸水をコントロールすれば、肺野に無数にひろまった肺癌の転移巣が、患者に最期のときを宣言し、心臓に最後の一拍を与える日まで、まだ二、三カ月はあると思えた。

本心か、あるいはとっさに出た言葉なのか、患者はこれまで引きずってきた苦悩、それも肉体的苦痛より心の苦痛からただちに逃れたかったのだろう。この先の生きている時間の感情を拒否したかったのだ。

心を止めるということは、肉体を滅ぼすか、あるいは意識のない眠りにつくか、いずれかであった。

「いっそ、ひと思いに死なせてほしい……」

麻子の要求にこたえる手段を、祥子は持っていなかった。

16　つながる糸

叡智の限りをつくしながら、癌患者の治療に力を注ぐ医師たち。

医師の一挙手一投足にすべての神経を注ぎ、救いを求める患者たち。

前者の体に癌はない。

後者は死を予感させる病に侵されている。病魔だけでなく、恐怖が体じゅうの細胞組織を震撼させつづけている。悪性腫瘍細胞は自らが悪魔宣言をしているだけでなく、自己と同体の患者の心までも傷めつける。愚かしき細胞……。

恐怖、絶望感、そして理不尽な死……。

「なってみないと、わからない……か……」

患者から医師に投げられた重い問いかけに、まさに鉛を飲まされたように体が重たく感じられた。祥子はその重さに引きずられるように、病院地階にあるカルテ保管室に降りていった。調べたいことがあった。

地上の診療棟と違って、地階は放射線特殊治療室や薬剤部直結調剤室が広いスペースを占拠している。

死者の病理解剖室も、病院病理直下の一隅を占める。人影はほとんどない。

カルテ保管室はさらに奥、同様の広い一角にあった。

新旧すべての患者情報がコンピュータのデータベースに収められている。カルテの保存義務期間が法的に定められていても、電子データの中に入ってしまえば、まったくかさばらない状態で永遠に保管できる。

祥子は空いている一台のパソコンの前に座り、自らの職員番号とパスワードを打ち込んだ。

最近、祥子はパスワードを変えた。これまでは倉石祥子の頭を取って、kushou（苦笑）とアルファベットで入れていたのだが、もちろん今は、ranpooo-o（乱風）である。最後のooo-oはお遊び……。

やがて大学病院の白い巨塔を映した初期画面が現れると、検索項目を選び、しばらく考えて、〈木下修一〉と入力した。

画面が固定されたまま待たされた。お定まりの砂時計がポインターの横で細かく震えている。画面が変わった。

〈木下修一。昭和三十五年十二月七日生。大阪府出身。昭和六十一年、国立O大学医学部卒業。所属：消化器外科。准教授〉

木下の履歴にさっと目をとおした。祥子の十九年先輩である。

ここには研究履歴は記されていない。彼の専門が消化器外科でありながら、研究主題は横紋筋肉腫という、いささか消化器疾患とは遠いところにある理由はわからない。そもそも、消化器を動かしている筋肉は平滑筋であって横紋筋ではない。

診療履歴を検索してみると、これまで木下がこの大学病院で受け持ったすべての患者の名前がずらりとならんだ。外来入院双方の患者名が、いったい何人いるのか……。どこまでスクロールしても、なかなか途切れなかった。

病名のカラムを選択し、さらに横紋筋肉腫で検索をかけると、患者数が一気に減った。一画面で収まる人数だ。数えてみると、二十名あった。

上から目を落としていくと、最後の患者名のところに〈山内晴美〉の名前があった。カラムを横に辿ると〈死亡、死亡年月日二〇〇八年十二月一日〉と冷たい機械的な文字が浮かんでいる。〈病理解剖有〉とも記されている。

祥子の目はしばらく、山内晴美の名前の上で止まっていた。

治療をつづければ、まだ生きていられるはずだった。が、それも再発肺癌患者の片桐麻子に言わせれば、患者が苦しみと恐怖に悩む時間を延ばしているだけだということになる。

完治しない、結局は病状の進行悪化を食い止められない治療は、治療と言うには、はなはだおこがましく、恐怖と絶望感をふくらますだけということになる。

祥子は強く首を振った。

現代の医学では、患者の気持ちまでは治療できない。こうすれば癌が確実に治るという治療法を提供することが、すべてを解決することになる。自分たち医師の使命は、それを見つけることにある……。

口をキッと結び、まぶたを大きく開いて、祥子は患者の一覧をざっと眺めた。ほとんどの患者は死亡している。

一人ひとりの患者名をクリックすると、それぞれの患者カルテにアクセスすることができる。もちろん読み取り専用で、書き込みはできない。これまでの患者情報を見るにとどまる。

椅子の中の体を動かして居住まいを正し、祥子は一番上にあった患者名〈小田切圭子〉をクリックした。

膨大なカルテの量だった。小田切圭子の死亡年月日は一九八八年九月十三日となっている。当時はまだ電子カルテはなく、すべて手書きのカルテだったから、一ページ一ページがスキャナーで取り込まれ、そのまま縮小入力されていた。

「若いなあ……まだ十五歳か……」

祥子の顔が嘆きにくもった。カルテすべてを見る時間的余裕はない。

「外来総括と入院総括があるはずだ」

素早くスクロールされた画面で、目的のページを見つけた。外来と入院総括が同じページに記されていた。記載者は木下修一。すなわち小田切圭子の病棟主治医である木下医師であった。

入院時病名：横紋筋肉腫。亜イレウス。
退院時病名：横紋筋肉腫。肺転移。
転帰：死亡。

一九八八年（昭和六十三年）
二月初め　右臀部に腫瘍認知。待ち針の頭程度の大きさ。
三月十五日　腫瘍径一センチメートルに増大。
三月二十二日　T市民病院外来にて切開。一部を病理検査。
四月二日　全抜糸。この頃、腫瘍は急激に増大。肛門を圧迫。腸閉塞状態に近くなる。
四月五日　当院外来初診。消化器外科月村教授受診。
四月七日　東七階消化器外科病棟入院。

四月八日　下行結腸を用いて、人工肛門造設。イレウス回避。
四月十二日　化学療法開始。アドリアマイシン八十ミリグラム毎週。三コース施行。
五月十日　横紋筋肉腫根治術。マイルズ術式に従う。直腸S状結腸全摘。膣後壁合併切除。永久人工肛門。会陰創は開放。
六月二十一日　会陰創閉鎖。
七月四日　術後化学療法追加。メソトレキセート大量療法。
九月十三日　リンパ管性肺転移による呼吸不全にて死亡。

要領よくまとめられていた。悪魔の細胞に魅入られた若い少女の死に、祥子はさらに気持ちが沈鬱になるのを感じた。

「何とも、いたましい……」

祥子は自分が健康であることを改めて感謝した。

今から二十年前、木下は祥子くらいの年だっただろう。若い医師が、妹のような少女の治療を受け持ったのだ。半年におよぶ闘病生活……。

患者にとってはもちろんのこと、主治医にも心休まるときのない月日だったのではないか……。

「この患者さんなのね、木下先生が忘れられない患者さんって」

この少女が叫んだのだ。

——もう、治らないんでしょう——

十五歳の小田切圭子。彼女は死を免れなかった。強いられた入院生活。それはうら若い少女にとって、恐怖と絶望の毎日だったに違いない……。

その少女の命の叫びが、木下修一に生涯、横紋筋肉腫と戦うことを決心させたのだ。

祥子は額に手を当てて、しばらく画面から目を逸らしていた。そうでもしないと、涙が出てきそうだった。睫毛が細かく震えた。

やがて手がマウスに載った。祥子の目がまた画面に戻ってきた。画面を次の患者に変えようとして、ふと視線が目の前の文章に絡まった。

〈……T市民病院外来にて切開……腫瘍は急激に増大。肛門を圧迫……〉

「患者さん、最初はイレウス状態で大学病院に来たの……？　腫瘍急激に増大……」

祥子の眉間に深い皺が寄った。

祥子が探していた症例を見つけたのは、それから一時間ほど経ってからであった。すでに十例ほどの木下が受け持った症例の総括を読み終えている。

消化器外科が専門の木下のところに集まった症例であるから、いずれもが横紋筋肉腫によって、消化管に何らかの齟齬《そご》をきたしたものばかりだ。
きわめてまれな症例として、どう考えても小腸から発生したとしか思えない横紋筋肉腫が一例含まれていたほかは、すべて四肢あるいは小田切圭子のように臀部という横紋筋がある部分が原発で、そこから消化管あるいは肺や肝臓に転移した症例だ。
いま祥子が読んでいる入院総括は、次のような内容であった。

患者：花村《はなむら》やよい（一九八七年二月十一日生）
入院時病名：横紋筋肉腫。腸閉塞。
退院時病名：横紋筋肉腫術後。
転帰：死亡。

二〇〇六年（平成十八年）
八月　左膝窩部《しっかぶ》に腫瘍触知。直径五ミリ。放置。
九月　腫瘍径一センチメートルに増大。
九月三十日　近医《きんい》外科外来にて切開。病理検査。
十月十一日　全抜糸。腫瘍は急激に増大。左下肢全体が腫脹。膝の屈伸不能。左鼠経部リンパ節腫大。

十月十六日　当院外来初診。消化器外科受診。腸閉塞状態。
十月十七日　東七階消化器外科病棟入院。同日、下行結腸を用いて、人工肛門造設。イレウス回避。
十月二十三日　化学療法開始。アドリアマイシンを中心に多剤併用。著効を得るも、三コースで終了。骨髄抑制などの副作用回復ののち、根治術を計画。
十二月十四日　横紋筋肉腫根治術。左下肢切断。腹腔内横紋筋肉腫については、マイルズ術式に従う。直腸S状結腸全摘。子宮ならびに卵巣など附属器全摘。永久人工肛門。会陰創は形成外科により一期的に閉鎖。
十二月三十日　創治癒順調。
二〇〇七年（平成十九年）
一月十五日　術後化学療法追加。
二月十三日　再発なし。さらに化学療法追加。
三月五日　再発なし。
三月十二日　死亡。剖検結果より、腫瘍細胞による肺塞栓が死因と断定。

花村やよいの外来入院総括内容に、祥子は強烈な不服を感じた。

患者は急速に増大した横紋筋肉腫のために腸が詰まり、大学病院を受診した。人工肛門によって、緊急の腸閉塞は回避され、術前化学療法のあと、左脚が切断され、腸閉塞の原因となった腹腔内の腫瘍は腸もろともに切離された。

凄まじい創部が治癒したころを見計らって、将来の再発防止のために、術後化学療法が追加された。ここまでは祥子にも当然の治療内容と臨床経過として理解できた。

しかし……。祥子は二〇〇七年の患者のカルテの記載を読んでいった。途中、何度か胸部腹部CTが撮影されている。もちろん血液検査も定期的に行われ、結果を見ることができた。

どこにも、まだ再発の兆候はない……。胸部CT画像に目を凝らしても、血行性あるいはリンパ行性の転移はないようだ。放射線科専門医の読影所見でも、〈転移なし〉とされている。肝臓など腹腔内の重要臓器にも転移は認められていない。

死亡した二〇〇七年三月十二日の前の週に、胸部CTなど定期検査が行われ、再発のないことが確認されている。にもかかわらず、患者は次の週明け月曜日には急死したようだ。

「二十歳になったばかり……」

祥子は瞬間患者の年齢を計算した。だが、若い死を嘆いてばかりいられなかった。

「どこにも再発した様子がないのに、腫瘍細胞による肺塞栓で死亡……」

いま祥子は確実にいやな気分になっている自分に気づいていた。恐ろしい疑惑を振り払うように祥子は頭を揺すってから、花村やよいの病理解剖所見を探した。

一字一句逃すわけにはいかなかった。

〈肺動脈随所に横紋筋肉腫細胞の塞栓が認められる〉

肺の血管に何かが詰まり、通常詰まるものといえば血栓が多いのだが、運が悪ければ、瞬時に呼吸が止まり、肺塞栓による即死状態となる。

祥子は脳細胞が震えているような気がしていた。いいえ……たしかに、私はいま震えている……。

目の前の文字までが、ゆらゆらと揺れていた。

〈心臓三尖弁、肺動脈弁に腫瘍塊〉

病理解剖総合所見があった。

〈横紋筋肉腫は心臓内、特に右心系（三尖弁、肺動脈弁）に再発し、そこから血流に乗った横紋筋肉腫細胞が肺動脈内に流入、肺全体の血管で腫瘍塞栓を起こした結果、呼吸不全となったものと推定する〉

悪魔の細胞が心臓の中に再発していたならば、そのことを予想して心臓を集中的に調べなければ、まずわからない。胸部ＣＴ画像では、心臓の弁に増殖した腫瘍までは描出不可能だ。心臓専門医の診断が必要である。

だが、主治医も誰も心臓内転移再発までは考えがおよばなかったのだろう。検査をした様子がなかった。

手術後、重要臓器のどこにも再発せず、順調な経過と取られ、おそらくは術後化学療法のあと退院が予定されていたに違いない。

だが、悪魔は静かに心臓の弁の窪みに静かに身を寄せて、少しずつ増殖していた……。

祥子には、そうでないような気がしていた。


祥子の手元にあるノートが、ぎっしりと文字で埋められていった。

カルテ保管室内にある患者個人情報は、原則として室外持ち出し厳禁である。司法からの医療裁判証拠物件としての開示保全命令、あるいはそれに準じた特別の要請には相応の手続きを取ったのち、情報が外部に出ることになる。

医師といえども、画面をプリントアウトして使用するにも、特別の許可がいる。

そういうわけで、祥子は気がついた患者の闘病記録について、要点のみを簡潔に記述していった。

「花村やよいさんも最初の手術後、急に横紋筋肉腫がひろがっている。やはり木下先生もおっしゃってたように、最初の処置がいいかげんすぎるなあ」

初期治療が正確なものだったら助かったかもしれない……と思うと、文字が震えた。

「山内晴美さんだって……」

今月初頭に急死した山内晴美にしても、大腿部にできた腫瘍を最初の時点で大きく切り取っていれば助かったに違いない。それは乱風とも話したことだった。

「ひどい症例が多すぎる……。これでは医師は殺人者と同じだわ」

考えながら、速度が落ちていた祥子の手がフッと止まった。

「そして状態が悪いとはいえ、何例かは急死……。もう少し、生きていられたはず……」

祥子は赤いボールペンを取り出した。

「山内晴美さん、花村やよいさん、雪野《ゆきの》なだれさん、宮内《みやうち》杏子《きょうこ》さん……」

名前を読むたびに、祥子の手に握られたボールペンが、それぞれの患者の記事の中の何カ所かを丸で囲んでいる。

「みんな、同じ病理解剖所見……。みんな、横紋筋肉腫の細胞が……」

ペンを置いた祥子は、頭の後ろで手を組んで、背筋を伸ばした。胸の隆起が勢いよく白衣を分けた。

「横紋筋肉腫……死因……誰も疑わない……」

木下は十九名の横紋筋肉腫患者を見送ったことになる。抗癌剤の多剤併用などの治療法の進歩で、現実に治療効果が上がってきている。しかし、進行再発した患者を確実に救命する、すなわち病気が治癒する、という究極の目標までは、まだまだ遙かな道のりを行かねばならないようだ。

そして、と祥子は再びコンピュータの画面に目を近づけた。ときおりカルテ保管室に人の出入りがあったことに、祥子はまったく気がついていない。

「いま木下先生の患者さんで、生存している横紋筋肉腫の患者さんは、あと一人、この患者さんだけか……」

最近のカルテ記載を見れば、患者は定期的に木下の外来を受診しているようだ。

「次の診察は……間もなく」

定期的な診察日から祥子は計算した。

「クリスマスイブ！」

来週水曜日、十二月二十四日であった。

診療記録では、小田切圭子とほとんど同じ経過を辿っている。すなわち臀部腫瘍に対して近くの外科クリニックで切開が加えられ、急速に増大。患者は、切開が加えられて数日後にはクリニックの医師に不信感を抱き、O大学に自己判断で受診してきた。いくつかの症例にあった腸閉塞状態になる前に再度組織が確認され、ただちに直腸から肛門部を離断するマイルズ式根治術が木下修一執刀で行われていた。

以後、再発兆候なく外来通院とある。

「本人の判断が早かったから、少しはよかったようね。でもこれから再発の危険性も充分にある」

最近の画像や血液所見に異常はなかった。祥子は心底ホッとしている。

このまま何ごともなくすごしてくれればいい……。祥子の心からの願いだった。

「木下先生……」

つぶやきながら、祥子はこの患者をぜひ自分も診てみたいと思った。


木下先生は鹿児島の親戚に行っていらっしゃるのだろうか……。

准教授ともなれば、病棟入院患者を受け持つ主治医にはならない。執刀した患者に格別の問題がなければ、土曜日曜は病棟には来ないことが多い。准教授室で公務をこなす。あるいは研究のことを考え、勉強する。

しかし、助手以下医員、研修医たちは休日であるにもかかわらず病棟出勤し、気になる患者を診察し、個々の対応に忙しい。

休みだからといって、病気は待ってくれない。時間の進行とともに、病態も刻一刻と変化する。そもそも健常な体といえども、止まることなく変化している。何も変わらないということなど、ありえないのだ。

体もまた時間の流れの中にある。

診察のときに、医師が尋ねる。

「お変わりありませんか？」

特に問題がない患者は答える。

「ええ。おかげさまで、何も変わりありません」

科学的に解釈すれば、正確には間違っている。

「いいえ。前回の診察から少し歳を取ったぶん、体も変動しました」

となるのだが、日常一般には意味のない問答である。

正常範囲内での変動は気づかないことが普通だし、長いあいだの変化は、歳を取ってきた、ですむ。

しかし病魔に侵された患者には、そのような悠長な話は通用しない。病気が進めば進むほど、時間単位分単位の変化が患者の身に現れる。

諦めの境地、悟りの境地に達するまでの、患者の苦悩はいかばかりのものか……。意識が落ちるまで、苦渋に満たされつづけるのであろうか……。

癌になってしまった、癌が再発するかもしれないという恐怖に脅かされながらの毎日の生活は、いかに状況がよくなろうと、何も知らなかったときの軽やかで平和な日常とは、決して同じものにはならない。

恐怖や絶望感を取り除くことができるとすれば、それは時間である。もちろん治療という援助は不可欠である。だが、それが完璧でない現状、再発しない状態が長くなればなるほど、心の重みは逆に取れていく。


「今日、患者さんに言われたわ。いっそひと思いに死なせてほしいって」

夜の電話で、祥子はため息をつきながら、乱風に片桐麻子のことを語った。

「長い闘病生活。だんだんと悪くなっていく。死を予感する恐怖って、わかっていたようで、私たち何もわかっていない……」

乱風が同調してくれるかと思いきや、あっさりとした声が返ってきた。

「それは無理だろう。自分がなってみて初めて感じる気持ちだと思うよ。何も感じないで生きていけることほど、幸せなことはないのかもしれない。幸せということを感じることすらなく生きていることが、本当の幸せなのだと、僕のじいさんがよく言ってたよ」

「乱風の名前をつけてくれたおじいさまね」

「ああ。小さいころによく聞かされた。何を言っているのか、僕にはさっぱりわからなかったがね」

「おじいさまって」

「理屈っぽい医学者だった……。じいさんのＤＮＡでも取っておいていたら、クローンを造って、もう一度話ができるかもしれないな」

祥子は乱風の今は亡き祖父に会ってみたかったと思った。祥子の想いを断つように、乱風の冷静な声が聞こえた。

「病気でなくとも、人生、絶望を感じる人って、どこにでもいるんじゃないかな。犯罪者の中にもそういう人、大勢いると思う。いや、むしろ絶望するから罪を犯すのかもしれない」

「犯罪者は自分の絶望を外に向けるのね。患者さんは絶望と恐怖を自分の中に閉じ込める以外にない」

「そう。その患者さんの思いを、ほかの人が何とかしようと思っても、結果的には無理な話だ。病人は患者さんであって、自分じゃないからね。とにかく、病気を治せないというのが一番の問題だな。治るというのなら、たとえ癌になっても、平気でいられるだろう」

「それはそうだけど……」

わずかな時間、乱風は口を閉じていた。何も携帯から耳に伝わってこなかった。

「らんぷう……」

「あ……」

「なに考えてるのよ」

「いや。癌を治せるとしたら、治る病気だったら恐怖はないよね。今、ふっと考えた。クローン人間、あるいは再生医療、どちらをとっても、なくした組織、亡くなった人間を取り戻すための究極の手段だ」

「そうねえ。じゃあ、あの天下製薬の研究、目標がそんなところにあったのかしら」

「ずっと気になっているんだ。あれほどの研究成果、我々の現代医療の常識では考えられないレベルだ。よほどの知能があれだけのことをやり遂げたに違いない。単に、世界に先立つ秘密の研究というだけでなく、誰かの凄まじい執念のようなものが背景にあるのかもしれないと、いま感じたんだ」

乱風は話しながら、自分のそれまで混乱していた思考回路のどこかがつながったような気がしてきていた。

そう、これから祥子に話すこと、もしかしたら……。

「ところで、例の横紋筋肉腫学会での殺しだけど」

言いながら、乱風の思考が整理されつつある。

「天下製薬の元研究員という人ね」

「容疑者が絞り込まれてきた」

「まあ。さすがに素早い捜査ね」

祥子は、この時点で、いささか警察を見直した。

「これまでの殺害方法と、天下製薬研究所の線から出てきたんだ。容疑者も天下製薬の元研究所員だ」

「やっぱり」

「動機がわからないんだが」

本当にわからないのだろうか……。

乱風の別の思考回路がひろがって、今までバラバラだった思考回路とさかんに接点を求めたがっている……。

「どうも僕には例のクローン人間とか再生組織の研究と関係があるとしか思えない。凄まじい研究だからな」

「白骨死体にも関わりがあるの?」

「まず間違いなく。研究だって、再生医療とか世間では最近の話題だが、クローンや臓器再生研究などは、何十年も前から考えられていたことだ」

「それはそうねえ。そうすると、二十年前に殺されて埋められた、ええっと、杉山さんだったっけ、そのお医者さんも」

「医師だ。研究に絡んでいた可能性が大いにある」

「研究所の副所長も白骨で出たんだし。池之端さん」

「患者さんで忙しいだろうに、よく覚えてるね」

「それは……」

祥子の脳にポッと明かりがついた。

「誰の奥さんだと思ってんのよ」

「おっと」

思わずピアスを指でまさぐった乱風は瞬間、祥子を抱きしめたくなった。

祥子の冷静な声がつづいた。

「で、容疑者という人、乱風が天下製薬社員名簿から探り出した三十名の中にいたのね」

「そういうこと。名前は小田切雅夫。妻の小田切澄江も容疑者の一人だ」

えっ……おだぎり……おだぎり……どこかで聞いた名前……。

今度は、静かに祥子のほうの脳内思考回路がまわりだした。何本もの回路はまだ接点がないまま、独自に動いていたが、いくつかが瞬間に絡みついたような感触がたしかにあった。

一九八八年、二十年前……。

「乱風。ちょっと、このまま待っていて」

祥子は携帯をテーブルに置いて、バッグの中を探った。大学ノートが出てきた。

電波の向こうでは乱風が携帯に耳を押し当てている。外耳道が真空のようで、何も聞こえない。

乱風の脳細胞が声をかけ合っている。奥さん、最高、と音が湧いてきた。違和感がなかった。遠くにありながら、すぐ直近で二人の思考回路が絡み合い重なり合い、ついには融合する……予感があった。

「あった」

携帯から声が聞こえた。祥子の声が耳元に戻ってきた。

「その小田切雅夫さん、お嬢さんはいらっしゃらなかったかしら」

「う。どうして祥子、そんなことを知っている?」

質問を返しながら、つながったかな、と乱風のほとんどの脳細胞が笑い声をあげた。

「そのとおり、一人、娘さんがいたそうだ。若くして亡くなったらしい」

乱風はT市警谷村警部と下柳科学捜査班長から情報をもらっていた。

「このあいだ、私の患者さんで急死した山内さんのこと話したわね。山内晴美さん」

急に話が飛んで、乱風は面食らっている。回路がずれた……かな。いやいや、間違いなくつながってきた。でも、ちょっと寄り道のような……。

「病理解剖所見、私は少し妙に感じた」

ああ、と乱風は思い出している。

「主治医は木下修一先生」

「一緒に学会に行った先生だよね、消化器外科の」

「その木下先生に、横紋筋肉腫の研究を決心させた患者がいる」

乱風は祥子の次の言葉を待った。回路が急速に重なりつつある……。

「二十年前、一九八八年九月十三日、横紋筋肉腫で死亡した十五歳の少女、名前は」

唾を飲み込む音がした。乱風のほうは、つながった……と思った。

「小田切圭子」

二人の沈黙がわずかな時間を占めた。

間違いなく、間違いなく、つながった……。

「おそらくは、小田切雅夫さんと、澄江さんのお嬢さん」

ムム……と乱風の唸り声……。おそらく、じゃない。間違いないよ、祥子先生……。

「当時の主治医は」

木下先生、という祥子の声に、同じ名前を発音した乱風の声が重なった。

「小田切圭子さんの叫び、もう治らないんでしょう、という声が、木下先生の耳について離れないとおっしゃってた」

「もう治らないんでしょう……か」

乱風の大きなため息が、携帯電話の耳元から噴き出てきそうだ。

――もう、治らないんでしょう――

気を取り直した乱風が言った。

「その小田切圭子さんについて、詳しいことを教えてくれる?」

17

襲撃

師走も残すところあと十日ほどとなった日曜日、小田切雅夫は自宅奥にある研究室に入っていた。先週、大分に行っているあいだに盗まれたインキュベータの中は一新され、新しい細胞が活きいきとシャーレの中で輝いている。

小田切は一枚のシャーレから細胞を薬液で剝がし、それぞれバラバラになったことを確認したあと、あらかじめ別に用意した横紋筋肉腫細胞株と混合した。こちらの横紋筋肉腫細胞には、緑色の蛍光を発する蛋白質の遺伝子が組み込まれており、シャーレで培養していた横紋筋肉腫の細胞とは区別がつくようになっている。

二種類の横紋筋肉腫細胞を混ぜ合わせてから十五分、培養器の中で温めているあいだ、小田切は椅子に深く腰を沈めて、じっと目を瞑っていた。

いくつかの光景が目に浮かんでは消え、消えては現れた。

その光景の中で、目の前で崩れ落ちた何人かの男たちのことなどは、どうでもよいことであった。頓着する気もなかった。彼らの息がその場で途絶えて当然の男たちであった。

人の命を奪えば、代償は自分の命しかなかろうが……。

小田切の震えるように動いた唇は、そうつぶやいていた。

ふっと画面が変わった。

木下修一に手渡した治療用の細胞が山内晴美に注射される一部始終が、病室の治療の様子など小田切が直接目にしたはずもないが、たしかに小田切には見えていた。治療用の細胞がたちまちのうちに山内晴美の肘の静脈から吸い込まれていく。

何事もなく木下の手にある注射筒が空になった。内筒が完全に押し込められた。注射器が抜かれた。木下が言う。

「さ、今度の薬は、これまでの抗癌剤とはまったく違う。格別よく効く免疫療法だ。山内さんの胸の苦しさ、一発で消えますからね。夜が明けて、倉石先生が診察に来たら、きっと仰天しますよ。今夜は、これで静かにお休みください」

ニッコリと微笑を返して、うなずいた山内晴美に手を上げた木下は、ベッドのカーテンを閉め、静かに病室を出る。

その直後か……。山内晴美は急に胸苦しさを覚える。心臓が大きな手で絞られるように痛んだ。胸全体が何かに押しつけられたようで、息を吸い込もうとしても、いや、間違いなく胸郭は浮き上がり、肺に空気が流れ込んでいるのだが、やたら息苦しさがつのってくる……。

山内晴美はナースコールボタンに手を伸ばした。手を上げながら、小さく声を出そうと息を吐き出した。

ぶぶぶうーっと声帯と唇が震えただけだった。

直後に山内晴美の意識が落ちた。次の瞬間には、心肺が停止していた。

ナースコールは鳴らなかった……。

小田切雅夫はさらに強くまぶたを閉じた。目尻の深い皺がますます明瞭になり、本数までが増えた。じわっとまぶたのあいだに小さな涙の雫《しずく》がいくつか湧き出てきた。

木下医師は患者側の条件が、治療用の細胞を固まらせたのだろうと言った。そして、その原因を木下は大学に帰って、さっそく調べているはずだった。

「彼に期待する以外あるまい。こちらの細胞は充分に整っているのだから。我が娘の命のこもった細胞が、あらゆる横紋筋肉腫を駆逐するはずだから」

小田切は目を開くと、ゆっくりと腰を上げた。

「そして、私の圭子は、圭子の細胞で治療された患者さんの体内で、再生組織として生きつづける。いやいや、それだけではない。圭子のクローンも間もなく完成する……」

小田切の手がインキュベータの扉にかかった。ノブをまわして開くと、中扉がある。

小田切は少し熱気で曇った透明の中扉もまた開いた。

インキュベータの棚の上には、小田切が自ら娘の横紋筋肉腫細胞から抽出し、さらに娘のリンパ球と細胞融合させた特殊細胞ＫＥＩＫＯ－Ｌを、先ほど標的とする横紋筋肉腫細胞に振りかけたシャーレがいくつか載っている。

ひとつを小田切の節くれだった親指と人差し指がつまんだ。液がこぼれないように注意しながら、そのシャーレをインキュベータから取り出して扉を閉め、今度は研究室の一隅に設けられた暗室に入った。そこには特殊蛍光顕微鏡がある。

扉を閉じると、部屋の中に赤色灯がともった。シャーレを顕微鏡台に置き、顕微鏡のスイッチを入れた。そこだけ白をさらに白くしたような紫外光が顕微鏡台を突き上げた。

小田切は慣れた手つきで、レンズの焦点を即座に調整している。たちまち焦点が結ばれた。

何となくシャーレが白くあるいは紫に異様な輝きを持っているのは肉眼でも捉えられるのだが、外目にも緑色の光があるとは思えない。

小田切は緑の蛍光遺伝子が作動していないことを、至極満足げに見ていた。

「当然の結果だ。これが我が娘の知られざる能力だ。時間空間を飛び越えた、あらゆる力を秘めた圭子の細胞だ」

きれいな細胞が並んで、小田切の眼球に微笑むように光を返している。といっても蛍光顕微鏡、わずかな輝きしかない。むしろ細胞ＫＥＩＫＯ－Ｌは闇の暗さに自己を主張するがごとくに、淡い優しい微光を滲み出させている。

これで緑色の蛍光を持つ細胞が幅をきかせていれば、ＫＥＩＫＯ－Ｌ細胞の標的となった腫瘍細胞が生き残っていることになる。ＫＥＩＫＯ－Ｌの敗北だ。だが、そのようなことがあるはずがない……。

対物レンズで拡大された視野は、小田切の心を満足させるべく、ほとんど闇である。悪性腫瘍細胞はＫＥＩＫＯ－Ｌによって、ことごとく破壊死滅させられたということだ。

「ＫＥＩＫＯ－Ｌは間違いなく、患者体内の横紋筋肉腫細胞を殺す。そして同時に投入された、もうひとつ別の機能を持った圭子の細胞ＫＥＩＫＯ－Ｘが壊れた組織を修復する。それですべてが完璧になる。患者は完治する」

研究は完成していた。小田切は満足そうに、顕微鏡の電源を切った。

赤色灯の淡い光が、小田切の顔を赤鬼、いや毘沙門天のごとくに染めていた。赤く染め上げられた小田切の表情は、いったい何を語るのか。何を秘めているのか……。

恐ろしくも厳しい仮面のような顔。しかし、その奥には、常人には理解し得ない苦悩と悲しみが隠されていた。

二十年前、半年ものあいだつづいた、身も心もよじれてズタズタになりそうで、かろうじて命をつなぎとめてきた苦悩と悲しみ、死にも等しい苦痛が、激しい怒りに変わったことを知る者は、おそらくは本人しかいないだろう。

いや、本人すらその変化に気づかず、人の心が辿るべき道程の二十年をすごしてきたのかもしれなかった。

赤い顔のまま、小田切は静かに暗室の扉を開いた。赤色灯が消え、目の前に外の光がひろがった。

研究室にただひとつある窓からの光は、人影に遮られていた。数人の男たちが暗室を出た小田切に視線を集中していたのである。

「君たちは！」

「小田切さん。お久しぶりです。一年ぶりですね」

「君は？」

今の時代に何となくそぐわないシルクハットを目深にかぶった、一番前の男の顔を小田切は覗き込んだ。

「君は久保田《くぼた》か……」

「そうです。あなたと一緒に研究所にいた久保田ですよ」

男は静かにシルクハットを取った。油で固めた鶏冠《とさか》のような髪が跳ね上がった。

「あまり手を焼かせないでくださいよ」

久保田の陰に、澄江が一人の男に羽交い絞めにされているのが見えた。強い力に捉えられた澄江は、わずかに身もだえして、雅夫に目を向けた。

雅夫は澄江の双眸に恐怖の色がないことを見て取ると、小さくうなずいた。

「小田切さんには、ご夫婦ともども、私たちの新しい研究所に移っていただきます。今日はそのことをお願いに、こうして旧《ふる》い仲間たちを誘って、おうかがいしたわけです」

「そのわりには無礼だな。誰の案内も請わず、しかも土足で」

小田切は足もとに視線を落とした。

「いつから君たちは、このような泥棒まがいのことをするようになったのだ」

「その言葉は小田切さん、あなたにそっくりそのままお返ししますよ」

「何だと！」

これまで物静かだった小田切の声が、一瞬尖った。

「研究所での成果を一人持ち逃げしたではありませんか」

「持ち逃げ？　何を言うか。研究所が急に封鎖され、あれ以上、あそこでつづけられなくなったから、我が家に持ち帰っただけじゃないか」

「しかし、独り占めされた」

「今さら、君たちとそのことを議論する気はない。それに、あの細胞、あのクローンはすべて私の娘のものだ」

「それで細胞には、亡くなったお嬢さんの名前がついているということですね」

「亡くなった？　何を言う！　娘は生きておる」

久保田は少しばかり首を傾げた。後ろでは、澄江がまた身をよじる気配がした。

「で、研究はほぼ完成している、ということのようですが」

小田切は澄江に送った視線を久保田に戻した。

「私たちの力では、いくらやってもクローン人間はできないし、各種臓器に至る細胞もできない。小田切さんが考えられた培養液の組み合わせ、時間的条件など、そのあたりがキーとなるとしか思えない」

「まあ、そういうことだ」

「そのことを研究所時代に記したノート、我々は『小田切ノート』と敬意を表して呼んでいますが、それを探したがどこにもない」

「だから、もともとそんなものはない。その後の研究成果も含めて、すべてはこの私の脳の中だよ。何度言ったらわかるのだ」

「膨大な研究データですよ。それ、小田切さんは忘れることもなく、全部覚えていると」

「私が少しずつ積み上げてきた研究成果だ。全部私が考えた結果だ。囲碁や将棋、対局が終わってから、すべてを間違うことなく指し直すじゃないか。あれと同じだ」

「わかりましたよ。小田切さんの脳の中、どうやら私たちのはるか上を行くようだ。認めましょう。ということで、お気づきではないですかね、そこのタンクの中に保存されていた細胞は、少しずつ新研究所のほうに移動してあります」

「なに！」

小田切は部屋の隅に輝く液体窒素用タンクを振り向いた。光の加減で、男たちの黒い影が、凸面になったタンクの表面で長く細く引き伸ばされて、ひとかたまりになっている。

「いつの間に……」

「昨日、所長から連絡が入りました」

「所長……？　まだ、いるのか？」

「ええ。いつものとおり、声だけの指示ですがね」

小田切の体がわずかに震えた。

「近いうちに小田切さんの身柄が、当局に拘束されるということです」

「何だと！」

「まあ、そう興奮なさらずに。別府で中馬をやったのがまずかったのではないですか」

「ふん。どいつもこいつも、私利私欲に目のくらんだやつばかり」

「それにしても……」

久保田がチラリと背後の澄江を見たが、羽交い絞めにされていて動きようがない。両腕がダラリと垂れていて、妙に静かだ。目が遠くを見て動かない。

「小田切さんが当局の手に落ちると、何かと不都合なのです。研究が公になる可能性がある。これは困るのです。我々がこれまで受けてきた特命まで、世間の知るところとなりかねない。そもそも研究所に小田切さんがあんなものを残していたこともまずかった。とにかく、警察幹部といえども、これ以上知られると困ったことになるのです」

小田切は、中馬六郎と対峙《たいじ》した闇の中の熱気を感じていた。

「昨日の緊急指令です。相変わらず、我々は所長の姿を知りません。今後知ることもありません。彼の正体を知ろうとすれば、我々自身に災禍がおよぶ危険性がある。ただ、命令に従っておればよいのです」

久保田は持っていたシルクハットを頭に載せた。

「釈迦に説法でした。で、指令というのが、お二人の身柄を確保せよというものです。ということで、ここにこうして馳せ参じたしだいです」

シルクハットの縁に指を当てて、久保田は小さく会釈をした。

「小田切さんの研究成果を今度こそすべていただく。クローン人間創造方法は、小田切さんの脳の中。今度という今度は、これまでのように悠長なことはしておれない。時間がない、必ずいただかないといけないのです。したがって、今回は奥さんにもお手伝いいただくことになります」

久保田の目が再び澄江に向いた。この事態の中、静かだった。澄江がかすかに震えたようだ。

「では、これからお二人には、我々の新しい研究所に移っていただく」

消防車が何台もけたたましいサイレン音と、鼓膜から脳漿《のうしょう》を突き上げるような鐘の音を響かせながら、山間のドライブウェイを駆け上がってきた。

日曜日の穏やかな冬日を楽しみながら、のんびりとドライブを楽しんでいた行楽客が、山の中の非日常的な光景に、どこで火事が起きたのかという興味よりも、むしろ迷惑とさえ感じる騒動に怒りを覚えていた。

木立に遮られて、もうもうと上空にひろがる黒煙はドライバーたちには見えない。上空を過《よぎ》った新聞社のヘリが騒々しく、一軒の住宅を包んだ紅蓮《ぐれん》の炎と、個人の居宅にしては真っ黒の煙を追っている。

激しい燃え方に、まわりを囲んだ消防もほとんど役に立たなかった。類焼を防ぐのが精一杯だった。

「ガソリンの臭いが強いな」

放火の可能性の通報を受けて間もなく、M市警担当者も駆けつけた。熱気の残る焼け落ちた残骸の中から、さらに複数の、どう見ても人間と思われる肉の塊が見つかって、捜査陣は色めきたった。

箕面《みのお》山中のドライブウェイはくねくねと複雑なカーブを描き、行楽客を充分に楽しませてくれる。ときには木立を割って、下界がちらりと目に入っても、またすぐに山に覆われ、猿でも道を横切りそうだ。

今しも対向の下のカーブを曲がって姿を現した黒塗りの乗用車の背後から猿が走り出たように見えて、南部幸一《なんぶこういち》と助手席の潤子《じゅんこ》は目を瞠った。いや、後ろのドアが開いて、猿が飛び出したようにも思える光景だった。下るスピードがわずかに緩むあいだに、今度は二人の口から同時に声があがった。

「あ」

猿が後続の車に轢《ひ》かれたのだ。前の車同様黒塗りの同じ型の乗用車だ。猿に乗り上げ、少し傾いて、そのあとバウンドするように、車輪が落ちた。ちょうど先行車が猿に驚いて速度を緩めたようで、南部の車がぐんとスピードを落として通りすぎようとした横で、黒塗り二台は大音響を発して衝突したところだった。追突したのだ。

すれ違いざま、南部は前方数メートルのところに転がった猿が洋服を着ているのに気づいた。

「うわっ！」

無意識でブレーキに載せた足に力が入った。

「あなた。ここじゃ、後ろ危ないわよ」

潤子の一言で、南部はカーブを曲がり切り、次の直線道路が見えたところで停車した。道路脇の潅木《かんぼく》を車輪が食《は》む音が車体の下に起こった。

こちらに向かってきた車が、カーブ途中で慌てて急ブレーキを踏む音が鼓膜に痛みを与えた。

「やった！」

南部も潤子も、てっきりもう一つ追突事故が起こったと目を瞑《つむ》ったが、幸い衝突音は聞こえなかった。

車を飛び出した南部は、潤子に下からやってくる後続車に注意するよう言うと、自分はたったいま目の前で急停車した車から降りてきた運転士に合流、轢かれたらしい物体に目をやった。

間違いなく一人の男性であった。手足に細かい痙攣が起こっている以外、完全に停止した状態だ。

「あ」

「待て！」

二台の黒塗りの乗用車に男たちが飛び乗り、急発進の音を響かせながら、一気に遠ざかっていった。

「ナンバープレート」

一台のナンバーが確実に二人の脳に刻み込まれた。

その日の箕面は、ほぼ完全に焼け落ちた小田切邸の現場検証と、山間部を抜けるドライブウェイの渋滞で、大騒動であった。

最初は住宅火災と轢殺《れきさつ》事故が結びつかなかった。

くすぶる小田切邸のまわりはガソリンの臭いが残っており、間違いなく放火されたものと思われた。

大火災にもかかわらず類焼をわずか壁一面で免れた近隣の住人からは、「何やら爆発音とともに火の手が上がった、消火どころではなかった」との証言があった。幸い風向きが彼らの自宅から遠ざかる方向にあったから、延焼を免れた自慢の住宅建造物が煤《すす》だらけにもならずにすんで、彼らは小田切夫妻の消息より何よりも、ほっと胸を撫で下ろしていた。

「ご夫婦がお住まいだったのですね。何をなさってたんです」

「ご主人はどこかの研究所におられたということですが、何でも親会社が倒産したとかで、この一年ほどは……」

「奥さんは？」

「特に何もなさってませんでした。お嬢さんが亡くなられてから、少しご様子が」

「娘さんが死んだ？」

「ええ。もう二十年以上も前のことですよ」

検証業務についていた刑事には興味はなかったようだ。

「遺体は解剖だな。夫婦もこの中にいるのだろうが、何があったのか……？」

M市警白鳥正翔《しらとりせいしょう》警部は焼け跡の中に足を入れた。炭化に近い焼け縮んだ人肉の塊が四つ転がっている。

「おや？」

白鳥は腰をかがめた。一体から黒焦げの棒状のものが突き出ていた。先端が細くなっている。

さらに目を近づけて、白鳥はうなずいた。

「どうやらこの死体は刺されたか、火災で倒れた場所に何か鋭利なナイフのようなものがあって、胸を貫かれたか、どちらかだろうが……」

爆発音と火災に驚いて飛び出した近隣の住民からの情報で、直後に黒塗りの車二台が遠ざかっていったことを合わせると、逃走したと思われる人物の何らかの意図が働いた結果と考えるのが妥当だ。

「たぶん、刺されたのだろうな」

白鳥は一人合点してうなずいた。

焼け跡の隅のほうまで足を進めていた刑事が白鳥を呼んだ。

「あとは解剖待ちだ」

「警部……これって、人の骨ですかね」

顔だけ白鳥のほうに向けて、刑事の手は黒焦げの煤の中を指さしている。

どう見ても、いくつか連なった脊椎骨から突き出した、こちらは肋骨と考えて間違いなさそうな、かごを半分に割ったような構造物があった。

靴の先であたりを払うと、刑事が「人の骨か」と発した疑問の答えが出てきた。

黒焦げになった頭蓋骨だった。

「もう一人、死体か……。だが、ちょっと変だな」

「何が変なんです、警部」

「他の四体は、骨にウェルダンの肉がたっぷりとついていただろ。それがこいつにはない。頭蓋骨もほとんど中味は灰だらけだ。それに」

白鳥はキョロキョロと目を動かして、煤の山を指さした。

「骨の残りは、その中にあるようだな」

肋骨の端らしい突起物が飛び出している。横にあった、まだ生温かい金属様のもので灰と煤を除くと、人骨が出てきた。

「これは人の骨であるのは間違いないだろうが、今日死んだものじゃないな。いったい、何でこんなものがあるんだ？」

顎に手をやって長考に入りかけて白鳥は気づいた。ここは自分のオフィスじゃない。

「あとは鑑識に頼もう」

声が遠くから白鳥を呼んでいる。

「警部。こちらの車道に、血痕が何カ所かあります」

この血痕が、のちの検証で、山間部の自動車道で走行中の乗用車から転落し、後続車に轢かれた男性の血液と一致した。

事故に関連した黒の乗用車は小田切邸で目撃された二台と見て矛盾なかった。ナンバープレートから割り出された乗用車の緊急手配がただちに行われた。二台とも、天下製薬所有と判明したが、すでに倒産消滅した会社の登録から名義変更された痕跡がなかった。捜査がおよんだ範囲には、ついに発見されず、密かに処分されたか、ナンバープレートを偽造してそのまま使用されているものと思われた。

乗用車から犯人につながる道筋は事実上絶たれたも同然であった。

異様な臭いをいつまでも放っている四体の焼死体の解剖が終わった。

そもそも高温で充分に焼かれていたから、どの遺体も外面は真っ黒の炭化層で覆われ、メスを入れると、たっぷりのおこげの中にウェルダンの肉がかろうじて人肉の形態を残し、骨とて、ていねいに扱わないと簡単に折れて指のあいだから転がり落ちるありさまだった。

内臓自体も高温により蛋白質が変性硬化し縮み上がっていたが、少なくとも死ぬ前に焼かれたか、死んでから焼かれたかの判定は可能で、ナイフが刺さっていた一体以外は、肺内に煤を吸い込んだ所見がなかった。この一体のみ、女性と同定された。

さらに詳細な解剖の結果、残る三体はすべて成人男性で、彼らが火災時呼吸をしていなかった理由として、共通の事象が認められた。

解剖医は言った。

「あの女性に刺さっていた刃物、刃渡り二十センチ、こいつが三名の男性の血を吸ったようだな。みな、ほぼ同様の傷とみていいだろう」

白鳥はそれを聞いて、首を傾げた。

「先生。そうなると、女性、おそらくは居住者の小田切澄江と思われますが、彼女は火災が発生した時点でまだ生きていた。で、ほかの男たちは刃物で刺されて息絶えていた、ということですよね」

「そうとも考えられるな」

「しかも、女性の体に刃物が刺さっている状態だった……」

白鳥は顎を撫でた。

「女性が男三名を刺したあと、そんなことできるのかな、自分も刺されて」

白鳥警部の目には、逃走した乗用車が映っている。

「火をつけられたのですかね」

「ということかな」

「三名の中に、小田切澄江の夫、雅夫が」

「そいつはまだわからん」

「逃げた連中、一人は小田切邸で指を切断され、おまけに逃走中の車から転落して、仲間の車に轢き殺されている……」

箕面山中の轢殺死体の右手の指四本が、途中からすっぱりと切り落とされていたのだ。もう一体の骨については、白鳥は解剖模型のような状況を思い起こしていた。たとえ人骨としても、今回の犠牲者ではない。

「もう一つも人の骨だよ。ずいぶん前に白骨化したものだ。簡単に見ただけだからはっきりとしたことは言えないが、四人のことが片づいたら調べてみるよ」

解剖医の声に白鳥は生返事だ。白鳥のトレードマークのような長い沈思黙考がはじまった。

黙り込んだ白鳥を見て、解剖医は首を振りながら、手を上げて立ち去っていった。

「何者なのかな？　なぜ、小田切夫妻が狙われたのだ……」

白鳥は椅子を揺らしながら考えている。

「小田切の家に何があったのだ……？」

18　迷路の中

「祥子、大変だ」

携帯電話を取るなり、乱風のわめき声が鼓膜を刺した。聞き返そうとする祥子を遮って、乱風の声がつづいた。

「小田切夫妻が襲われた。家が全焼だ。二人とも死んだようだ」

「何ですって！」

「管轄はM市警」

「T市のお隣ね」

「昨日の午後三時ごろ、家が爆発炎上し、焼け跡から男性三人、女性一人の死体が発見された。小田切夫妻はT市警の谷村警部たちが追っていたんだが、わずかな隙を突かれて、何者かが、おそらくは別府で殺された旧天下製薬の研究員の仲間じゃないかと思うんだが、小田切夫妻を襲ったとみられる」

「何のために？　仲間がやられた仕返し？」

「小田切夫妻が死んだとして、あと二人の男の死体は研究所員と思われる。男三人は例のごとく刺殺だ。焼かれる前にね」

「まさか……小田切雅夫まで？」

「小田切澄江と思われる焼死体に、おそらくは凶器に間違いないだろう、刃渡り二十センチのナイフが刺さっていた」

「どうなってるの？　誰が？」

「わからない。別府鉄輪の中馬六郎の刺殺から小田切夫妻が浮かび上がってきた。その容疑者二名が逆に刺されて死んだ……」

乱風もまた混乱しているようだ。

「ほかにも小田切夫妻を襲ったやつがいる。そいつらは放火したあと、車で逃走したらしいのだが」

一人が逃走途中で轢かれて死んだことまで、乱風は知る限りの情報を祥子の耳に流し込んだ。

「ともかくT市警、M市警合同で捜査開始だ。四人の身元も早晩割れるだろう」

「焼け死んだ女性は小田切澄江で間違いないのね」

「たぶんね」

「それにしても、男の人三人が、これまでの白骨死体とか中馬六郎とかと同じように刺されて殺されていたのね」

「こんがりと焼けた死体を解剖した結果、そういうことだ」

「で、容疑者は小田切夫妻」

話が堂々巡りの中に閉じ込められたままだ。

「手口は同じ……とすれば誰か一人と考えたほうが……」

「ああ。小田切夫妻のどちらかだろう」

「あるいは二人で」

「それもありうるな。だが、過去の殺人とどうつながる?」

「わからない……」

「わからんなあ……」

二人でため息をつき合った。

「それにしても、旧天下製薬の研究所員が、仲間が殺された仕返しのためだけに小田切夫妻を襲ったなんて考えられないわ。やはり、クローンや再生臓器の研究?」

「そういうことだな。実は近隣の住人が証言したことなんだが、小田切の家に何度か複数の男たちが押しかけたことがあったそうだ。それに、一度ならず、押し込みに入られているらしい」

「それって……」

「ああ。で、ちょっと想像してみた。聞いてくれる」

「もちろんよ」

「小田切雅夫は自宅でクローン人間の研究をしていた。もちろん再生臓器の研究も一緒だ」

「研究所が閉鎖されたあと、研究を独自につづけていたということね」

「そう。で、あれだけの研究だ。旧研究所員が手に入れようとした」

「ちょっと待って。天下製薬の研究所で一緒に研究していたんでしょう。別に小田切雅夫でなくても」

「いや。おそらくは小田切雅夫しかできない研究だったんじゃないかな。前にも言ったことがあるだろう。これほどの成果、まだ世界じゅうどこも成功していないと思うよ。世界に先んじたものすごい研究だよ」

「たしかにねえ……。私たちが知る限りでは、クローン人間はおろか、再生臓器だって、まだまだ先が見えない」

「それにね、あの研究所のおびただしい白骨を見て、それがすべて同じＤＮＡを持っていることがわかったときに感じたんだが、よほどの執念のようなものがあると思う。クローン人間は少しずつ完成の状態に近づきつつあったんじゃないかな。偉大な研究なんて、たった一人の知能から生まれることのほうが多いからね」

「待ってよ。よほどの執念って……」

「小田切雅夫が十五歳で亡くなった小田切圭子の父親だって教えてくれたのは祥子じゃないか」

「まさか……」

「ああ。僕は小田切雅夫が娘の圭子のクローンを造ろうとしていたんじゃないかと想像してみた」

衝撃だった。祥子は小田切圭子を見たこともない。だが、十五歳の少女の体がふーっと二つに分かれ出て、一人が倒れ、一人が潑剌と手を伸ばしている姿が見えたような気がした。

「研究所から見つかった白骨、それにシャーレの中の培養組織、すべて同一人物のＤＮＡだ」

「小田切圭子さん!?」

「と考えた……」

頭の中を渦が巻く……。

乱風は小田切夫妻を襲ったのは、小田切のかつての同僚と決めつけているようだ。

「研究所の連中が」

「狙うとすれば、培養細胞そのもの、培養のノウハウ、こんなところじゃないか。いかようにも使いようがある。できたものを取っても根本的には意味がない。自分たちが細胞や組織を自由に扱えないとどうしようもない。小田切の娘のクローンを手に入れても仕方がないからな。小田切圭子を造ることができなければね」

「でも、家が全焼したんでしょう？　全部なくなってしまったんじゃない？　何か残ってるの」

「何度か押し入っているなら、それなりのものを連中が持ち出していると考えられる。そのへんのところは、明日、そっちに行って調べる」

「何ですって、乱風！　こっちに来るの。そんなこと、ひと言も言わなかったじゃない」

「いま言ったよ」

「もう……」

祥子の全身の細胞が喜んで震えた。

「明日は休みだ」

「え？」

祥子はカレンダーを見た。赤字の〈23〉だ。

「ああ、天皇誕生日」

今日も忙しかった祥子には、平日も祝日もない。

「そういうこと。T市警の谷村警部と下柳さんから、応援要請が来たんだ。こちらの許可も取ってある」

「まあ……」

「夜には会えるだろう。祥子ご依頼の指輪、持って行く。クリスマスプレゼントだ」

「まあ……」

「受け取ってくれるよね」

祥子の全身が熱くなった。


乱風と祥子が長い電話を交わしていた深夜、T市警谷村警部、M市警白鳥警部、それにホームレスの解剖を終えたばかりの下柳科学捜査班長が、T市警の捜査員室で額を突き合わせていた。まわりにはいく人かの刑事が、いささか疲れた顔を並べている。

下柳も老骨に鞭打ってという態で、休む間もない。体がひとまわり縮んだようだ。

「予定では、本日、小田切雅夫、澄江夫妻を呼んで、先週の事情を訊く予定でした」

すでに谷村は白鳥に、旧天下製薬近畿支部研究所に関する事件のあらましを伝えていた。

「で、今回、小田切邸の焼け跡から見つかった三体の男性刺殺体、および箕面山中ドライブウェイで轢殺された男性、合計四名は、いずれもこの天下製薬の研究所員と考えられます」

名簿にある所員を確認して、生存が確認されない六名が特定された。

「轢かれた男性は、家族の証言から、川村末男《かわむらすえお》、四十二歳と判明しました」

白鳥が尋ねた。

「小田切雅夫はどうです。本人の姿が見当たらない」

「可能性は残ります。死体の中には」

「車二台が小田切邸から逃げたようですし、この川村末男が車から転落し轢殺された現場を目撃した運転者たちの証言でも、車は二台。とすればそれぞれの車の運転手が必要ですから、少なくともあと二名、ピンピンしているやつがいるということになります」

「さらに、小田切は残る二名に拉致されたという可能性が浮上してきます」

沈思黙考が得意の白鳥警部、今回の事件を細かく分析しているようだ。

「あの小田切邸には、研究所の元同僚に狙われる何かがある気がしてなりません。先ほどお聞きした天下製薬で行われていた研究と関連があると考えたほうが自然じゃないでしょうか」

「おや?」

谷村が横を向いた。下柳がこくりこくりと船を漕《こ》いでいる。

「先生。連日の解剖解剖で、昨日は日曜日なのに、三体解剖されたそうです。お疲れなんでしょうな。今日も先ほど終わったとか」

それほど解剖すべき死体が毎日T市に出るのかと、白鳥は訊いたつもりだ。

「そんなに解剖を」

下柳がうっすらと目を開けた。

「ん？　何か言ったか？」

「先生。それこそ終電がなくなりますよ。私たちは明日からの合同捜査のことで、もう少し打ち合わせをやりますので。お疲れでしょうから、お先にどうぞ」

「ああ、そう。それじゃ、また明日」

「先生。明日は天皇誕生日。このところ連日の解剖じゃないですか。少しお痩せになったようですよ。明日ぐらい、休まれてはどうです」

下柳はニヤリと口もとに子供のような笑いを浮かべて、手を振りながら出て行った。

「ああ、先生。明日、例のピアス刑事が来ますよ。応援を頼んだら、快く引き受けてくれましたから。埼玉署も忙しいだろうに」

背中に届いた谷村の声に、下柳は手を挙げて、廊下の暗がりに姿を消した。

19 刺殺者

谷村警部、白鳥警部たちは休日にもかかわらず、部下に命じて、明らかに死亡が確認されている池之端三郎、中馬六郎、川村末男以外の旧天下製薬近畿支部研究所員全員の行方を探らせていた。

十八名に、日曜日、小田切夫妻が襲われた時間の現場不在証明《アリバイ》が確認された。家族といた者、研究室に詰めていた者、いずれも第三者の証言があった。

「これらが現在消息のわからない、残る九名です」

谷村警部が正面に映し出された画面に並んだ名前をひとつずつ読み上げた。

「小田切雅夫。こちらは拉致された可能性もある。つづいて、岡村茂《おかむらしげる》、伊藤良一《いとうりょういち》、山《やま》田《だ》直人《なおと》、村中太一《むらなかたいち》、坂間昭二《さかましょうじ》、久保田俊之《としゆき》、森中義正《もりなかよしまさ》、北山岳夫《きたやまたけお》。以上九名だ。小田切夫妻を襲撃した者は、指を切断され轢殺された川村末男を含め、五名もしくはそれ以上と考えられる。焼死体三名については、焼けすぎて、とりあえず歯型照合など、わかる者から身元確認中です」

白鳥がうなずいた。谷村がつづける。

「これまで、天下製薬の研究所で見つかった刺殺されたと思われる白骨死体三体、これは同一犯人によるものと考えておりました。さらに中馬六郎がおそらくは類似した凶器で刺殺された。そして、一昨日の小田切邸での三つの男性死体につけられた刺し傷ですが、小田切澄江、こちらは歯型から同人と特定されましたが、彼女の死体に突き刺さっていた刃渡り二十センチのナイフによるものとみて間違いなさそうです」

「谷村さんはこれらが一連の事件とおっしゃるのですか」

「そう考えております」

「しかし、最初の白骨死体は二十年以上も前のものでしょう？　相当の時間があいだに挟まっている。事実、最初のものはもはや時効の可能性が高い」

「ええ。ただ、これらが一連の事件と考えるほうが自然のような気がするのです。これは、埼玉署の岩谷刑事が今朝、こちらに向かう新幹線の中から私に知らせてきたことなのですが」

　後ろのほうで、蒲田刑事がごそごそと居心地悪そうに体をよじらせている。よく似た歳の乱風に何かと競争心を燃やしているらしい。

「埼玉署？　岩谷刑事？」

「もう間もなく到着すると思いますが」

　谷村は乱風が今回の事件に最初からかかわっている理由を、天下製薬の新薬にまつわる事件を絡めて簡単に説明した。

「今日はまだお見えでありませんが、下柳先生も同じ医者同士話がしやすいのか、岩谷刑事をけっこう買っていらっしゃいますから」

「で、彼が今回の事件を一連のものと考えているというのは？」

「それは、岩谷刑事が来たら、彼自身の口から話してもらうほうがいいでしょう。私にもうひとつ納得がいかないのでね、彼の話。何だか、クローン人間だの再生医療だの、横紋筋肉腫という病名だの、完全に医学生物学の範囲ですわ。よくわからない」

蒲田が谷村の顔をうれしそうに見ている。理解を超えた研究の話など、刑事たちの手に負えない。捜査にも、このあたりが関係すると腰が引けて敬遠気味、研究所員の固い口を開かせることができないでいる。

「ただ、今回死亡した小田切澄江、行方不明の小田切雅夫、それに何でも二十年ほど前に、その横紋筋肉腫とやらで死んだ小田切圭子という娘が絡んでいるらしいのです」

「それは、その娘さんの死と関係があるということなのですか」

「と言うのです、岩谷刑事は」

蒲田刑事が近くの同僚に聞こえるように、

「考えすぎじゃないのか」

とつぶやいた。

「それにしても、遅いな。電話が来たときには、名古屋を出るところだと言っていたのだが」

直行すればT市警までは一時間半もあれば充分だろう。すでに二時間は経っている。外でドヤドヤと騒々しい音がした。ドアが乱暴に開けられた。

「すみません。遅くなりました。ちょっと寄るところがあったものですから」

白鳥警部は間違いなくギョッとしたように目を見開き、あからさまに嫌悪感を表情に剝き出しにした。蒲田刑事が白鳥を眺めながら、口角を上げた。

「失礼します」

乱風は大粒のピアスから散乱光を白鳥の目玉にシャワーのように浴びせかけ、「こっちへ来てかけたまえ」と誘った谷村の横の席にドカリと腰を落とし、摩《す》れたジーンズで包んだ長い脚を組んだ。白鳥の目にはいかにも横柄な今どきのいかれた若者と映ったようだ。

「遅かったじゃないか。どこに行っていたのだ？　待ち人のところか？」

谷村は小さく小指を立てた。肯定の返事がくれば、文句のひとつも言ってやろうという構えだ。谷村以下T市警関係者はそのあとの乱風の答えに、つっかえ棒をはずされたように力みが崩れた。

「いいえ。O市警です。北新地署にも寄って来ました。それに祥子は、あ、私の」

一瞬の沈黙があった。

「妻は大学です。ちょっと調べてもらってます」

「はあ？　O市警？　妻？」

「ええ。病院で少し調べてもらってます」

この場で捜査員全員が、岩谷刑事は結婚していて、その妻は休日にもかかわらず病院で何か検査を受けるような病気の事態になっていると考えた。話がわからない。

「ええっと」

乱風は場の混乱をいっこうに意に介さない。

「今回の事件、一連の事件じゃないかということをお話しすればいいんですかね」

ぐるりと見まわして、最後に谷村のうなずきを確認した乱風は妙なことを言いはじめた。

「私と祥子のあいだに子どもがいたとして」

乱風の目が少し細くなった。何かを想像したのかもしれない。

「その子どもが恐ろしい病気になった。たとえば横紋筋肉腫」

谷村はピクッと体が硬直するのを感じた。

「見つけたときには、ごく小さい腫瘍だった。大きさが五ミリもない。最初にきちんと切り取っておけば、おそらくは完治したに違いない悪性腫瘍」

乱風の視線が一周した。一同沈黙している。

「まあ、私たち夫婦が子どものそんな状態を見逃したら、私たちの責任はこれ以上にないものになりますが」

白鳥警部たち一部の人間は、こいつ何を言っているんだというように、乱風から谷村に視線を動かした。谷村の補足が入った。

「ああ、この岩谷刑事、医師免許持ってます。T大医学部出身なんです」

自らの舌足らずが原因で起こったざわめきを手で制して、乱風は谷村に小さく礼を表しながらつづけた。

「祥子も、あ、妻も、言いにくいな、祥子でいいですか？」

うなずく者、口を開ける者、いずれをも無視して、乱風の声がひろがる。

「祥子もO大学の医師です。で、子どもの最初の処置が誤っていて、悪性腫瘍がどんどん大きくなり、子どもが死んだ。となると、私たちはどうするだろうと考えました」

誰一人、声がない。事情をよく呑み込めない者も、何となく次の乱風の言葉にうなずいた。

「要するに、子どもの病気を見逃された、処置が間違っていた、その揚げ句、子どもが死んだ、ということです。正しい処置さえ行われていれば、子どもは元気だったに違いないという状況です」

「それは、医療ミスということですか」

谷村が訊いた。乱風はうなずきながら、谷村の答えを求めた。

「私なら……もし、医師のミスと知れば、ううう……どうするだろう……」

谷村の目は乱風を見、白鳥を見、うろうろと刑事たちのあいだを彷徨《さまよ》った。

「そ、そんなことがあれば……」

鋭い声があがった。蒲田刑事だ。

「子どもが、子どもがそんなことになったら、ただじゃおかない！」

立ち上がった蒲田の顔が真っ赤だ。

「そういえば、君のところは、お子さんが一年ほど前に」

「肺炎を見逃されて、死にかけたんです。風邪だろうと適当にしか診てくれなかった。どうもおかしいんで別の病院に連れて行ったら、肺炎になっていると。危ない状態だった。何でもっと早く連れてこなかったと医者に怒鳴られた」

「たしか君のところのお子さんはまだ二歳くらいだったか」

「ええ。助かったからよかったものの、あのとき、子どもが死んでいたら……。最初に診てもらったところで、レントゲン撮ってくれと言ったのに、そんな必要ない、医者に指図するのかと」

「それは大変でしたね。お子さん、よくなられて、本当によかった」

本当によかった、と繰り返した乱風の声に、蒲田は泣き笑いのような表情を向けた。

「で、蒲田さん。もし、お子さんが亡くなっていたとしたら……どうなさいましたか」

うっと蒲田が詰まった。言いたいことはわかる、だが、それは立場上言えない、と誰もが感じた。

「ぶっ殺してやる、くらいですかね」

いかなる殺人も許さないと普段から息巻いている乱風にしては大いなる矛盾だが、乱風自身、自らの変化に気がついていない。遠慮なく物騒な言葉を発した乱風を、一同は驚愕の目で見つめた。蒲田の目がうなずいたように見えたが、それは蒲田が単に腰を下ろしたためだけなのかもしれない。

「祥子と話しました。子どもの命を奪う原因となった医師を」

乱風はわずかな沈黙静寂の時間を置いた。

「殺すかもしれない、それくらい憎むだろうと」

複雑な空気が捜査員室に満ちて、徐々に膨張しつつある。

「例の研究所で見つかったクローンですが、加えて培養されていた再生組織、すべて同一人物のＤＮＡでしたね」

乱風の話の方向が急に変わって、それぞれの頭がぐらついたように見えた。部屋が一気に冷えた。今度は白鳥警部の顔が泣き笑いだ。理解の限界を超えたらしい。

「造った人物は、おそらくは小田切雅夫です。そして、DNAはまず間違いなく小田切圭子、雅夫の亡くなったお嬢さんのものです」

谷村はこの場に下柳がいてくれればよかったのに……と、理解不能な生命科学とは別のことを考えていた。白鳥はクローン、再生組織、DNAのところを飛ばして、何とか意味を解釈しようと努力した。

「これだけの研究成果、おそらくは世界じゅう、まだどこにもないと思います」

捜査員たちは、自分たちが棲息する空間とは異なった次元を遊泳している気分になってきている。

「とてつもない執念と、その裏に隠された深い、表現のしようのない悲しみを感じます」

谷村は、できれば乱風がこの事件を一連のものと考えている理由を早く聞きたいと思った。わけがわからない。

「小田切雅夫の娘圭子は、二十一年前にO大学医学部附属病院で亡くなっています。大学病院では木下修一という外科医が主治医だったのですが、大学に小田切圭子を紹介した医師がいます。祥子が患者のカルテを今朝調べて、連絡してくれました」

乱風は首を横に曲げて、谷村の目をじっと見つめた。

「杉山満彦というT市民病院の外科医です」

「杉山満彦！　え、あの天下製薬の研究所跡から見つかった白骨死体か」

部屋がどよめいた。

「先ほど、医師のミスで子どもが死んだとしたら、私たちでもぶっ殺したいほどその医師を憎むだろうと申しあげました」

「す、すると、小田切雅夫が」

「杉山満彦が小田切圭子の病気を見逃したと言うのか」

谷村と白鳥の声が同時にあがった。乱風は二人に向かってうなずいた。

「祥子が知らせてくれた小田切圭子の横紋筋肉腫ですが、最初に杉山満彦の診察を受けたようです。わずか一センチ程度のしこりだったそうです。で、杉山医師はその腫瘍に不用意にメスを入れた。悪性腫瘍を下手にいじくると、あっという間に全身に細胞を散らばらせるのは常識です。少なくとも医師ならば、これぐらいのこと肝に命じておかねばならない。案の定、小田切圭子が大学病院に紹介されてきたときにはもう手遅れになっていた」

ガタリと大きな音がした。蒲田刑事が真っ赤な顔で立ち上がり、また腰を沈めた音だった。拳を振りかざしている。

「おそらくは父親の小田切雅夫は、母親の澄江もだと思いますが、大学病院での主治医の木下医師から、杉山医師の手落ちについて聞かされた」

「それで、小田切は杉山医師に娘の復讐をしたというのか」

「そう思います。杉山満彦の白骨死体が研究所の敷地内に埋められていたことも説明がつきます。あれだけの研究をやり遂げた人物だ。それにクローンはすべて小田切圭子。小田切雅夫は娘を復活させようと、凄まじい執念で研究に取り組んできた」

「ちょ、ちょっと待ってくれ、岩谷君」

白鳥警部が手を上げた。

「そんなことが、クローンって、クローン人間だろ。そんなことって、できるものだろうか」

「できますよ」

乱風はあっさりと肯定した。まさか、そんなバカな、冗談だろ……。先ほど乱風に好意を抱きかけた蒲田まで首を振った。

「難しいことは省きますし、僕にもどうやればクローン人間が造れるのかわかりません。ですが、人間は、いや生物すべて単なる化学反応の連続的な積み重ねにすぎません。私たちがまだ全貌を解明していないだけです。生命体だけじゃない、この宇宙だって、基本原則は同じです。物質同士の必然的な反応です。起こりうるあらゆる反応が起こりますし、いまも起こっていると思いますが、生きることができない、残ることができない反応が起これば、それは消滅する。我々がこの世に存在するのは、単に生きるのに適した化学反応」

　白鳥警部は乱風に質問したことを後悔した。

「だからです。何でも起こっている中の残りものなんです。残りものという表現がいやだから、『選ばれしもの』なんていう偉ぶった言い方をするんですがね、人間は」

　みんながぼんやりしているのを見て、乱風は口を閉じた。誰もしゃべらない……。

「ああ……ですから、人間は細胞の塊、細胞はＤＮＡを機軸とした化学反応の塊。別のものが入り込む余地はない。すべて化学方程式で書くことができる。したがって、クローン人間を造るのは化学実験と同じです」

　乱風の言葉を捜査員たちの頭蓋骨が跳ね返している。

「事実、天下製薬の研究所には、さまざまな大きさの人骨があった。それもすべて同一人物のもの。いろいろな段階まで発育したクローンだ。小田切雅夫は徐々に娘の完成したクローンに近づいていったのではないでしょうか」

　乱風は長い体を椅子の中に納め直した。

「実は小田切雅夫はさらに別の殺人をも犯している可能性があるのです」

「それは中馬六郎か？」

「いや、中馬六郎と研究所跡から出た池之端三郎、それにもう一体の白骨については、手口が同じということで、こちらも小田切雅夫の可能性が強いのですが」

「まだあるのか?」

「それを先ほどO市警に行って調べてきたのです」

何人かが肩の凝りをほぐすだけのわずかに静かな時間があった。

「祥子が見たカルテの中に、やはり横紋筋肉腫の患者で、小田切圭子と同じような経過を辿った患者がいます。最初の医師の処置診断がまずく、大学病院で治療の甲斐なく死亡した患者たちです」

全員思考回路が動かない。

「山内晴美さんという最近死亡した患者さん、最初に診た医師は坂東雄大というのですが、この十二月九日、曽根崎新地付近で刺殺されています。同様の手口です。北新地署で確認ずみです。犯人は捕まっていません」

そろそろ喉が渇いてきた。何か飲み物を、とポケットに手を突っ込んだとき、携帯着メロが祥子からの電話を告げた。

「ちょっと失礼。祥子からです」

一同、全身の力が抜けた。

「ああ。やっぱり……。うん、今、説明中……三名。名前は……」

乱風は手帳を取り出して、何やらメモをした。

「ありがとう。じゃあ、今夜」

キスしかけて、ばつが悪そうに照れた表情で携帯を閉じた乱風は言った。

「天下製薬のまだ身元不明の白骨死体、もしかしたらわかるかもしれませんよ」

飲み物を買ってきます。ああ、地下の食堂のところに自動販売機がある。ちょっと行ってきます、というやりとりのあとで、乱風が部屋を出たのを機に、何人かがトイレに走った。

五分後には、全員が戻ってきていた。

「飲み物を買いにいく途中思いついたのですが、焼失した小田切邸から見つかったもう一体の人骨。おそらくは小田切圭子のものじゃないでしょうかね。DNA鑑定中ですよね。何らかの方法で、斎場に運ばれる娘の遺体を両親は自宅に隠したのだと思いますよ。それほど彼らにとって、圭子さんと別れることがつらかったに違いありません。それに肉体の一部を凍結保存しておけば、圭子の遺伝子DNAはなくなることがありませんからね」

そ、そんなことが……というざわめきのあいだに喉を潤した乱風は、話を戻しましょうと言葉を継いだ。

「あと三人、同じような患者さんがいます。お一人はまだ生きておられます。大学病院に通院中です。残るお二人は死亡されています」

「同じようなというと、その三名も誰か紹介の医師が」

白鳥が尋ねた。休憩のあいだに、少しは本来の自分を取り戻したようだ。

「ええ。祥子がそれぞれの患者のカルテを調べてくれました。紹介医師の名前は、向田《むこうだ》宗明《むねあき》、安藤琢磨《あんどうたくま》、冬木樹氷《ふゆきじゆひよう》です。住所は……」

「この中に身元不明の白骨が」

「たぶん。それぞれ消息を当たってみていただけませんか」

「しかし、小田切雅夫がどうして、見ず知らずの患者の紹介医のことなどわかるのだ？そのような患者がいることすら、わからないだろう」

「それが、これらの患者に共通点があるのです」

「共通点？」

「ええ。すべて木下修一医師が主治医なのです。小田切圭子の主治医だった木下医師です」

「ど、どういう意味ですか？」

「これは祥子が気がついたことなのですが、医学的な話ですから、詳しいことは省略します。要するに、今でも木下医師は小田切雅夫と深いつながりを持ちつづけている可能性が高い」

「小田切圭子が死んだのは二十年以上も前のことでしょう」

「ええ。先ほども言いましたように、木下医師は小田切圭子の初期治療がきちんとしたものであれば、助かったのではないかということを両親に伝えた可能性があります。いや、伝えた。だからこそ、小田切雅夫は杉山満彦医師を刺殺したのでしょう」

捜査員室の中の温度がどんどん上がっていくようだ。

「死んだ圭子さんは、木下医師に向かって叫んだそうです」


——もう、治らないんでしょう——

部屋に少女の叫び声が響いたような気がした。

——もう、治らないんでしょう——


蒲田刑事がうっと声を詰まらせ、目に手をやった姿が見えた。誰もが唇を噛んでいた。涙をこらえている。

白鳥が震える声を出した。

「すると、木下医師が、自分が主治医となった、その横紋筋肉腫の患者たちを診た最初の医師、それもまずい処置をした医師の名前を小田切雅夫に教えたということですか」

乱風はうなずいた。

「しかし、そんな自分と関係のない患者の、それこそ敵討ちのようなことまで、小田切雅夫がやるでしょうか。赤の他人ですよ」

「それについても、少し僕に考えがあります。小田切雅夫は狂気の研究に没頭した。研究というのは常人が考えるほどに生やさしいものではありません」

また研究の話かと、全員の表情が固まりそうになった。

「人を刺し殺す余裕があったかどうか……」

「何を言いたいんだ、君は？」

谷村の声だ。

「連続刺殺の真犯人は小田切澄江、雅夫の妻、圭子の母親じゃないかと」

「な、何だってぇ！」

「小田切澄江が……」

「そんなバカな」

「母親のお腹を痛めた子への想い、計り知れないものがあろうかと思います」

「あんなやり方、女性には」

「できませんか？　私の妻の祥子は合気道の達人です」

祥子には凶悪犯罪者と戦って勝利を収めた過去がある。本人申告の合気道二段程度とはとても思えない。乱風にとっても、祥子は取り扱いには充分注意がいる……というわけで、達人という表現が何のよどみもなく乱風の口から出てきた。

「はあ?」

どんな夫婦なんだ、この岩谷刑事と祥子という女医は、としばらく捜査員たちの脳細胞が遊んだ。

「小田切澄江がどのような技を持っていたか、いなかったか、それはわかりません。もし小田切雅夫が生きていたら訊いてみなければいけませんね。小田切澄江は近所の人たちの話によれば、娘の圭子が死亡したあと少し様子がおかしくなったようですが、小田切雅夫は彼女の面倒を見ながら、凄まじい研究をつづけていた。どこに行くにも一緒に連れて行ったでしょう。現に、今回の別府鉄輪温泉にも二人で現れている。一応、刺殺犯人の候補からはずすわけにはいかないと思います」

手口からすれば、一人の犯行、同類の凶器とみて間違いなかった。動機、殺人犯、いずれも乱風の話を聞けば、なるほどとも思えたが、連綿とつづく二十年を越す恨みが果たして連続殺人の根底に流れているのか、そこに小田切雅夫の研究成果の争奪が絡むのか……整理できない脳細胞のうめきに、捜査員たちはただ戸惑うばかりであった。

20 最後の患者

昨夜の甘い時間の余韻はなかった。診療に差しつかえるからと、乱風から送られたダイヤの指輪も、今朝の祥子の薬指に輝いてはいない。

祥子が大学病院に向かうと同時に、乱風もまたT市警に急いでいた。

今日の木下修一医師の診察予約の中に、祥子が探す患者の名前があった。

「午後一時四十五分、木下先生の今日の最後の予約に入っている……」

午前中、祥子はこれほどまでに集中力が中断されるのを経験したことがないほど、何度も時計を見た。針が進むのが遅い。

わずかに手が空けば、外科外来待合室に足を運んだ。

顔も知らない患者だ。外来に何度か姿を現した祥子に、一度ならず、外科外来担当看護師から声がかかった。

「先生。何か……」

「あ、いいえ……」

視線を巡らしながら、祥子は生返事で自分の持ち場に戻った。

午後になると、さすがに午前中よりは外来待合室にポツポツと空席が見られたが、それでも診察を待つ患者たちでいっぱいだった。

午後一時三十分。祥子は柱の影に身を寄せて、木下准教授の診察室付近に注意を向けていた。視界の端に、背の高い人影が映った。

近づいてくる女性の顔を見て、祥子の体が凍りつくように動きを止めた。

「白木《しらき》澪さん、診察室へどうぞ」

予約時間を十五分ほど遅れて、木下医師の患者を呼ぶ声がマイクから流れた。白木澪が立ち上がった。細い体がゆらりと空間を割ると、後ろから見てもモデルのような体形だ。スカートの下に伸びる脚が細かった。

長い黒髪が背にひろがり、まわりの患者の目が、澪が診察室の中に姿を消すまで追いかけていた。病院の雰囲気にふさわしくない、若く美しい女性の、絵のような姿であった。

患者たちは、今度は先ほどのモデルのような患者に優るとも劣らない美女が、白衣姿で空いた椅子に腰を下ろしたのを見て、目を瞠った。そのあとの反応はそれぞれだ。訝しげな視線を祥子の横顔に向ける者、遠慮なく祥子の顔を覗き込む者、隣の知り合いに何やら囁く者……。が、祥子の視線は木下医師の診察室の扉に固定されて動かない。

ときおり待合室を通る看護師も、病院一の美人女医が何やら身じろぎもせずに診察室を睨んでいるとなれば、声をかけようとしても、祥子の全身が拒絶の見えないベールで覆われているのを感じて、口をつぐんだ。

十分ほどが経った。診察室の中からは何の気配も伝わってこない。背筋を伸ばして腰かけている祥子の体も微動だにしない。

さらに十分が経った。ドアの向こうで人が動いて扉が開いた。患者が出てきた。患者の後ろに木下医師の影もつづいた。

目の前に立ち上がった白衣を見て、患者の目が大きく見開かれた。患者の肩越しに覗いた木下医師の目もまた、祥子の姿に激しく揺れた。

「どこか静かなところでお話しできませんか、白木澪さんも一緒に」

という祥子の要望で、三人は木下修一准教授室にいた。

「何からお訊きすればよいか……」

祥子はしばらくためらったあと、白木澪に目を移した。

「お目にかかるのは、これで三度目ですね」

姿勢を崩さず、澪は答えた。

「私は先生を何度もこの病院でお見かけしておりますわ」

「木下先生。このあいだの別府での学会のとき、こちらの白木さんもいらしてたのですね」

「君には嘘をついてすまない」

祥子の顔に一瞬不快な表情が走ったが、すぐに元に戻った。

「どうして隠していらしたのです。白木さんが先生の患者さんであることを」

「別府で君の部屋を別館アネックスのほうに取ったのは、近くにいて澪のことを気づかれるのを避けたからだ。妙な噂を立てられるのが嫌だったのでね」

「妙な噂？　これは無礼を承知でお訊きしますが、先生、白木さんとは」

「愛し合っている」

木下は平然と答えた。澪が小さくうなずいた。

「先生、それって……」

木下は手を前に出し、笑いながら言った。

「おいおい、倉石先生。僕は独身だ。変なことは考えないでほしい」

「まあ……」

すみません、と祥子は頭を下げて、ピシャリとひとつ手のひらで自分の頬を叩いた。

「ほらね。倉石先生でもそう思うでしょう？　僕がこの女《ひと》を学会に連れて行ったことがわかると、痛くもない腹を探られるからね。そんな世間一般のくだらない興味本位の戯《たわ》言《ごと》につき合っている暇はないんだ。重い病気を背負った患者には時間がないんだ」

「横紋筋肉腫……ですか……」

木下はうなずいた。澪の祥子に向けられた視線がさらに強くなった。

祥子は背に力を入れた。

「木下先生。私は山内晴美さんの主治医でもありました。彼女は、それなりに病気が進行していましたが、まだ少し生きていられる時間があった、と思います」

生きる時間が山内晴美をさらに苦しめる時間となったかもしれない、という想いがチラリと祥子の頭を過ったが、それを打ち消すように祥子は目を瞬いた。

「でも、山内さんは急死した。病理解剖の結果、転移再発していた横紋筋肉腫細胞が何らかの理由で飛び散って、心臓や肺の血管に詰まった、いわゆる腫瘍細胞塞栓と診断された」

「ああ、そのとおりだよ」

「少し変です」

木下の顔が緊張したように祥子には思えた。澪がかすかに身を動かした。

「何が？」

「もちろん、心臓の中に横紋筋肉腫が再発していたら、そのことを考えて心臓をよほど精査しないと、転移再発は見つからないでしょう。山内さんは肺にリンパ行性の転移はあったけれど、他臓器も含めて、血行性の転移は認められていなかったのです。それに、亡くなる直前に撮ったＣＴでも、肺野にリンパ管への浸潤を思わせる画像所見はあったけれど、腫瘍塊は認められなかった。ところが解剖所見では、肺野に無数の腫瘍塊があった。あれだけのもの、ＣＴに写らないはずがない。大きな矛盾がありました」

「何を言いたい？」

祥子は木下の質問には答えず、次をつづけた。

「山内さんと同じように急死した横紋筋肉腫の患者さん、先生の患者さんの中にあと三名いらっしゃいます。ここ二年ほどのことです」

祥子は持ってきたノートをひろげた。細かい文字がぎっしりと詰まっている。カルテ室でまとめたものだった。

「花村やよいさん、雪野なだれさん、宮内杏子さん」

「僕の患者さんだ」

「この方たち、臨床上では再発が認められていない。入院化学療法が計画されていた。にもかかわらず、急死。そして、彼女たちの解剖所見がすべて」

祥子は木下の目をじっと覗き込んだ。木下も見つめ返してくる。目を逸らさなかった。

「横紋筋肉腫細胞の塞栓。肺塞栓で急死です」

わずかに木下の目が揺らいだように祥子には思えた。澪はまるでそこにいないかのようだ。息の音さえひそやかで、空気の流れに混じり込んでいた。

「先生。怒らないでください。私の大胆な推理を申しあげたいと思うのですが」

「どうぞ……」

「先生は山内さんの解剖のときにおっしゃいました。横紋筋肉腫に対する免疫細胞の攻撃がどの程度のものか確認したいと」

木下の目がうなずいた。

「私は先生が何か免疫的な攻撃力を持った細胞、それも横紋筋肉腫細胞によく似た攻撃型リンパ球みたいなものを、患者さんに投与された、それも静脈から、と考えました」

木下は何も言わなかった。固く口を閉ざしているというふうでもない。澪にも動きがなかった。

「もともと、患者さんの心臓には横紋筋肉腫の再発はなかった。病理解剖で見つかったのは、先生が投与された細胞だと思います」

木下の目が先を促している。

「何らかの理由で、投与された細胞が患者さんの体内で固まった。本来ならば血管の中で細胞一個ずつで動かなければ危険なのに、大きな塊になってしまった。さらに、一部は心臓の弁に引っかかって、解剖のときに心臓内での転移再発と間違われた。さらに、固まった細胞が肺動脈や冠動脈で詰まった。だから腫瘍塞栓で患者さんたちは死んだ。山内さんは転移巣と見間違えるほどの塊まで、肺の中にできてしまった」

じっと見つめてくる祥子の視線を木下ははずさない。祥子はつけ加えた。

「もちろん化学療法のように、正式に認められた治療法ではありません」

木下は澪をチラリと見た。

「仮に、僕がそのような未認可の治療を勝手にやっていたとして、倉石先生はどうしようというんだ？　それに、山内晴美さん以外は腫瘍細胞の肺塞栓が死亡原因だ。山内さんだけは肺塞栓もあったが、冠動脈にも細胞が詰まっていたんだぞ。肺で詰まってしまえば、冠動脈にまでは行かないと思うが」

「先生は私を試していらっしゃるのですか？」

祥子の表情に厳しいものはない。むしろ穏やかだ。

「山内さんの心室には欠損部がありました。心室中隔欠損です。肺にも細胞が行ったでしょうが、中隔欠損部を通って、右心室から左心室に入り、大動脈へ出て行く。一部が大動脈基部にある冠動脈に詰まった」

「お見事だね。そのとおりだ。そこまで気づいたのなら、本当のことを話そう。たしかに僕は横紋筋肉腫細胞を患者さんに注射した。倉石先生の言うとおり、まさに攻撃的分子を細胞表面に発現した、いわゆるハイブリドーマ、融合細胞だ」

「ハイブリドーマ!?」

「ああ。ある人の横紋筋肉腫と、その人の攻撃用リンパ球を細胞融合させた特別の細胞だ」

「先生。その、ある人って、先生に横紋筋肉腫の研究を思い立たせた患者さんではないのですか？　もう治らないんでしょう、って叫んだ十五歳の少女」

一度言葉を切って、祥子は息を吐き出した。

「小田切圭子さん」

木下がうっと声をあげた。澪もまた大きく体を揺らめかせた。

「どうして小田切圭子の名前を……それにしても倉石先生……」

祥子は澪をじっと見た。そのあと視線を木下に移して強い口調で言い放った。

「先生。もう、止めてください！」

「そうはいかん」

即座に出た木下の声が低く小さいにもかかわらず、祥子は体を刺し貫かれたように思った。

「この治療は、今回で完成する」

「こちらにいらっしゃる白木澪さんに投与するということですか」

「この人も、少しずつ肺に横紋筋肉腫がひろがってきている」

祥子は息を呑んだ。顔に影が射した。急に悲しくなって、無意識に頭が下がった。

顔を落としたまま、祥子は囁いた。

「また、白木さんの体の中で、固まって詰まりませんか」

そして顔を上げた祥子は叫ぶように言った。

「白木さんが、澪さんが死にます！」


「今度は大丈夫だ」

木下はかすかに笑いを口元に浮かべながら、確信を持つように言った。

「細胞が、あ、この細胞の名前はＫＥＩＫＯ－Ｌと言うんだが、患者さんの体内で細胞塊を作る理由がわかったんだ。患者さん自身の組織適合性抗原の種類がひとつ、さらに細胞の注入速度だ。幸い澪はＫＥＩＫＯ－Ｌ細胞にまずい抗原蛋白質のない体だ。あとは一気に大量の細胞を入れないことだ」

木下の言葉を聞きながら、祥子はときどき澪に視線をやった。澪の表情に変化はない。木下を見つめる目がキラキラと輝いている。木下のすべてを信頼している目であった。

「大丈夫なのですか、本当に？」

「ああ。その前に、僕は自分に打ってみるつもりだよ」

「ええっ!?　せ、先生ご自身に」

「最愛の人に未知の治療を、いや未知ではないか、とにかく難しい治療を行うんだ。安全性を確実なものにしなくてはな」

「ちょっと待ってください、木下先生。それじゃあ、これまでの患者さんは」

「毎回、患者さんに投与する前に、僕は自分自身で試してみたよ」

「ま、まさか……」

木下の顔が阿修羅のように見えた。自らの命を賭《と》しての治療実験だった。

「それでどうして細胞が固まらなかったかと訊きたいんだろう。先ほど言った抗原、僕にもない。わかったのは一昨日のことだ。細胞が固まってしまった患者さんには、知らぬこととはいえ、本当にすまなかったと思っている。それに僕自身に投与した細胞は、数が少ない。治療用に限られた数の大切な細胞だ。健康な僕に浪費するのは本末転倒だからね」

「それほどまでに……先生はご自分でも」

「僕はね、小田切雅夫という人物を百パーセント信頼しているのだ」

突然、小田切の名前が出てきて、祥子は仰天した。

「小田切雅夫さんって……圭子さんのお父さん」

「よく知ってるなあ、倉石先生。さすが凶悪犯と戦って勝利した女傑だ」

「そんなこと、どうでもいいです。それより」

「ああ。ＫＥＩＫＯ－Ｌは名前からわかるだろう。小田切圭子の父親、小田切雅夫が造ったハイブリドーマだ。あ、小田切先生は科学者だよ。とてつもない研究をしていらっしゃる」

「ちょ、ちょっと待ってください」

祥子は少しばかり焦りはじめた自分に気づいた。

「澪さんの治療……」

祥子の顔色が急に変わったことに木下は気づいた。

「どうした、倉石先生？」

「ご存じないのですか!?」

祥子の声は悲鳴に近かった。

「小田切さん、行方不明です。亡くなったか、あるいは拉致されたか……。それに、そのＫＥＩＫＯ－Ｌ細胞、どこで造っているのです？　小田切さんの家、全焼したんですよ」

祥子の言葉に驚愕の声をあげたあと、木下と澪の顔にはたちまちのうちに絶望の色がひろがった。

「な、何だって!?　小田切先生が……。く、倉石先生。君がどうしてそんなことを知っている！」

祥子は乱風との推理、乱風からの情報を、言葉を選びながら話した。途中から澪の目に溢れ、流れ落ちる涙が止まらなくなった。澪のつぶやきが何度も祥子の耳に沁みてきた。

――もう、おしまいね――

「み、澪はどうなるんだ。いや、澪だけじゃない。これからの横紋筋肉腫の治療はどうなるんだ。小田切先生の研究をほかの研究者に期待することは、とうてい無理だ。治療だけじゃない。再生臓器、クローン、いずれも先生の研究は何十年も先を走っていたんだ。それをいったい……」

木下は頭を抱え、髪を掻きむしった。

「あなた……」

「澪……」

机の上に置いた木下の携帯がブルブルと大きく振動した。いささか耳障りな音だ。

「こんなときに、誰だ……？」

えっ、と木下の体が弾けるように起き上がった。

「小田切先生！！」

たちまち携帯が木下の耳に貼りついた。澪が木下の腕に取りすがった。

「も、もしもし、せ、先生ですか！」

澪もまた、携帯に耳を寄せながら、涙に崩れた目をじっと祥子に向けている。祥子は、これはきっと何かいいことに違いないと考えた。目の前の木下の顔が一気に明るくなってきたのだ。

「わ、わかりました。事情はよくわかりました。とにかく、細胞は大丈夫なのですね」

そうよ、今日はクリスマスイブ……。

小田切雅夫が生きている……細胞も残っている……。

やっぱり澪さんにも、サンタさんが……。祥子はなぜか乱風の顔を思い浮かべていた。夕べ、乱風は祥子の指に大粒のダイヤの指輪を静かに差し込んでくれたのだ。長く白い指に、七色どころか何色あるかわからない煌めきが、純粋な美しさを放っていた。

祥子は澪の胸に視線を這わせた。どこが病魔に侵されているのかと思えるほどに、美しい流れるような体のラインだった。だが、目を凝らせば、服に包まれた肉体の奥底に、不気味に笑ういくつもの悪魔の細胞が蠢いているのが見えるような気がした。

「先生、今どこに……？」

木下は携帯を耳から離して閉じた。

「切れたよ。でも、間違いなく小田切先生の声だった。生きていらっしゃる。お宅の研究室の細胞はすべて焼かれてしまったらしいが、今、別の場所で細胞を培養中というお話だった。事情はよくわからなかったが、今後もそこで研究をつづけられるらしい。大丈夫だ。澪の治療ができる」

よかった、と木下はもう一度つぶやいて、澪を見た。慈愛に満ちた目に、安堵したやわらかな光が宿っていた。澪が大きく息を継いだ。

「木下先生。小田切先生は今どちらに」

祥子の問いに、木下はため息をついた。

「おっしゃらなかった。プツリと切れてしまった」

「天下製薬研究所の再興かな……」

祥子のつぶやきは二人には聞こえなかった。

翌日一人の男が木下修一医師を訪ねてやってきた。黒いサングラスに大きなマスク。明らかに顔を隠している。さほど寒くもないのに、手袋まで着用していた。指紋を隠す目的と思えた。

木下に差し出した手提げ袋の中には、白く濁った液体を満杯にした点滴バッグが二つ入っていた。取り出して見ると、ひとつにはＫＥＩＫＯ－Ｌ、もう一方にはＫＥＩＫＯ－Ｘの文字が鮮やかに印字されていた。

「小田切さんからです」

「小田切先生はどこです？」

「お答えできません。私の役目はこの細胞を届けることだけです。なお、投与の結果については、こちらに連絡ください」

男は連絡先の電話番号を書いたメモを渡した。

「登録されておりませんから、場所を探すのはご無用に願います」

男は釘を刺すのを忘れなかった。

「この治療で不充分な場合、さらに細胞がいる。そのときは」

男は手を上げた。

「いずれにせよ、小田切さんから連絡が入るでしょう」

「間違いないな」

「くどいですな。では」

男はあたりに気を配りながら、やがて病院外来の雑踏を抜け、外に姿を消した。


澪が病室のベッドに横たわっている。横には木下医師が緩みのない真剣な表情だ。ベッドを挟んで反対側には、祥子が緊張と不安を混合させた複雑な顔で立っている。美形にゆとりがなかった。

白木澪は一泊の治療入院をしていた。

「ここに、二種類の細胞がある。ＫＥＩＫＯ－Ｌは横紋筋肉腫細胞攻撃用、そしてこちらのＫＥＩＫＯ－Ｘは腫瘍が破壊されたあとの組織を修復する再生細胞」

祥子の目が大きく見開かれた。もとより白く濁った液しか見えないが、すべて細胞だ。祥子の常識をはるかに超えた、いや、現代の医科学の水準からもとうてい考えられないような機能を搭載した細胞であった。

祥子が震えを感じるのは、次元の違う科学に触れたからだと思われた。

「ごく一部、澪に投与する細胞の上前をはねて、こちらの注射器に移してある」

悪戯っぽく笑いながら、木下は白衣のポケットから二本の小さな注射器を取り出した。中に真っ白の、いかにもドロリとした液体が三ccほど入っている。

「いつもは自分で少々難儀しながら打つんだが、今日は倉石先生、君が僕に投与してくれる？」

「え？　私がですか」

「ああ。頼む」

木下は椅子に腰を下ろして、腕をまくり上げた。

「よろしく」

「わ、私……」

「おや。殺人犯と闘っても平気な女傑が、尻込み？」

「からかわないでください」

「倉石先生。私からもお願いします。打ってください」

　澪が上半身を起こしながら言った。

「ゆっくりと、KEIKO－Lから静注してもらおう」

　木下に躊躇いはなかった。それほど確信があるのだろう。腕を突き出されては、祥子もあとに引けなかった。

　正式な治療法でもなく、また人体に投与するということで本来ならば病院の倫理委員会の許可が必要なはずだが、祥子の頭からはすでに一般社会の悠長な思考過程は駆除されていた。こちらは命がかかっている。

　頭の中が真っ白だと祥子は冷静に判断した。木下の肘静脈の青さが際立っていた。駆《く》血帯《けったい》を巻き、アルコール綿で皮膚を消毒し、静かに静脈に針を突きたて、血液の逆流を確認して、駆血帯をはずす。

「ゆっくりと……」

「はい……」

　静かに白い液体が木下の血管の中に吸い込まれていく。澪が瞬きもせずに見守っている。

「大丈夫ですか」

「ああ。何ともない。もう少し速くてもいいよ」

と言われて、注射器を押す指に余剰の力が入らなかった。速く投与すると固まるとわかっていて、細胞の塞栓による結果がいかに生命に重大な結果をもたらすかを認識している。注入速度を速められるはずもなかった。

「入りました」

大きく息を吐き出して、祥子は注射器を木下の静脈から抜いた。

「じゃあ、今度は反対の血管から、KEIKO－Xだ」

何事もないように木下は右肘を曲げて止血しながら、今度は左腕を祥子の目の前に突き出した。

音もなくKEIKO－Lが澪の静脈に吸い込まれていく。点滴チャンバーの中の雫は、じっと見ていれば、眠りを誘いそうだ。

点滴を開始してからすでに一時間以上が経っていた。そのあいだ、木下はピタリと澪の側につき添って、注意深く澪を観察していた。ときには、血圧を計り、呼吸音、心音を聴診した。

澪はときどき、まぶたを開いて目を動かし、木下の顔を求めたが、ほとんどの時間、目を瞑ったままだった。呼吸に乱れはない。

「倉石先生。先生の患者さんは……？」

「午前中にすべて回診しました。皆さん、落ち着いていらっしゃいますから」

要するに、澪をずっと診ていたいということだ。木下は口をつぐんで、また澪の顔に視線を戻した。

ＫＥＩＫＯ－Ｌがすべて澪の体に入った。木下はＫＥＩＫＯ－Ｌのルートのクレンメを閉じて、今度はＫＥＩＫＯ－Ｘ側のクレンメを開いた。また眠たくなるような雫を確認すると、腰を下ろして腕を組んだ。目を澪に固定したまま、木下が祥子に声をかけてきた。

「あと、一時間だ」

祥子は澪に近づいて、呼吸の様子をうかがい、腕を取って動脈の拍動を確認した。澪に変化はない。ただ静かにベッドに横たわっているだけだ。

祥子は澪の胸をじっと見つめた。肺の中で幅を利かせていた横紋筋肉腫細胞は駆逐されて見えなかった。悪性細胞が存在しなくなったところを再生細胞が次々と消えていく様子が見えるようだった。

目を上げると、木下の視線と合った。何を語るでもなく、木下の目はただ清《す》みきっていた。

21 光明

木下医師のところに小田切雅夫から電話がかかってきたことを、祥子は木下の部屋を辞したあとただちに乱風に知らせていた。

T市警ではすでに、小田切邸の焼死体の三名の特定が終わり、小田切雅夫は間違いなく拉致されたという結論に達していたところであった。

「やはりな。小田切は生きていたか」

「どうやら、どこかで研究をつづけているのは間違いないようですね」

谷村と乱風のやり取りだ。M市警の白鳥も夕刻には駆けつけてきている。小田切邸焼け跡から新たに見つかった凶器と思われるナイフのことを告げにきたのである。

下柳科学捜査班長も、今日は珍しく解剖はないなあと笑いながら、谷村の横に腰かけていた。

「研究をする場所、どこかにあるのか？」

「クローン人間の研究など、外に漏らすわけにはいかないでしょうから、一般企業の研究所なんてことはありえないだろうなあ……」

乱風は宙空を睨みながらつぶやいている。

「小田切雅夫を拉致したのは、天下製薬研究所の元同僚たち。とすれば、新しい研究所がどこかに……」

「川村末男が仲間に轢き殺された道路は、小田切邸から箕面山中に入るドライブウェイだ。連中はその道を山のほうに向かっていた。何カ所かあやしい建物はある。一応、それらしきところは捜査員が当たってみた。だが、捜査令状もない。中に踏み込むわけにはいかない」

「いい手がありますよ」

乱風が手を挙げた。

「先ほどの祥子からの電話。明日、小田切雅夫から木下医師に治療用の細胞が届けられるそうです」

「木下医師？　治療用の細胞？」

谷村は助けを求めるように、下柳を見た。下柳が何も言わないので、仕方なく谷村は、とりあえず自分で扱えそうなほうで話を進めることにした。

「木下医師については、早急に事情を訊く必要がありますな。小田切雅夫に患者の紹介医師の名前を知らせたという」

乱風はうなずいた。

「たしかに……。ですが木下医師は今、白木澪という横紋筋肉腫患者の治療にすべてを賭けているようです。小田切雅夫が届けるという細胞を使ってね。これも祥子と話し合ったのですが、小田切雅夫の研究、クローンとか再生臓器とか、彼の科学のレベルから考えると、おそらくは現代の医療の中でも突出した治療法に違いない。よほどのものだろうと想像できます」

「すまないが」

谷村警部が手を上げて、乱風を制した。

「先ほどから聞いていると、クローン人間を造ろうとしている小田切雅夫が、横紋筋肉腫治療用の細胞も提供するということだが、どうつながるんだ？」

「本人に直接訊いてみないことには、はっきりとはわかりませんが、僕にいま言えることは、小田切雅夫はおそらくは人間の細胞を自由自在に扱える、言ってみれば、いろんな機能を持った細胞に分化させることができる方法を発明したのだと思いますよ。その集大成がクローン人間、一人の人間の再生ということです」

また理解を超えそうな話に、捜査員から表情が消えたのを見て、乱風はこれ以上の説明を省略することにした。

「とにかくいまは患者さん、白木澪さんの命が、この際、最優先課題だと思います」

乱風は、声を大きくした。

「木下医師を尋問するのは、治療が終了してからでも遅くはないと思います。それに、小田切雅夫もまた、連続刺殺事件の犯人あるいは共犯である可能性が高いのですが、研究をつづけている彼の身柄を確保した場合、どう扱うか……」

「そりゃあ」

当然逮捕だ、という捜査員たちの意気込んだ圧力を、乱風は手で振り払った。

「身柄を拘束してしまえば、彼の研究は終わってしまいます。治療だって、中断のやむなきに至るかもしれませんよ」

「しかし、連続刺殺犯あるいは共犯の疑いのある人物だ。目の前にして放っておくことなどできない。前代未聞だ」

「放っておくわけではありません。厳重な監視下で研究をつづけてもらう」

「犯人を野放しにしておくなどということが世間に知れれば、また何を言われるかしれん」

「ですから」

「とにかく、逮捕せねばならん。研究のことは二の次だ」

谷村は声を荒らげた。犯人とわかっていながら自由に研究させるなど、彼、いや警察の思考回路としてはありえない。

下柳のやわらかい声が、尖った谷村の声に絡んだ。

「いや、谷村警部。私の意見を言わせてもらっていいかな。岩谷君の言うこと、いちいちもっともと思う。これだけの研究、止めるのは人類の損失というものだ。小田切が今、どこでどうしているのか知らんが、みんなはあの天下製薬の研究所のことを覚えているだろう。あれくらいの設備が必要だろうと思う。小田切がそのようなところにいることは、想像に難くない」

乱風は下柳の後押しに目を輝かせて、声を大きくした。

「いずれにせよ、小田切を見つけなければならない。どうしますか？　先ほど研究所の場所の特定に、いい手があると言いましたが、明日、細胞を届けにくる人物、おそらくは行方がわからない天下製薬研究所員の一人でしょうが、そいつの身柄を確保して訊き出せばいい、あるいは追跡して、まず間違いなく研究所に戻るでしょうから、そこを突き止めればいい、と考えたのですが」

下柳が答えた。

「しかし、そうなると研究所のほうで抵抗するだろう。小田切はともかくとして、ほかの研究員が抵抗してくるのは目に見えている。小田切邸を焼き払い、仲間を轢き殺した連中だ。研究員とはいえ、いささか乱暴なやつらのような気がする。まずいのではないか」

「そうなんですよね。それに、あれほどの研究室、そういくつもあるとは思えない。全焼した小田切邸のようなことがまた起こったら」

「それこそ、貴重な細胞や組織、すべてを失いかねんぞ」

「それが一番まずいですね」

乱風と下柳の医師科学者としての思考回路は、警察関係者たちには異質のものだ。谷村をはじめ捜査員たちは、イライラしている。

乱風はつづけた。

「そもそも、研究所員が小田切を拉致したのは、彼の研究が目当てでしょう。充分な悪意がある。純粋な目的とは思えない。天下製薬にしても、何を目論んで、所員の存在をカモフラージュしてまで、あの研究所でやろうとしていたのか」

乱風は口をつぐんでいる捜査員たちを見まわした。

「ひそかにクローン人間の研究をやっていたのは間違いないことでしょう。ただ、小田切一人の手で、飛躍的に研究が進んだ」

その根源には、一人娘を病に奪われた、いや、一人の未熟な医師に愛娘《まなむすめ》を奪われた恨み、小田切の怨念がある……と乱風は口には出さなかったが、小田切圭子が体の中で叫んだのがわかった。

——もう、治らないんでしょう——

「小田切圭子のクローン……見てみたい気がする」

ギョッとしたように、捜査員たちの視線が乱風に集まった。

「ねえ。下柳先生。医師として、いや、科学者として、小田切圭子のクローン、見てみたくはありませんか。小田切雅夫の研究、それが狂気であろうと、怨念であろうと、完成をぜひ見てみたい……」

耳の大きなピアスが放つ無限の色が、見ている捜査員たちを幻想の世界に引きずり込んでいくようだった。

木下医師に細胞を届けた伊藤良一は、研究棟を抜けて病院外来の雑踏に紛れ込むまで、前後左右に絶え間ない注意を怠らなかった。

早朝から治療用細胞を調整していた小田切雅夫より点滴バッグ二つを受け取って、指令どおりO大学消化器外科木下修一准教授に手渡したときには、すでに昼をまわっていた。

伊藤の頭のなかでは、常に警戒の二文字が浮かんでいる。細胞を届ける指令が出たときに、同時に所長の声が頭の上から響いてきたのだ。

「明日、小田切から細胞を受け取って、木下医師に手渡したあと、ここには戻らないでもらいたい」

「どういうことですか？」

「よけいなことは知らなくてよい」

「いつ帰ってくればいいですか」

「追って携帯に連絡する」

「あの……」

所長の返事はなかった。これまでと同様、まったく一方通行だ。

研究所には来るな……伊藤はキョロキョロと眼球だけをせわしく動かしながら、まだ混雑する外来受付前の広い待合室を抜け、玄関から外に出た。右手には客待ちのタクシーが何台か並んでいる。

伊藤はタクシーのほうに向かいかけて、ふと立ち止まり、ぐるりとまわりに視線を巡らせた。

〈国立O大学医学部附属病院〉と出ている正面玄関の入り口横で、二人の男が立ち話をしている。少し離れたところでは、伊藤と目が合った男が、慌ててポケットを探るしぐさをした。

伊藤のほうに視線をチラチラと送りながら、携帯にしゃべりかけている男がいた。

左手にある駐車場のほうからは、いかれたなりの背の高い若者が、両耳に隙間がないほどピアスを煌かせ、伊藤のほうに歩いてくる。

老夫婦が手を取り合って、伊藤の側を通り抜けていった。タクシーに乗るでもなく、先のバス停留所のほうにゆらりゆらりと歩いていく。

誰もが伊藤を見ているような気がした。たしかに監視されている……と伊藤は思った。

「仕方がないな。所長の指令もある。家に帰るか。それにしても……」

伊藤は目の前上空に架けられたモノレールのコンクリート建造物を目で追った。今しも彩都学研都市から万博公園に向かうモノレールが大きな音をたてて、駅に滑り込むところであった。


「木下医師に細胞を届けた男、自宅に戻りました。肩すかしです」

蒲田刑事が悔しそうに谷村警部に報告している。

「伊藤良一という名前の男です。これまで行方不明のリストに上がっている一人です。交代で一人、張りついていますが」

横から乱風が口を挟んだ。ほかは出払っていて、捜査員室は閑散としている。

「しばらく家には帰っていなかったんですよね。小田切邸の襲撃以来」

妙だな……つぶやきが出た。

「モノレールの中で、どこかに電話していましたよ。ちょっと怒ったような表情だったな。研究所に首尾報告かと思いましたが、今から考えれば、家にでも連絡していたんですかね」

「てっきり、細胞を小田切から受け取った場所、新しい研究室だと思いますが、そこに帰ると思ったのに」

昨日の捜査会議の結論では、とにかく研究所の場所だけは突き止めようということに落ち着いた。

乱風と下柳は、研究所に捜索がおよび、小田切の研究が中断あるいは中止されることに強い懸念を示しつづけたが、治療については祥子から逐一情報を入れてもらう、治療が完了したことを確認してから諸々の捜査を行うということで、二人はようやく納得したのだ。

捜査員たちはともかく、乱風も下柳も医師として、小田切の研究については、格段の興味があって当然だった。乱風には確信があった。祥子もクローンの完成を見たいに違いないと。

十五歳の若さで散った薄幸の美少女が突然クローン人間として現れるわけではない。小田切圭子の遺伝子DNAを過不足なく内蔵した細胞が発育して、胎児の形の圭子になり、乳児の圭子に発育し、さらに成長して十五歳になるまでには、やはり十五年が必要と考えられた。よほどの細胞分裂促進法でもない限り、時間の進み方は同じだ。

「今日は、下柳先生、お見かけしませんね」

「クリスマスくらい、のんびりされたらいいんじゃないですかね。とにかく、ただでさえ業務が忙しいのに、毎日毎日、解剖つづきですから」

「へえ？　そんなに解剖ですか？」

「先生、本来なら死体はすべて解剖し、きちんと死因を確定しなければいかんと。日祝なしですよ。あれほど解剖が好きな人間って、いるんですねえ」

「そんなに……。こちらの科学捜査班が日本一の設備と実績を誇るのもわかるな。下柳先生が」

「一度、岩谷さんも下柳先生の解剖見られたらどうです？　何しろ解体ならびに修復作業、ほとんど自動ですから」

「自動……ですか」

「全部、機械がやってくれます。切った皮膚を縫うのなんか、見ものですよ」

警部は不遜《ふそん》な言葉を吐いた。

「ミシンみたいな機械が死体の上に載っかったかと思うと、あっという間に人間の縫製があがるんですから」

「はあ……」

乱風はたしかにミシンが解剖死体の上に載って、次々と皮膚を縫い合わせていくさまが見えたように思えた。

「まあ、今日はクリスマス。死ぬのもクリスマスだけは楽しんでから、ということだな。ホームレスの死体もお休みだな」

「それにしても、それほどホームレス、死人が出るのですか」

「ああ。けっこう多いんだ。そもそも人口がバカにならないからね」

谷村はホームレスが異常に多いと言いたいようだ。

「たしかに、外側の検死だけで異状なしとした死体にも、胡散臭いのがいくらでもありますからねえ。死者全例を解剖して、正確な死因を把握すべきなんですよね」

その体制が整っていない。乱風は以前会ったときより少し痩せた下柳の顔を思い浮かべながら言った。自らの使命と課した業務に没頭するあまり、体調を崩さなければいいが……。

「下柳先生、おいくつですか？」

「いくつだったっけな？　五十代半ばじゃなかったかな」

谷村は蒲田刑事に同意を求めた。蒲田はやや首を傾げている。下柳の年齢など考えたこともなかったらしい。うなずきながら乱風はつぶやいていた。

「そうですか。そんなに解剖をねえ……。時間を問わず解剖か……」

乱風の脳は二つに分かれて働いていた。半分は研究所の所在地のことを追いかけていたが、半分は祥子のこと、いや、届けられた細胞を使った白木澪の治療の進行を考えていた。

昨日の祥子と木下医師のやりとりから、白木澪への細胞投与は、今度こそ科学的にも安全ということだった。しかも、澪に使用する前に木下自身が安全性を試すという。このような医師が今までいただろうか……。祥子も乱風も昨晩は深いため息を何度もついては、互いの顔を見つめ合ったものだ。

祥子は言った。

「小田切雅夫の父親としての、研究者としての、凄まじい執念を感じる。そして、木下先生にも愛する人への自己犠牲もいとわない、とてつもない情愛を感じる」

「こうなると、命への想いだけだな。やっていることの善悪など超越した、いや、よいとか悪いとか評価するべくもない、ただ愛するものへの想い、何ものにも代えがたい生命への想いだな。僕たちに小田切さんの……」

乱風が連続殺人犯かもしれない小田切雅夫を「さん」づけで呼ぶのはこれが初めてだった。

「……研究をとやかく言う資格などあるのだろうか。ただひたすら、治療が成功することや、研究が完成することを見届けたい気がする」

二人の想いは同じところに向いていた。最早、殺人犯を追うという気持ちなど、どこかに消えてしまったかのようだった。

そして今、乱風は小田切が造った治療用の細胞が白木澪に投与されているであろう情景を思い浮かべていた。まさに治療が進行中のはずだった。祥子が見守っているに違いなかった。木下が澪に寄り添い、すべての慈愛を注いでいるに違いなかった。

乱風は目を閉じて、息を整えた。そして、心の中でひたすら澪への治療が滞りなく進み、効果が現れて澪が病から救われることを祈りつづけた。

静かになってしまった乱風を、谷村も蒲田も不思議そうに見つめるだけだった。

祥子からはまだ連絡がなかった。

どこかにあるはずの新研究所——、乱風らは小田切が研究をつづけていると思われる場所をそう呼ぶことにした——を求めて捜索の手をひろげたが、成果はなかった。不審な建物はいくつか見つかったのだが、格別の情報は得られなかった。

異次元の世界とも取れる細胞研究が、実は昨今流行のクリスマスを飾るライティング派手派手しい樹木の奥のラブホテルで行われていることなど、利用客さえ気がつかなかった。

時期が時期だけに、二十室ほどある部屋は満室で、昨夜から今夜にかけて、何組もの男女が入れ代わり立ち代わり出入りしていたのだが、彼らはクリスマスという美酒に身も心も酔いしれていたから、胡散臭い男たちが仮に横を通ったとしても関心の対象外だった。

もちろん男たちも周辺の気配にすべての注意を払いながら移動したのだが、駐車場が余人すなわちホテルの利用客と接触する可能性の最も高い場所だった。

そのことを知ってか、樹間の暗い道路を、規則正しく石を踏む音をたてながら近づいてきた車は、早めにライトを落とし、チカチカと瞬《またた》くライティングの光のみを頼りに、〈ホテル竜牙城《りゅうがじょう》〉の駐車場に滑り込んだ。

運転席から男が一人出てきた。

闇に黒い影だけが、音もたてずに道を求めて駐車場内を過り、〈客室〉と斜め上方に示した矢印の表示を無視して、さらに奥の鉄扉の前まで進んだ。

ここで男は、背後の闇に視線を巡らせた。動く影はなかった。空気の流れさえも感じられなかった。

鍵をまわす音、軋んだ鉄扉の開く音がして、男の影がさらに暗い口を開いた闇の中に溶け込んだ。男のつぶやき声が扉の中に消えた。

「家になんか、じっとしておられるか……」

「うまく行ったんだね、治療」

「何事も起こらなかったわ、澪さんにも木下先生にも」

「よかった……」

乱風と祥子は遅い夕食を摂っていた。

「電話がないから、やきもきしていたんだ」

「澪さんにKEIKO－Xの投与が終わったのが、もう七時をすぎていたのよ」

「よほど慎重にやったんだな」

「ええ。万が一にも細胞がどこかで固まったら、取り返しのつかないことになる。木下先生はああおっしゃったし、ご自分でも試された。それでも不安だった」

「そりゃそうだろ。投与した細胞の数、いったいどのくらいなんだ？」

「わからないわ。想像もつかない。でも点滴バッグ、けっこうふくらんでたから」

「投与したあとも、何も？」

「ええ。終わってから、まだしばらく澪さんの様子を見ていたのだけど、ヴァイタルも安定していたし、何事も」

「それにしても、これで澪さんの肺転移が抑えられたら、画期的な治療法だな。小田切雅夫という男……」

「どうする、これから？　だって、小田切雅夫は連続殺人犯かもしれないのよ。乱風が言うように、本当に手を下したのは奥さんの澄江さんかもしれないとしても、犯行時には一緒にいたはずでしょう」

「祥子は夕べ言ったよね、小田切圭子のクローンを見てみたいと」

乱風は話の方向を変えた。

「え？　ええ……」

「とすれば、小田切を拘束するわけにはいかない。拘束するとしても、研究を自由につづけられる形でないといけない」

「できるの？」

「きわめて難しい」

乱風の顔に笑いはなかった。祥子の左右の目を代わるがわる覗き込んでくる。

「可能だとしても、手続きうんぬんとうるさい連中にウンと言わせるまでには、かなりの研究中断を余儀なくされる危険性がある」

「そんなことになったら、培養してある細胞が」

「凍結保存してあるものがたっぷりあるだろうから、万が一、培養している細胞がダメになっても、また興《おこ》せばいい。だが、クローンの完成が遅れるだろうな」

「澪さんの治療だって、今回の一回だけで完全かどうか。当面、そっちのほうが」

「小田切にとっては、どちらも同じくらい大事だろうがね。それにしても、小田切という科学者……一度会ってみたいものだ」

祥子もまた、大きくうなずいた。

「いずれにせよ、小田切の身柄拘束後の処遇について、格別の配慮をしてもらえるよう、前もって手を打っておかないといけないだろうな」

「もうひとつ、気になっていることがあるんだ」

「何？」

「天下製薬近畿支部研究所は二棟あった。僕が行ったときには、すでに北側の研究棟は壊されたあとだった」

「クローンが見つかったのは南の棟のほうだったのね」

「ああ。解体工事を行った現場の人からの情報では、北側の研究所には、クローンを収容していたような頑丈な建造物はなかったそうだ。もちろん、白骨なんかも出ていない」

「再生医療や何かじゃないの？　南と別の研究でも？」

「敷地内での場所は少し離れている。同じことをやっていたというのなら別にかまわない。そもそもクローン人間の研究、最初からあの研究所の極秘のミッションだったような気がする」

「ミッション？」

「ああ。天下製薬の性格は、祥子が一番よく知っているだろ。しかも、名簿をごまかした連中が研究に携わっていた。いや、同じクローン人間研究、再生臓器研究ならいいんだ。ただ……」

「何か別の？」

「天下製薬というところ、きわめつきのひどい会社だった。薬害を知りながら、儲けに走った会社だ。人の命など何とも思っていない。それに、天下りも含めた中央省庁の役人が絡んでいる。そんな会社のさらに隠れた研究所。ひそかな人間クローンの研究……。純粋な科学的探究心によるクローン研究ではなくて、別の目的、たとえば臓器売買、もっと大きく考えれば洗脳されたクローン人間による軍隊、そんな目的があったかもしれない。そのクローン研究に優るとも劣らない恐ろしい研究、常人が思いもつかないような研究……」

「乱風……常人が思いもつかない恐ろしい研究……って……」

「いや、僕にもわからない。だが、人間、何を考えるかわからない。科学の興味を突き詰めれば、何かをほしいと思えば、人間の欲望なんてとどまるところを知らないんじゃないかな」

「人が人を造る以上の研究って、何かあるの？」

「逆がある」

「え？　逆って？」

「人が人を人知れず葬る方法さ」

22　新研究室

娘の圭子が死んでから、小田切は執念、いや復讐の鬼であった。それは小田切自身が強く感じつづけたことでもあった。圭子の診断、治療判断を誤った医師、そして圭子を倒した横紋筋肉腫への復讐であった。

小田切雅夫だけではなかった。圭子の母親もまた同様であった。小田切澄江もこれ以上にない悲しみを、いつしか激しい怒りに変えた一人に違いなかった。

胸を刺し貫かれ、絶望的な視線を小田切のほうに向けて、切ない息を吐き、目を静かに閉じた澄江の全身がたちまちのうちに大きな炎に包まれていった。

光の乏しい空間に視線を這わせている小田切の目に、つい先日の悲劇が蘇ってきていた。

「では、これからお二人には、我々の新しい研究所に移っていただく」

着物姿の澄江の右腕が曲がって、背の帯にあてられた。その手が前に突き上げられた。人の陰で何も見えなかった。久保田が焼けるような痛みに上半身を折った残りの空間に、赤い飛沫が舞い上がった。久保田の心臓が拍出する血液は、ほとんどが胸腔内に噴出して、たちまち血胸をつくり、肺を押し潰した。

間髪をおかず澄江の腕は今度は逆に折れ曲がり、腋の下から手を差し込んで澄江の自由を奪っていた後ろの男の横腹を払うように突き込んだ。肝臓右葉が大腸もろとも裂き切られた。ほとんどの血液は腹腔内に数秒とおかず充満した。

「ギャッ！」

「ぐうっ！」

二つの叫び声はほぼ同時に起こった。緩んだ腕を抜けた澄江が、ものも言わずに、横の男に体をあずけた。もちろん手に握られた長いナイフは澄江の先を走っている。

避け切れなかったこの男もまた、心窩部《しんかぶ》正面から左上方に向けて、ナイフの刃をすべて体内に吸収することになった。

先端が左肩甲骨内面に当たった衝撃で、少しばかり押し戻された澄江は、無言で次の目標に向かった。振り向けられたナイフをつかんだ男の指が四本、途中から切り落とされた。

「わああ……」

さらに獲物をと、目だけは遠くを見たままの澄江が体を廻すと、誰かが澄江の脚を払った。すでに床は血溜まり、澄江はどろどろとした鉄のにおいがする液体の中に倒れ込んだ。

「ああ……」

苦痛とも絶望とも取れる澄江のか細い声が、ヒューという音とともに洩れた。

「澄江！」

駆け寄った小田切は、倒れた澄江の右胸背部に突き立った十センチほどの赤い切っ先を見た。

「澄江……」

血に染まりながら澄江を抱き起こすと、ぐったりと力なく、顔から血の気が失せている。

すでに浅い呼吸であった。

「澄江……」

小田切のまわりを澄江の襲撃を逃れた男たち二人が取り囲んだ。残る一人は背後でハンカチを手に強く当てて体を折り曲げ、苦悶の表情だ。白い布が見るみるうちに赤くなり、血の雫が滴《したた》った。

冷たい声が小田切に降り注いだ。

「やってくれましたな。中馬もこうやって、あんたの奥さんが」

何かに思い当たったように、一人が叫んだ。

「もしかして、池之端副所長も」

小田切は答えなかった。

「ここにはもう用はない。さっさとずらかるんだ」

「いずれ警察の手が入るだろう」

「こうなれば、最初の計画どおりにやろう。すべてを消してしまうんだ」

「小田切さん」

五体無事な二人が小田切雅夫の脇に手を入れて、引き起こそうとした。

「おい。体を調べろ。同じことをやられてはたまらん」

小田切は引かれるまでもなく、静かに立ち上がった。

「私には妻のようなことはできん。安心しろ。彼女は娘の横紋筋肉腫の最初の処置を間違った医師を限りなく恨んだんだ。このような技、どこでどう学んだのか、この私すら知らない」

「まさか、その医者を殺したのか？」

小田切は再び回答を拒否した。視線の先で、澄江が小さな呼吸を繰り返している。まぶたは開かなかった。顔が少しずつさらに白くなってくるのがわかる。

「妻を助けてくれ」

「そいつは無理だ。どう見ても助からん」

「行くぞ」

冷たく短い声とともに、小田切は首筋にチクリと痛みを感じた。生ぬるい一滴《ひとしずく》が首筋を伝った。たちまちのうちに、体じゅうの力が抜けた。

「小田切さん。ここには二度と戻っては来れんよ。見納めに、よく見ておくことだ」

裏口の山裾に目立たないように二台の乗用車が停まっていた。正面からでは、おそらくは意図を持って覗き込みでもしなければ目には留まらないだろう。

指を落とされた男が体を丸めながら苦痛によろめいた。

朦朧とする意識の中で、小田切は車に乗せられ、どこかでボンと空気を揺るがすような音を聞いた気がした。

完全には意識は落ちなかったらしい。再びボンという音を背後に聞いて、かろうじて顔を巡らすと、家があったあたり一面真っ赤な炎が舐めているようで、さらにまわりに立ちのぼる幾重もの黒煙が、背後の山や空の美しい景色すべてを遮断していた。

「圭子……。圭子……」

小田切は声を振り絞った。ヒューヒューと空気が洩れただけであった。声帯の筋肉が弛緩していた。

「澄江……」

薬剤の作用だけでなく、絶望のあまり、小田切の意識が完全に途絶えた。

「おとうさぁーん」

「圭子ーぉ」

「おとうさぁーん」

「おおーい。けいこーぉ。どこにいるんだぁ」

「こっちよー」

圭子が手を振っている。すらりとした長身の、雅夫自慢の、そして目に入れても痛くないほど愛おしい娘が、輝く光の中で手を振っている。

雅夫は視線を巡らせた。視野は真っ白だ。光が強すぎて、愛娘の姿が見えないくらいだ。

「おかあさんはー」

「一緒にいるよーぉ」

「そう。よかったぁ。おかあさん、怪我したんじゃないのぉ」

「ああ。でも、すぐによくなったんだよ、圭子のようにねえ。おかあさん、また生まれ変わったんだよぉ。おかあさんの細胞から、もう一人、おかあさんができたんだよぉ」

「おとうさん、ありがとうー。おとうさんは、病気も怪我も、みーんな治してあげられるんだねぇ」

「それも、圭子を助けたい一心からだよー。おとうさんも驚くくらいだ。圭子がいなくなって、どれほど悲しかったか。どれほどつらかったか。どれほど悔しかったか。でも、一番苦しんだのは圭子だよねぇ。だから、おとうさんは圭子に生き返ってもらいたかったんだ」

「こうして、私は生きているじゃない。お父さんとお母さんの娘よ。生きているじゃない」

小田切雅夫の唇がかすかに動き、皺が寄った顔に小さな笑いが浮かんでいる。まぶたは閉じられたままだが、暗闇の中、何も見えない。

小田切の手が宙空に舞った。手に触れるものはただ、酸素と窒素の混合物だ。

部屋の中の空気が動いた。

「おや。どうしたことだ。何も見えないぞ。今は何時だ？」

腕にはめている時計の、蛍光で光る針が、三時を告げている。

音がなかった。光もわずかだ。闇に慣れた目で、小田切は自分がベッドの上にいることに気づいた。明るく楽しい光景が、急速に重苦しい静寂に包まれた暗い空間の中に消えた。

「ここは、どこだ？」

燃え上がった炎と煙に、我が家は隠れていた。

「澄江……」

胸に突き出た刃が赤く光った。

体がだるかった。動かしてみても、束縛はなかった。小田切はそろそろと身を起こしてみた。

「ここは……？」

小さな部屋だ。自分の家でないことはたしかだった。夜気が身に沁みた。

天窓から射し込むわずかな光に浮かび上がった光景を頼りに、小田切はベッドから下りて扉に辿り着いた。

ドアにはしっかりと鍵がかけられていた。


「お目覚めかな。小田切先生」

どこかから声が響いてきた。

「研究所の仲間たちが少々手荒なことをしたが許してくれたまえ。それにしても、奥方があれほどの技をお持ちとは、恐れいった。だが、殺害された所員もろとも灰燼《かいじん》に帰した。警察が調べているが、たいしたことはわからんだろう」

「あんたは……」

声の抑揚に聞き覚えがあった。

「所長……」

「覚えていてくれたようだな。君は南研究棟で仕事をしていた。池之端に管理を任せておいたのが間違いだった。あいつは役に立たたん。私が気づく前に、君は本来の研究とはいえ、とんでもないところまで到達しておった」

小田切はベッドの上に起き上がった。

「私は北研究棟にかかりっきりだったから、君の研究については、南研究棟が壊され、中から同一人物のDNAを持った何体もの白骨と細胞組織が出てきたときに初めて知ったのだ。あそこまで成果を上げていることに気づかなかったことは、まったく私の怠慢だったな」

「ここは、どこだ!?」

「まさか、あれほどまでに」

所長は小田切の研究によほどの驚きを感じていたものとみえた。

「大声を出さなくとも充分に聞こえる。部屋にはカメラが備えつけてある。君の行動はすべてお見通しだ。おっと、探しても、そう簡単には見つからん。よけいな努力はしないことだ」

壁や天井を見まわしても、それらしきものは見当たらなかった。声がどこから出ているのかさえ、よくわからない。

「家は全焼だ。今後あそこでは研究はつづけられない。代わりと言っては何だが、この場所に、君が好きに研究できるスペースを用意した。生活に必要なものはすべて用意する。ぜひとも、君のあの素晴らしい研究をつづけていただきたい」

「妻を殺され、家の研究室まで焼かれたんだ。今さら……」

小田切の顔が悲しみと苦しみに歪んだ。次の瞬間には苦悩の表情が、慌てた筋肉の動きに乱された。

「さ、細胞……。けいこ……」

「けいこ？　ああ、亡くなった娘さんの名前だったな。もうずいぶん前のことだろう？今さら何だ？」

「細胞が……焼けてしまった……」

「心配無用だ。細胞や培養液など、君の自宅の研究室にあったものは、ほとんどすべて、こちらの研究室に移動ずみだ。安心したまえ」

ホッとしたように、小田切の肩が落ちた。少しの間があった。

「今日は何日だ？」

「何を寝ぼけている。二十三日だ。天皇誕生日だよ」

「二十三日……二日も眠っていたのか。し、しまった！」

小田切の体がバネ仕かけのように飛び上がった。

「さ、細胞……」

「どうしたのだ？　細胞なら、凍結してある。君の家の培養中の細胞は焼けて……」

「ど、どこだ？　どこにある！」

「研究をつづけるというのだな」

「今日は二十三日か……。早くしないと」

ドアに駆け寄った小田切がガタガタと揺すった。

「無駄だ！　電子ロックだ」

「開けろ！」

ドンドンとドアを叩く音が響いた。

「ここで研究をつづけるのだな」

「つづける。とにかく開けてくれ」

「よかろう。だが、何をそう急いでいるのか、お聞かせ願えないかな」

「そんな悠長なことを言っている暇は……」

小田切はしばらく唇を嚙みながら、ドアの前で立っていた。何かを考えているようだ。

やがて小田切の平坦な声が、モニター画面を見ている所長に届いた。

「治療用の細胞だ。今月二十五日にあるところに届ける約束になっている」

「治療用？」

「ああ。横紋筋肉腫の治療だ」

「横紋筋肉腫？　誰の治療をするというのだ？　それにどうやってやるのだ？　細胞とは何だ？」

「細胞の培養をやりながら説明する。時間がない。治療に使える量まで増やすのに、時間がギリギリだ。準備していた細胞まで燃やしおって！」

　小田切の声に怒りが混じった。

「ふむ……」

　所長の息づかいが小田切の耳に届いた。次の瞬間に、小田切の前の扉が機械音とともに開いた。飛び出した小田切を所長の声が追いかけた。

「突き当たりに研究室がある」

　小田切雅夫の姿が、細胞培養用の安全キャビネットとインキュベータ、そして凍結保存容器のあいだを何度も往復した。

　手を動かす合間を縫って、小田切と所長とのやり取りがつづいた。話すたびに二人の声が室内にひろがって消えていった。

「要するに、君の娘さんの横紋筋肉腫から分離培養した幹細胞株ＫＥＩＫＯ、その細胞にリンパ球の持つ攻撃性を搭載したKEIKO－L、そして娘さんの健全な細胞の遺伝子を操作し、思いどおりに分化誘導できるKEIKO－X、これらを組み合わせて、治療に使うというのだな」

うなずきながら小田切の手は忙しく、今しも細胞をいくつもの培養フラスコに分注している。一連の動作に無駄がない。一度はじまれば、流れるような美しい手の運びであった。

「悪性細胞を認識攻撃し、これを破壊する。欠損した組織に細胞環境に相応した新しい健全な組織を補充する。何という素晴らしい発想と成果だ」

暗いモニター室に一人、所長はしばしば唸りながら、操作盤の上に指を走らせる。

「培養液の順序はわかるか？」

別の声が、並んだモニター画面から聞こえてきた。

「記録しております。一部始終」

所長の指が隣のスイッチを弾いた。さらに横に画面が光った。

「どうだ。操作手順は？」

所長の問いかけに、画面から別の声が答えた。

「小田切の操作を模倣しています。正面から見るとわかりやすい。まさか安全キャビネットの正面全面がマジックミラーになっているとは、お釈迦さまでもご存じないでしょう」

「無駄口を叩いてないで、小田切と同じ方法を身につけるのだ。何しろ、培養液の組成はすべて解析してつかんだのだが、使用する順序がわからん。どの細胞に、どの培養液を、どのタイミングで与えるか……」

つぶやきながら所長はすべての音声を遮断し、画面だけをじっと眺めた。

「それにしても、小田切はよくもまあ、こんなに複雑な培養過程をきわめたものだな。何とも凄まじい執念だ。やはり、娘を横紋筋肉腫に奪われたことが、よほどのショックだったに違いない」

所長は少し突き出た腹に手を当てて、そろそろと撫でまわした。

画面の中の小田切の動きが止まった。最後には、インキュベータの前で満足そうにうなずいたあと、安全キャビネットのスイッチを切った。

小田切の声が聞こえてきた。

「今日の作業はこれで終わった。二十五日に届けるべき治療用の細胞は整った。今日明日の培養で、充分に育つだろう」

「誰を治療するのだ？　君に届けてもらうわけにはいかない。君をここから出すわけにはいかないのは理解いただけよう」

「それでもかまわない。誰かが確実に届けてくれればよい。確実にな」

「それは引き受けよう。私も治療効果を見てみたいものだ」

「細胞投与の結果は次の日に連絡が入ることになっている。治療効果は、もう少しあとになる。といっても、充分に効くはずだ。足りなければ、繰り返すだけだ」

「連絡はこちらにしていただくことになる。小田切さんには不便だろうが、外部との接触は、私の許可があるときだけに願いたい」

「まるで軟禁状態だな」

小田切は苦笑した。目が覚めたときと違って、表情に余裕がある。

「まあいい、所長。いずれにせよ、私の残された人生、すべてを圭子の復活にかけたい。自宅の研究室を破壊されたのは、そして妻を殺されたのは不愉快のきわみだが、今日、この研究室を使ってみて、まんざらでもない。やはり個人の家に造った研究室では、どうしても不都合なところがあったが、ここは快適だ。ここで圭子のクローンを完成させよう。澄江の細胞もこのようなことがあろうかと、凍結保存してあったのだが、それもここにあった。圭子が復活したあかつきには、澄江のクローンも造ろう」

所長はいささかの眩暈を感じている。

この男……小田切雅夫……天才と狂人は紙一重と言うが……。

「この研究室を気に入っていただいて、こちらも少々手荒なまねをして心苦しかったのだが、いささかの胸のつかえも下りた。今後は、小田切さんの思いどおりに、ぞんぶんに研究をつづけていただきたい。お嬢さんの復活が近いことを心から祈っている」

小田切の顔から微笑が消えない。モニター室の暗がりの中の所長の顔が、逆に厳しいものに変わった。

「小田切さん」

これまでと違って声色が別人のように聞こえたのは小田切の錯覚だった。同じ所長自身の声だった。

「もうひとつ、やっていただきたいことがあるのだ。大至急にな」

「何をやれと言うんだ」

「同じような悪性腫瘍の治療細胞をつくっていただきたい。まずは手はじめに、膵臓癌だ。至急に治療しなければならない患者がいるのだ」


ベッドに横になっていた小田切雅夫に、どこからか所長の声が響いてきた。

「うまくいったようだな。木下医師に届けた細胞による治療が」

「当たり前だ」

小田切は枕もとの明かりに手を伸ばした。部屋の中にほのかな光がひろがった。

「安全性は確認できた。効果については今後のことだろうが、君を信じよう。明日からは先日お願いした新しいミッションにも手をつけていただこうか。お嬢さんの細胞から、あれだけのものを造り上げたんだ。明日、私が用意する細胞は膵臓癌の細胞だ。こちらからＫＥＩＫＯ－ＬとＫＥＩＫＯ－Ｘと同じ機能を持った細胞を造っていただく」

「膵臓癌か……。患者のリンパ球も用意してあるのだろうな」

「もちろんだ。で、細胞ができるまでには、どのくらいの時間が必要なのか？」

「二週間」

「二週間で治療可能か」

「細胞の融合安定性と増殖の速さにもよる。圭子はまだ十五歳で、圭子のリンパ球も横紋筋肉腫細胞もどちらも元気溌剌だった。だからＫＥＩＫＯ－ＬとＫＥＩＫＯ－Ｘの分裂増殖速度はきわめて速い。誰の細胞か知らんが、明日いただく細胞の持ち主の年齢にも影響される可能性はある。何歳くらいだ？」

答えはなかった。小田切雅夫は何となく、これまでの所長の声に焦りのようなものを感じている。

「いったい、誰の治療に使うのだ」

「それは知らなくてよい。君には関係のないことだ。膵臓癌の次は肝臓癌、さらに胃癌、大腸癌、肺癌、乳癌、子宮癌……」

「所長。すべての癌の治療用の細胞を造れというのか」

「そのとおりだ」

小田切は今度は所長の言葉に違和感を覚えた。

「小田切君。君が何を考えているのか、私にはよくわかる。これだけの細胞をそろえて、患者に投与するとしても、まさか全国の癌患者に行きわたるまでは一朝一夕にはできない。で、治療するとすれば、まずは相応の対象人物、それも高額治療費を支払える者……」

小田切に話をする暇を与えず、所長は言葉を重ねた。

「人間は決して平等じゃない。すべてに平等というのは不可能なことだ。人間とはきわめて自己中心的な生物だよ。そもそも君自身、研究を自らの欲望の実現に使ったではないか」

小田切は口をつぐんだ。

精力的な捜査の結果、小田切邸で刺殺された三人の男性遺体の身元確認があっという間に終わった。いずれも旧天下製薬近畿支部研究所員で、小田切雅夫ではなかった。拉致されたのか、逃亡したのか、自らの意思で動くことができるのかどうか……。川村末男が轢殺された場所を中心に、広域にわたって捜査が行われた。このところ姿を隠している数名の旧研究員についても、足取り捜査が進んでいた。

小田切邸の焼け跡を再度詳細に調査した結果、瓦礫の下から、数本の刃渡り二十センチほどの焼け焦げたナイフ状のものが見つかった。

それらはまさに、歯型から小田切澄江と特定された焼死体に突き刺さっていたナイフと同種のものであった。

煤のようなものがこびりついており、詳しい検査の結果、ほとんどは炭化していたものの、わずかな部分から人間の血液が抽出された。

血液と同定されるのに必要条件を満たしていた部分から得られたＤＮＡと、これまでに見つかった白骨ならびに中馬六郎のＤＮＡとの照合が行われた。この判定には年内一杯を要したが、結果は衝撃的なものであった。まだ刺殺犯人が見つかっていない坂東雄大のＤＮＡにほぼ一致したのだ。

曽根崎新地の直前で医師坂東雄大の背後から致命的なひと突きを見舞った人物は、したがって小田切雅夫あるいは小田切澄江である公算が急速に高まってきた。

患者に対して不適切な診療を行った医師たちの消息もまた、簡単に判明した。

冬木樹氷医師は驚くことに昨年冬山登山中に雪崩に遭《あ》い死亡していたが、安藤琢磨医師は刺殺されていた。これも一年ほど前のことである。状況は坂東雄大と酷似しており、犯人は見つからず、未解決のままだった。

一人、行方のわからない医師がいた。向田宗明である。こちらは遺族から提出された髪の毛を元に鑑定を行った結果、天下製薬研究所跡地から見つかり、まだ身元がわからなかった白骨が同人のものと特定された。

ここに至って、小田切雅夫、澄江いずれか、あるいは共犯による、連続刺殺事件の全容が明らかになってきた。

動機については、医師が被害者の場合には、助かるべき患者を死に追いやるような未熟な腕に対する復讐とも言える激しい憎悪と考えられた。また元研究所員については、小田切の卓抜した研究成果の奪取に対する防衛と結論づけられた。

医師たちの名前を小田切夫妻に提供したのは木下修一以外に考えられなかった。このことについてはさらに確認が取られた。同じ横紋筋肉腫患者で木下以外の医師が主治医である症例について、この数年にわたる大学病院への紹介医の生死が確かめられた。誰一人、死亡した医師はいなかった。

これまでのことがすべてわかるまでには、新しい年に入ってまだ相応の日時が必要だった。

23
執念の想い

小田切圭子の容態が日増しに悪くなっていく苦悩の日々に、すでに正気を失くしつつあった澄江の恐ろしい執念を雅夫が確認したのは、圭子が死んで半年ほど経ったころであった。

「あれは圭子が私たちの前から姿を消した次の年、五月だった……」

当時、小田切雅夫は圭子の主治医であった木下修一を天下製薬近畿支部の研究室に招いていた。手術時の採取臓器から分離し培養した圭子の横紋筋肉腫細胞が培養中に特殊な処理を施した結果、充分な安定性をもって細胞株化したので、治療のための研究をはじめることを告げたのだ。

最良の培養条件を試行錯誤の中に見出し、培養液の組成を考えつく限り配合変化させ辿り着いた究極の細胞だった。途中、いく度、愛娘の細胞、圭子の遺伝子を失いかけたことか……。だが、小田切は幹細胞ＫＥＩＫＯを手に入れた。少々の悪条件でも、決して父親の手から離れない、力強い娘であった。

「この細胞は、圭子の遺伝子を過不足なく持っている、圭子自身とも言える細胞です。

少々時間がかかったが、ようやく今後の研究に見とおしが立てられるようになった。私はこの細胞で圭子を復活させるつもりです」

木下は細胞を観察していた顕微鏡から、驚いたように顔を上げた。

「圭子さんを……復活？」

「圭子のクローンを造る。圭子は、再び私たち夫婦の子どもとして生まれ変わるのですよ」

そんなことができるのか、と訝るような驚いたような木下の表情に、何かに憑《つ》かれたかのように話す小田切はニヤリと唇を歪めた。

「木下先生が圭子の治療に誠心誠意向かっていただいたことは、私どもにもよくわかりました。圭子が死んだあと、木下先生は、仇を討つ、横紋筋肉腫治療研究を生涯の仕事とすると、涙ながらにおっしゃったこと、よおく覚えております」

木下はうなずいた。瞬間、死の床に横たわった圭子の姿が浮かんだ。

小田切圭子は静かに静かに逝ってしまった。無垢の天使が横たわっていた。

何も語ることなく。

何も恨むことなく。

本当にそうなのだろうか……？

本当に何も恨んでいない？

本当に安らかな死に顔だったのだろうか……？

残された者が勝手にそう思っているだけじゃないか？

苦しみぬいて死んでいった者が、死んだあとも苦しみを引きずらないように、とでも言いたいのか？

そう思わないと、死者がやりきれないという感情の裏返しだけじゃないのか？

何もできなかった自分たちが責められるのを逃れたいだけじゃないか？

死者は何も語ることができない、何を恨むこともできない……


「安らかな死に顔だったね、圭子ちゃん」

と言った看護師の顔を睨んだことを、木下は思い出した。


……冗談じゃない……


木下のつぶやきが聞こえたのか、小田切は静かにつづけた。

「そう、冗談じゃありません。私は圭子に取りついた悪魔のような横紋筋肉腫を許すことができません。圭子が死んだあと、少しばかり気持ちの乱れが落ち着くと、いや、落ち着くはずもなかったのですが、圭子の入院中、もう絶望的だと感じたとき、苦しい心を紛らすために、ひたすら研究に没頭した、研究の継続と完成にすべてを賭けようと決心したのです」

小田切が口を閉じると、一瞬の静寂が全空間を満たした。

「私たち天下製薬近畿支部研究所に与えられた特命ともいえるクローン人間の創生。あ、これは必ず口外無用に願いますよ」

小田切は人差し指を悪戯っぽく唇に当てた。圭子のベッドサイドで悲愴な顔しか見た覚えがない木下には、小田切にもこのような表情があることを初めて知ったような気がした。

しかも、クローン人間というとんでもない言葉を聞いて、木下は思考が乱れている。ほかのことを考える余裕がなかった。

「臓器再生、要するに人間の細胞を我々の手で自由に扱える研究、この研究が飛躍的に発展したのは、すべて私のアイデアによるものです。今の医療では、圭子の命を救うことは不可能です。私は発想を変えました。圭子は間もなく死ぬだろう。だが圭子を再生させよう。新しい人間として、圭子の遺伝子をそのまま受け継いだ人間を造ろう。また、圭子の成長を楽しみに生きていける。クローン人間の研究をしていたのですから、その延長上で研究すればよかった」

小田切の顔が悪魔のようにも、あるいは神のようにも変化《へんげ》しながら、ぐるぐるぐるぐると目の前でまわっている。

「人間、これほど切羽詰まった状況に置かれると、思いがけない発想が生まれるものです。死のベッドに横たわる圭子を見ながら、私の脳の中に次々と、私自身信じられないくらい、新しい発想が出てきた。これまで誰も考えたことがない、気づいたことがない、そんな知恵がまるで泉の水が湧くように出てきたのです。病魔が蝕《むしば》み削ぎ落としていく圭子の細胞が、私の体に乗り移ってきたような気持ちでした」

夜の闇に包まれた建物がいやに静かだった。

そのとき外で足音がした。小田切が立ち上がって、ドアを開けた。

「あ、もういらしたのですか」

一人の男が入ってきた。

「こちらです。どうぞ」

小田切が背を押すようにして、小太りの、まだ若いにもかかわらず頭の毛が少し薄い男を椅子に案内した。男は先客がいるのを見て、いささか栄養過剰の大きな顔の中に、やや開き気味に配置された小さな両眼を訝しげにちらつかせた。

「こちらは、ご存じかどうか、O大学外科の木下先生」

木下は立ち上がって、男のほうに頭を下げた。

「木下先生。こちらはT市民病院の杉山先生です」

木下の眉が微妙に痙攣したことに、杉山と紹介された男は気づいていない。

小田切は腰を下ろした二人に均等に視線を振り分けた。

「コーヒーしかありませんが」

小さくうなずいた杉山の前に、サーバーから紙コップに褐色の液体が注がれて差し出された。

研究室のコーヒーにしてはこうばしい香りを、液体から上がる湯気が運んできた。杉山は口に含んで味わうと、ゴクリと飲み込んだ。

「今日は天下製薬さんから、共同研究のお話だと伺ってきたのですが。O大学にも？」

小田切はT市民病院杉山満彦医師宛、創傷《そうしょう》治療剤の効果を確かめるための相談をしたいという手紙を送っていた。研究費はもちろん製薬会社もちである。

杉山はO大学の木下医師がこの場にいる理由を、小田切が木下にも研究を呼びかけたものと解釈して合点した。

もうひと口、杉山がコーヒーを味わったのを見た小田切が、杉山の疑問には答えず、別方向に話を転じた。

「杉山先生。その節は娘がお世話になりました」

礼を述べたにしては、小田切は感情のない目を杉山に向けている。

「娘さん？　何のことです？」

「小田切圭子という患者のこと、覚えていらっしゃいませんか？」

「小田切圭子……さん？」

杉山は考えている。小田切というと、目の前にいる、この研究員の名前……？

「先生がO大学に紹介されたんですよ」

「すみませんねえ。ちょっと思い出せません。何しろ、毎日何十人と患者さんを診ているものですから。ご家族の方ですか」

この小田切という研究者の家族を診た関係で、共同研究の提案があったのかもしれない、と杉山は頭を巡らせた。

「圭子の大学での主治医が、この木下先生です」

やはり今度の共同研究と患者の病気が何か関係がある……杉山は木下に視線を移動させた。少しばかり警戒した目つきに変わっている。何しろO大学の医師とすれば、おそらくは国立O大学出身。杉山は私立H医科大学補欠入学。相当の劣等感がある。

「娘は死にました」

「えっ」

杉山は驚いた声を出したが、表情は変わらない。娘……。

「横紋筋肉腫です」

「横紋筋肉腫？」

「ええ。先生のところで去年の三月に診てもらいました」

思い出さないのか……小田切もまた無表情だが、瞳孔の奥の暗闇に、見えない炎が燃えているのを杉山が感じるはずもない。

「先生に横紋筋肉腫と診断していただいたのです」

「それは……」

杉山は少し得意そうな顔を木下に向けた。俺が診断を下して、お前のところに送ったんだ……。

「ですが、圭子がO大学の診察を受けたのは、先生のところで初診を受けてから、わずか二週間ほどです。そのあいだに圭子の腫瘍は恐るべき増殖を遂げた」

小田切の視線が一度床に落ちたが、すぐに上がって、また杉山に固定された。

「こちらの木下先生はただちに、圭子に人工肛門手術をされた」

「人工肛門？　どういうことです？」

「圭子の肛門横にできた腫瘍、先生がメスを入れたおかげで急激に大きくなって、肛門を塞いだのですよ」

状況が理解できなかったらしい。杉山は怪訝な表情のままだ。

「圭子が最初に先生に診ていただいたときには、圭子の腫瘍はまだ一センチでした。普通、何もしないのに二週間で肛門を塞ぐくらいに大きくなることなど、おかしいではありませんか」

そろそろ、自分の過失に気がつけよ……。小田切は杉山に向けた視線を少し強くした。

木下もまじまじと杉山の表情の変化を見ている。

どうやらこの医者、自分の犯した失敗をまったく認識していないようだ……。

「先生は、圭子の腫瘍に、不用意にメスを入れた。妻に聞きましたが、何でも肛門周囲膿瘍と診断したようで、メスを入れて膿を出してしまえば治ると」

杉山の首がコクリと傾いたのは、ようやく過失に気がついてうなずいたのか、それとも……。

ぼんやりとした目が杉山の顔の真ん中で、焦点を求めてウロウロと無駄な動きを見せた。

「先生。悪性腫瘍にメスを入れると、増殖速度が格段に増えることをご存じじゃなかったのですか、医者のくせに」

杉山のまぶたが上がったが、左右別々に動いているようで、妙な顔つきになった。

「最初から慎重に取り扱っておれば、最初から根治術をやっておれば、圭子は助かったかもしれない。それを、あんたは」

小田切の声が急に大きくなって驚いたのは、杉山ではなく木下だった。杉山の首がガクリと落ちた。上半身が揺らめきはじめた。と、大きく体が傾いで、床に音を立てて転がった。それでも杉山は目を瞑ったままだ。

椅子から飛び上がったのは木下だった。小田切は冷たい視線を杉山の曲がった体に向けていた。

「小田切さん！　杉山先生……？」

「ああ。よく眠ってらっしゃる」

「ええっ!?」

「私がコーヒーに強力な睡眠薬を入れた」

「ど、どうして？」

「木下先生。今日はこれでお引き取りくださいませんか」

「え？　しかし……」

「木下先生。先生は大学では圭子のことを本当によく看てくださいました。不治の病に侵された娘を誠心誠意治療してくださった。先生にも、教授にも感謝以外の言葉はありません。ですが、圭子が入院している半年、心底つらかった。身の置きどころがないほどつらかった。病人の圭子はもちろんのこと、私たち親も圭子が横紋筋肉腫に侵されていると知ったとき、身を切られる思いでした。月並みですが、代われるものなら代わってやりたかった。澄江と二人でどれほど泣いたか。ですが、圭子の前では泣くわけにはいかなかった。虚勢を張りつづけなければならなかった。身も心もくたくた、息絶えだえだった。先生も私たちのつらさまではわからなかったでしょう？」

まだ若い木下に、患者の身内の気持ちまで理解する余裕はなかった。患者本人の圭子の気持ちさえ、わかっていたかどうか……。ただ、木下は圭子の治療に一所懸命だった。無我夢中で圭子の治療をしていたように思える。

よくなったと見えたのもつかの間、いつの間にか、圭子は弱っていった。気がついたときには、圭子は木下の前から姿を消していた。

いなくなったはずだった。にもかかわらず、いつまでも圭子は木下の心の中に留まっていた。あの、叫び声とともに……。

——もう、治らないいんでしょう——

「先ほどお話ししたように、苦しみの中で、私は苦痛を和らげる、いやそれどころか、苦悩を喜びに変えてしまうような素晴らしいことを思いついた。圭子のクローンを造ろうという」

小田切は深く吸った息を一気に吐き出した。

「圭子を蘇らせよう。私は今後この幹細胞ＫＥＩＫＯを使って、圭子を造ることに専念するつもりです。同時に、圭子を倒した横紋筋肉腫の治療を、細胞治療法を考えるつもりです」

小田切の目は光を湛えて輝いていた。

「その際、私は私の心の中にあるわだかまり、私の心を乱す杉山医師という存在を許せないという気持ち、これは払拭《ふっしょく》すべきと考えました」

木下は床で海老のように体を曲げて眠っている杉山に視線を落とした。

「ま、まさか……」

「この男が、圭子を死に追いやったこの杉山医師が生きていること自体おかしいと思いませんか。圭子の仇だ。人を殺したのだ。当然、自らの死をもって償うのが相応しい」

「小田切さん……」

「木下先生。先生に今日ここに来ていただいたのは、幹細胞ＫＥＩＫＯをお見せするためです。この杉山が時間より少し早く来てしまったのだ。先生は杉山のことは何も知らないということでお願いしたいのです」

「小田切さん。まさか……」

「先生だって、おっしゃっていたではありませんか。最初の処置さえ正しければ、圭子は助かったに違いないと」

「それはそうですが……」

「さ。とにかく、もうお引き取りください。先生も圭子のために、そしてこれからも出てくるであろう患者さんのために、横紋筋肉腫の研究をつづけていただかなくてはなりません。貴重な時間だ。短い人生ですよ」

——もう、治らないんでしょう——

短い人生……小田切圭子のわずか十五年の人生……なんと短いことか……健康なら気がつかない時間の貴重さ……そう、貴重な時間だ……。

「先生にはこの杉山医師の件では、決してご迷惑をおかけすることはありません。どうか、ご心配なく」

小田切は木下の背中を押した。

「小田切さん。めったなことは」

と言いながら、木下はこのあとに杉山の身に何が起こるかわかっている自分を肯定していた。

間違った医療行為……患者は何も知らずに、死を押しつけられる……誰にもそうとは認識されない殺人行為……。

杉山医師のせいで、小田切圭子が失わなくともよい命をなくしたのは間違いない……とすれば……木下は自分の足が意思とは無関係に、自然に出口に向かうのを感じた。

ドアのところで木下は小田切を振り返った。

「小田切さん……」

小田切はゆっくりとうなずいた。小田切の肩越しに、杉山が先ほどと同じ姿で床の上に転がっているのが見えた。

小田切の手で開かれたドアの隙間に、木下は静かに押し出された。


木下が研究室を出てからしばらくして、音もなく一人の女性がドアを開けた。

「誰にも会わなかったかな?」

小田切は優しく妻に声をかけた。もとより日曜日、しかも夜間である。この時間帯、研究員の足が途絶える。

圭子を黄泉《よみ》の国へ見送ったあとの半年、小田切雅夫に休日はなかった。ほとんどの時間、小田切は研究室に詰めていたから、間違いなく研究員がいなくなる空白の時間が日曜日の夜というわけであった。

澄江は圭子が死んでから、すべてに絶望したように見えた。いつも何かつぶやいていた。耳を近づけて聞いてみると、こう言っていたのだ。

「圭子は死ななければならなかったの？」

小田切がいないあいだ家に一人残された澄江は、静かに圭子の菩提《ぼだい》を弔《とむら》っていた。音もなく、息までひそめて、悲しみの中に漂うように生きていた。

だがそれは澄江の外から見える姿だけであって、ときには澄江の全身が大きく震え、眼球が血走り、黒い瞳の中に憤怒の火炎が燃え滾《たぎ》るのを知っているのは、雅夫だけであった。

そのようなとき、贖罪《しょくざい》ともいえる圭子への呼びかけが、いつも澄江の唇を細かく動かしていた。

「圭子ちゃん。ごめんね。お母さんが悪いのよね。圭子が最初に話してくれたとき、すぐにお医者さんに行けばよかった……」

ここで毎回、一瞬言葉が途切れてつづく。

「それも、最初から大きな病院に、大学病院に行けばよかったんだわ。木下先生のような先生に最初から診てもらえばよかったんだ。それを、簡単に考えて、あんなやぶ医者に……」

体の震えが徐々に徐々に大きくなる。唇のほうは逆に固く固く結ばれていく。声が口の中にこもる。吐き出そうとする声が、こじ開けても開かないであろうくらいに強く結ばれた唇に跳ね返されて、喉頭から食道に下りていく。もちろん消化管にいくわけではなく、一気に澄江の体軀の中で爆発する。

「あの医者だ！　あいつが圭子を殺したんだ！」

一度、小田切は妻の異常な全身痙攣を見て、脳内出血でも起こしたのかと思ったが、それにしては妙だった。澄江の眼球が飛び出し、全身から煙のような白い揺らぎが立ち上ったように見えたのだ。

「あいつが間違ったんだ。あいつのせいで圭子は死んだんだ！　あんなやつに生きる資格はない！」

爆発のあとは、急に静かになる。目を閉じて、澄江は目尻に宿った一滴の涙をそっと拭うのである。

細かく震えるまぶたがゆっくりと開くと、澄江の目は悠遠《ゆうえん》の彼方を見ている。遠く、天上に遊ぶ圭子のところに、心が飛び移っている。いや、自らの懐に圭子を呼び寄せているのかもしれない。歳を取らない圭子に何かを語りかけているのかもしれない。

日常の生活に支障はなかった。澄江の毎日は、朝早く出ていき夜遅く帰る夫の世話をし、家の中を整え、圭子と三人ですごしていた頃に戻っていた。肉体はいつものとおりに動いていた。目だけが違った。常に視線が遠くに投げられていた。

圭子の部屋には、何も手がつけられなかった。澄江の視野の中に圭子がいた。圭子に語りかけていた。

ある日、小田切は澄江の仕草を見て驚いた。澄江はいつも和服姿だった。素手だと思っていた澄江の手に、手品のように長いナイフが握られていた。それがいきなり突き出された。が、一瞬の後、澄江の手にはナイフがなかった。どこかに飛んでいったのか、危ないと小田切は手が伸びた方向に視線を廻らせたが、何もなかった。音すらしなかった。

澄江の肘がわずかに曲がった。体が器用によじられた。次の瞬間、小田切は目を疑った。澄江の手にナイフがまた現れたのだ。

澄江はナイフを出したり消したり、何度も繰り返していた。顔はまったく無表情のまだ。着物の帯の中に縫い込んだ鞘《さや》から、ナイフを出し入れしていたのだ。

手の動きが常人のものではなかった。どこでいつの間に覚えたのか、見えない速さでナイフが光り消えた。

「殺してやりたい……」

手が起こす鋭い気流に乗って、澄江のつぶやきが小田切に聞こえた。小田切はすべてを合点した。

小田切は澄江を止めないことにした……。

今も研究室に入ってきた澄江の視線は、小田切の顔からゆっくりと床の上に移動したのだが、焦点が無限遠《むげんえん》にあった。両眼の動きが止まった。

「杉山だ。ぐっすりとお休みだ」

小田切の声に、澄江は小さく笑みを浮かべてうなずいた。

「研究所の外に、この男のための墓穴を掘っておいた。少し重たいが、そこまで運ばなければならない。荷物運搬車がある。それに乗せよう」

二人とも、杉山医師がこの研究所に来ることを誰かに話しているかもしれない、ということをいっこうに気にしている様子もなかった。

低い運搬車に杉山の体を担ぎ上げることなど簡単だった。腕だけがぶらりと落ちて、運搬車の角に当たった。腕時計が壊れ、細かいガラスの破片が飛んだ。踏みだした小田切の靴の下で、ジャリジャリと鈍い音が起こった。

杉山の重みで、車輪の軋みが研究室の外、暗い廊下に響く。見咎められれば大変なことになる、という懸念すらも二人には思考の外だ。

明かりを落とした真っ黒な研究所が、都会の薄明かりを背景にニョッキリと建っている。

さらに漆黒《しっこく》の色を落とした墓穴まで、ゴトゴトと杉山を乗せた運搬車が進んでいっても、見ているのはいく粒かの星ばかりであった。

わずかに上空を這う都会の光が、二人にとって唯一の明かりだ。

「では、いいかな、澄江。この男を穴の中に埋めてしまおう」

運搬車を傾けかけた小田切の手に、澄江の指がかかった。少し押し戻されたような気が、小田切にはした。

「ん？　どうした、澄江」

「待って……」

闇にたちまち消えそうな息が、澄江の声を運んだ。

「どうした？」

「圭子の仇を討たせて」

「だから、このまま生き埋めに」

「それでは、生き返るかもしれない……」

「え？　どうしようというんだ」

澄江の手が小田切から離れた。ゴソゴソと澄江が動いている。小田切は何かが見えたような気がした。

「圭子の仇……」

強い声だった。闇を切った音があった。薄明かりに、澄江が杉山の体に覆いかぶさった影が見えた。小田切は澄江が倒れたかと思った。思わず抱き起こそうとすると、澄江がゆっくりと体を起こした。

足もとに起こった小さなうめき声が間もなく消えた。

プンと強い鉄の臭いが小田切の鼻をついた。

「埋めて……」

静かな澄江の声が小田切の耳もとでした。澄江の体からも鉄の臭いが上がってきている。

「澄江……」

確かめる間もなく、運搬車が少し動いたようだ。小田切は慌てて手を添えた。車の傾斜を滑るように、杉山の体が落ちるのがわかった。

「あとはやる……」

土の山にサクサクとスコップの音がつづいた。バラバラと音が地面に吸い込まれていった。音だけでなく、杉山の体から流れ出た血液もまた間違いなく土に吸収されていった。

「ここは研究棟の端で、人もあまり来ない。まずはわからないよ。これでよかったな、澄江」

小田切は澄江の手を取った。ねっとりとした感触に、小田切は手を離して、鼻先に近づけた。

「澄江！　どこか怪我でもしたのか？」

澄江に苦痛の様子はない。

「そうか……」

小田切はすべてが終わった満足感に浸りながら言った。

「研究室に戻って、手を洗おうか。こんなやつの血がついていると、気持ちが悪いだろう」

二人が立ち去ったあと、暗がりにひとつの影が浮かび上がった。

影はあたりを用心深くうかがいながら、小田切夫妻がいた木立の近くまで進んでいった。

まだ血の香りがかすかに土から上がってくるのを、影の嗅覚が捉えた。

しばらく影はそこに佇んでいた。足下に何の気配も感じられなかった。

大きく息を吸い込んだ影は、空のわずかな光に向かって、いまの記憶とともに吐き出した。

こうして木下は、闇に目撃した情景を自ら固く封印した。

木下もまた、今後の治療研究、そして少しばかり心の慄《おのの》きを隠しきれないクローン人間創造研究への激しい興味や好奇心が体じゅうを満たしているのを感じていた。

躊躇いがなかったといえば嘘になる。人ひとりの命が、おそらくは間違いなく土の中に消えた。それも明らかな殺意の結晶だ。圭子の死が診断ミスだとしても、それは故意でもなければ殺意でもない。

とすれば、二つの死、杉山の死と圭子の死を等価とみなしてよいものかどうか……。

木下は悩む必要性を感じなかった。一瞬の間《ま》という時間すら無駄に思えた。木下は超短時間のあいだに、湧き上がった躊躇《ちゅうちょ》を未練なく切り捨てた。

24　最終推理

小田切から届いた治療用細胞は澪にとって、まさにクリスマスプレゼントであった。命という贈り物だった。

まったく滞りなく治療は完了し、クリスマスの夜、ときおり木下が訪室して診察するとき以外は、澪は静かに病室ですごしていた。

何も感じなかった。感じるとすれば、木下の深い愛だけだった。

肺のリンパ管に浸潤している横紋筋肉腫が破壊されたのかどうか、何もわからなかった。

攻撃用細胞が破壊した部分に、再生細胞が傷を覆うように欠損部を補い、肺の正常細胞に分化増殖していく気配もまた、澪の知覚とは別のところで起こっていた。

翌日午前中、澪は肺のＣＴを撮り、木下の診察を受けたあと、静かに退院していった。

小田切雅夫の手は休まらない。所長から届けられた膵臓癌細胞の処理をし、近い将来の細胞融合の準備をはじめていた。

「澄江がいなくなったのは淋しいが、この研究室は何とも素晴らしい。足りないものは今のところ何もない」

部屋の中にいるのかと勘ぐりたくなるような所長のご機嫌伺いの声が聞こえたとき、小田切は答えた。

「とにかく可及的速やかに細胞の完成をお願いする」

言われても、小田切の手の動きは変わらない。

「クローン、再生臓器、これまでと同様のペースで進めさせていただく」

むっ！　と所長の怒りの唸りが聞こえた。

「患者は死が迫っているのだ。何としてでも助けたい。ひとつ、よろしく頼む」

小田切の声はなかった。今しも、失敗が許されない実験過程に差しかかっていた。

「五人は間違いなく建物の中にいます」

まだ外は暗い。夜明けの光がそろそろと東の空を色づける準備をしているはずだ。

「小田切も中だな」

「間違いないでしょう。小田切はこの中から動きませんよ」

「よし。各々持ち場は大丈夫だな。では、行くか」

白鳥警部の手が空を掃いた。静かに捜査員たちがホテル竜牙城に入っていった。

客室がある地上には、出入り口に目立たないように人を配置させているだけで、大半は数台の車が停まっている地下駐車場の暗がりから鉄扉を難なく破り、建物内に忍び込んだ。

自動車道に設置されたホテル竜牙城のネオンが〈満室〉と表示されている。それにしては、駐車場に空きスペースがいやに多い。

客室は、休憩ご宿泊という本来の目的に即して、それなりに工夫を凝らし、部屋ですごす時間をたっぷりと楽しめる造りになっているのだが、地下に整備された大きな研究室は、まわりをいくつかの小部屋で取り囲まれているだけの構造で、白鳥たちはたちまちのうちに仮眠していた、あるいは起きて書物を読んでいた旧天下製薬研究所員四人の身柄を確保してしまった。

気配すら感じさせない隠密顔負けの行動に、無警戒だった村中太一、坂間昭二、岡村茂、山田直人の四人は狐につままれたような顔つきで連行されていった。

一人、この男が追尾していたM署捜査員に研究所の在《あ》り処《か》を教えた形になったのだが、伊藤良一だけが気配を察してか、姿が見えなくなってしまった。

何となく騒がしい、低い音と空気の揺れに、小田切はベッドの上で目を覚ました。天窓に光はない。時計に目をやると、午前七時にまだいくぶんかの時間がある。

大きな音が扉の向こうでして、小田切は体を起こした。

「小田切雅夫。殺人容疑で逮捕状が出ている。ここを開けたまえ」

殺人容疑の逮捕状と聞いて、小田切はわずかに顔をしかめたが、すぐに元の表情に戻った。

殺人など、どうでもいい……。また、研究中断か……。澪さんの治療の前でなくてよかった……。圭子、会えるのがもう少し先になってしまうなあ、またこれで……。

「小田切さん」

扉の向こうに若い男の声がした。

「岩谷と言います。私は医師です。今、説明している暇はありませんが、白木澪さんの治療についても知っている者です」

「岩谷？　誰だ、君は？　澪さんのことをなぜ知っている？」

「木下修一医師と一緒に患者さんを診ている倉石祥子という医師は私の妻です」

すんなりと言えたなあ、とは乱風のわずかな余裕だ。

「倉石？　祥子？」

「先に小田切さんが木下医師に託した治療で、山内晴美さんが亡くなりました。祥子は、私の妻は彼女の主治医です。今回の白木澪さんの治療にも同席しました」

「何が言いたいんだ？　これでまた、研究が遅れる」

「小田切さんの研究をつづけていただけるよう、研究の場所を提供できる準備があります」

乱風は木下を通じて、小田切の身柄確保後の研究継続をO大学に依頼していた。細胞制御センターから受け入れ可能との返答があった。ただし、小田切に殺人容疑がかかっていること、クローン人間研究を行っていることに関しては、大学関係者には伝えられなかった。唯一、大淀《おおよど》医学部長のみに必要最小限の情報が提供されただけであった。

悪性腫瘍に対する免疫学的細胞治療については、過去にも事例がある。木下が大学の倫理委員会を経ずに行ったこれまでの治療に関しては問題が発生する可能性が指摘されたが、当面、患者の治療が優先された。もちろん倫理委員会に諮《はか》るわけだが、許可されないことはないと考えられた。事後承諾ということで処理できる。

一方で、クローン人間創造ということになると、これは迂闊には口にできなかった。小田切が相当の段階にまで研究を進めている、まもなくクローンが完成する、という事実を突きつけられると、おそらくはほとんどの医学部関係者は尻込みするに違いなかった。

もちろん、冷静に科学的思考のみで判断すれば、素晴らしい成果ということに異論を唱える者はいないであろう。むしろ、羨ましく思い、先を越されたことに歯軋りする研究者が大半ということになる。成果の争奪戦さえ発生する可能性があった。

とにもかくにも、治療用細胞の維持は必須であり、白木澤に追加治療が必要な場合、KEIKO－LとKEIKO－Xがなければならなかった。医学部は木下医師の説明に許諾の意思を示した。細胞制御センターに、小田切雅夫の研究スペースが用意されたのである。

「人命優先です。小田切さんの研究成果を患者さんの治療に使ってください。殺人容疑に関しては、もちろん同時に取り調べが進みますが、ともかく研究はつづけていただかないといけない」

小田切は考えていた。この研究所がこうして警察の知るところとなった今、これ以上は無理かもしれない……。小田切は静かに尋ねた。

「だが、大学と言っても、ここほどのよい条件を期待するのは難しかろう」

小田切はクローンのことを考えている。治療用細胞を培養するより遙《はる》かに難しく複雑な工程が必要だ。

「ここでこのまま研究をつづけさせてもらえないかな。殺人に関しては、何でも話すから」

奇妙な会話だ。小田切の返事に、ドアの外では乱風や白鳥警部、谷村警部たちが顔を見合わせている。

「複雑な組成の培養液が、いく種類も必要なのだ。大学では自由がきかん。試薬も使い放題ということにはならんだろう。それに、O大学ともなれば国立だ。私《わたくし》の機関と違って、何かと規制がうるさい。ここでの、この研究室での研究継続をお願いしたい。逃げも隠れもしないから」

ロックがはずれる音がして、静かに扉が開いた。

パジャマ姿の小田切の瘦軀《そうく》が現れた。

地下で乱風らが小田切とやり取りしているあいだ、一階に逃れた伊藤良一は舌打ちをしながら、外に通じる廊下を足早に進んでいた。

向こうに男の影が現れた。

「まずい」

捜査員のようだ。大声が飛んできた。

「おい。こら」

伊藤はあたりをキョロキョロと見まわしたあと、横の扉に取りついた。客室には人がいるようで、鍵がかかっている。ガチャガチャいわせても、開く様子がない。

伊藤は焦った。捜査員がこちらに走ってくる。

「くそっ！」

ガチャガチャ。ドタドタ。

ガチャリ。お、開いた……。伊藤は部屋に飛び込んで鍵をかけた。背中に捜査員が追いすがってきた気配があった。

体が前に飛びそうな強いノックが背中に響いた。

「な、何だ！」

「きゃあ！」

目の前のベッドに、シーツを胸のところまでたくし上げた男女がいた。ことの真っ最中だったようだ。

一瞬顔に苦笑いを浮かべた伊藤は、素直に縛《ばく》につけばよいものを、すでに頭に血がのぼりパニック状態だ。こういうときには自分でも理解できない凶悪な行動に出る。

伊藤はテーブルの上にあった果物ナイフに気づくと、引っつかんで、ベッドに駆け寄ろうとした。

「騒ぐな！」

女を人質に逃げよう……と閃いたのかどうか、このあとどう行動すれば逃げられるのかというあてもなく、ただ何とかしなければ……と自分の脳細胞が自分の肉体を脅迫しているように思った。顔から頭に血がたしかに渦巻き、駆け上っている感じがあった。

シーツをひっぺがし、喉元にナイフを突きつけ、裸の女を引き寄せた……というのは伊藤の悲しい希望であった。現実は違っていた。

シーツを剝ぎ、喉元に手刀を飛ばし、闖入者《ちんにゅうしゃ》の男を壁まで吹っ飛ばしたのは、裸の女のほうだった。いや、裸ではない。胸にはスポーツブラがきちんと二つの盛り上がりを包み、腰から下はスラックス、靴まで履いている。

一緒に寝ていた男のほうも、素肌が見えているのは上半身だけで、女の空手がうなるのと同時にベッドから飛び下りて、たちまちのうちに、半分気を失いかけている伊藤の両腕に手錠をかけた。

「計算どおりだ。一丁あがり」

蒲田刑事は鼻高々に、女性警官にウインクすると、部屋の扉の鍵をはずした。

「小田切雅夫。ひとまず身柄はT市警に収監する。こちらの研究所の捜索が完全に終わったあと、監視つきでの研究再開を考えよう」

「いつまでだ？　KEIKOが発育していくには、複雑な条件がある。すべて私の頭の中だ。培養液組成も、細胞に与えるタイミングもだ。何日も放っておくわけにはいかん。一日が限界だ」

まわりを捜査員に取り巻かれ、目の前の谷村、白鳥両警部と視線を交えながら、小田切はときおり、警部たちの後ろに立つ茶髪ピアスののっぽに目をやった。

ピアスが揺れて、乱風が身を乗り出した。

「警部さんたち。私が二十四時間、小田切に張りつくというのでは、どうですか。もう一人、誰かつけてもらえれば、交替で」

乱風の魂胆は小田切の研究だ。自らの提案に、目がピアスより輝いた。

「私は逃げも隠れもせんよ。研究さえつづけさせてもらえるなら」

小田切が繰り返した。

「君だな。先ほど医師だと言ったのは。君は刑事なのか」

驚いたような小田切の目が、何となく楽しんでいるようだ。奇人変人、相通じるところがあるのかもしれない。

「もう、殺す相手もいないから」

乱風が二人の警部に、いいですか、と許可を取って、小田切に話しかけた。

「小田切さん。旧天下製薬の研究所で見つかった白骨ですが、一人は杉山満彦医師。小田切圭子さんの」

圭子の名前を聞いて、小田切の体がビクンと震えた。

「あ。祥子が、私の妻が木下先生から聞いたのです」

詳しい説明を乱風は避けた。

「小田切圭子さんの横紋筋肉腫の初期治療を誤った。そのために小田切さん、あなた方夫婦が杉山医師を殺害したと私たちは考えています」

小田切は一瞬大きく目を見開いたが、躊躇うことなくうなずいた。

「あと一人は、副所長の池之端三郎。こちらは研究の利権絡みのことでもめたんじゃないかと思いますが」

「そのとおりだ」

「小田切さん。一連の刺殺事件は奥さんの澄江さんの手によるもの、あなたがそれを手伝った……」

小田切の返事はなかったが、乱風は小田切の目に肯定の光を認めてつづけた。

「もう一人、研究所から出た白骨は、白木澪さんのやはり横紋筋肉腫の初期診断を間違った向田宗明医師のものと考えていますが、間違っていますか」

「澪さんのことまで……。よく調べたな。そのとおりだ。医者たちには、彼らのミスをその死をもって償ってもらった。あと何人か、澄江の刃の犠牲になっているはずだ」

「旧研究所の連中とは？」

「彼らは執拗に私の研究成果を狙ってきた。ありもしない小田切ノートとやらを勝手にあると思い込んで、さんざん邪魔をしおった。どいつもこいつも」

捕縛された研究員五人を追及した結果、彼らは天下製薬を買い取ったエクステンションファーマシーに、小田切の研究をそっくり売り渡す計画を立てていたことがわかった。

五人は吐き捨てるように言った。

「俺たちは特別な任務を与えられていた。研究に関してはこれまでにもさんざん訊かれたが、俺たちの口からは死んでも話すことはできない。いつからやっているかって。そいつも答えられない。研究棟は南北二棟あった。言えるのはそこまでだ。研究指令、報告はすべて研究所長が取りまとめていたが、俺たちは一度として、顔を見たことがない。研究所が閉鎖されてからも、俺たちは所長の命令に従わなければならなかった。冗談じゃない。どこのどいつかわからない所長など、もうどうでもよかったんだ。小田切の研究が驚異的な進化を遂げているのを知って、エクステンションファーマシーに高額で売り渡し、ついでに俺たちの今後も約束させたのだ。それを所長は、どこからの指令か知らないが、ミッション、ミッションといつまでも、偉そうに……」

乱風の声がつづく。

「小田切さん。今日のところはT市警に身柄拘束ということになります。やむをえません。この研究所は、あとで私と下柳先生、T市警の科学捜査班長が調べることになります。安全性を確認したのち、また明日から研究を行ってもらうことになると思います」

「それはありがたい」

「私は小田切さんが残した、おそらくはお嬢さんと思われるクローンの骨を旧研究所で見ました」

「あれを見たのか」

「ＤＮＡ鑑定で、あの研究室にあった細胞組織、そして白骨すべてが同一人物のものであることを知ったとき、どれほど驚いたか。すぐに私にはわかりましたがね、クローン人間の研究だと。そして驚異的なところまで研究が進んでいると」

「間もなく圭子のクローンが完成する。君が見た圭子はまだ胎児か新生児レベルだ。それぞれあそこまでしか育たなかった。ときによっては脳ができなかった。頭蓋骨が欠損していたのだ」

ああ、それで、と乱風は合点した。骨盤の数と頭蓋骨の数が一致しないはずだ。もっとも、乱風も祥子と話しながら、充分に予想していたことであったのだが。

「そうですか……。間もなく、圭子さんのクローンが完成しますか」

偉大なる研究へのすべての思いをこめた乱風のつぶやきだ。

「ともかく、今から研究室、見せていただけませんか」

そのとき、外から一人の男が入ってきた。下柳であった。

「これは下柳先生……どうしてこちらに？」

「いやあ。署に行ったら、みんな出払っている。行く先を聞いて駆けつけたというしだいだ」

瞬間、乱風の目が光を放った。ピアスがより一層きらめいた。

「この人が小田切雅夫です。これから研究室を案内してもらいます」

乱風が感情を殺した声で下柳に小田切を紹介すると、ただちに下柳の挨拶が返ってきた。

「おお。それはありがたい。何しろ偉大な研究というべきものだからな。ひとつ、よろしく頼みますよ、小田切さん」

皺に隠れた小田切の目がまぶたのあいだで細かく揺れた。そのあと下柳をジロジロと眺めながら、小田切が何かつぶやいたようだ。唇が開きかけて、すぐに強く閉ざされた。

「下柳先生。小田切さんには、今日は署のほうで事情聴取しますが、そちらは谷村警部さんたちに任せて、僕はこの研究室を調べるほうにまわろうと思います」

「それがいいだろう。それにしても」

下柳は小田切の正面に立った。

「小田切さん。あんたがあのクローンを」

小田切の表情に変化はなく、固いままだ。クローンを造った当事者としては、賞賛されたところで、格別の感慨もないのだろう。

「偉大な科学者にお目にかかれて、T市警科学捜査班長としても、光栄の至りですよ」

下柳は小田切が一方では犯罪者、連続殺人の共犯者であることを忘れているようだ。

「これからこの中を案内してもらえるということですが」

下柳は乱風を振り返った。

「私もぜひ、見学させていただきたい」

「もちろんですよ」

乱風は目を光らせながら、ゆっくりと大きくうなずいた。


一時間ほどかけて、小田切雅夫はいま培養中の細胞や組織について、いちいちインキュベータを開け、いくつかのシャーレやフラスコを取り出しながら説明をつづけた。

「これは心臓、これは肝臓、こちらは手……」

いつの間にか部屋には、下柳と乱風、それに小田切の三人だけとなった。科学者以外の警察関係者は何人か気分が悪くなった情けない連中を含めて、途中から建物内の捜査に移っていた。

「これは幹細胞KEIKOだ。私の娘だ」

顕微鏡から直接コンピュータ画面に映し出された細胞は、キラキラと輝き、話す小田切の顔や声まで煌いているようだ。

無言で細胞を見つめている下柳を視野の端に入れながら、乱風は細胞ひとつひとつに見たこともない圭子の顔が笑っているように思えた。

「このＫＥＩＫＯに何種類もの培養液を組み合わせて、タイミングよく加減してやれば、ちょうど受精卵が細胞分裂を重ね、各器官ができてくるように分化増殖していくのだよ」

「その培養液の組み合わせは？」

下柳がせっかちに口を挟んだ。小田切の目が横に動いて、下柳をジロリと一瞥《いちべつ》したが、すぐにＫＥＩＫＯのフラスコを手にするとインキュベータに戻すべく、背中を向けた。

「そいつは」

小田切はあいているほうの手で、自分の頭を指さした。

「この中だ。圭子のクローンが完成した時点で公開する」

「先ほど、間もなく圭子さんのクローンができるとおっしゃいましたが」

今度は乱風の声だ。

「そう。いまご覧にいれたＫＥＩＫＯを育てる。培養液の組み合わせは複雑だ。一日も猶予はならない。このあと、Ｔ市警で取り調べをするということだが、必ず明日にはここに戻してもらいたい」

「明日以降、監視がつくことにはなりますが」

「かまわん。研究の邪魔さえしなければ」

小田切は別のインキュベータに手をかけて、中から数枚のシャーレを取り出した。

「それは？」

「こちらのインキュベータには、治療用の細胞が入っている」

「木下澪さんに使われた細胞ですね。ＫＥＩＫＯ－ＬとＫＥＩＫＯ－Ｘ」

「いや、こいつは膵臓癌の治療用だ」

「え？」

「澪さんの治療用の細胞は、必要があれば次にまた、凍結してある細胞を戻して、二日ほど培養を加えればよい」

「誰か別の患者さんの治療のために？」

「そういうことだ。ほかの悪性腫瘍の治療用細胞を造ることは、君も医者だからわかるだろうが、原理は横紋筋肉腫と同じだ」

「膵臓癌の患者さんということですね」

乱風は何かを考えながら、念を押すように質問を繰り返した。

「ああ。先日、所長から。あ、所長と言ってもわからないか。我々が研究していた天下製薬の研究所長だ。この研究室を用意してくれたのも所長だ。その所長から依頼が来た」

「何という方ですか。今、どちらにおられます？」

乱風の声が少し焦っている。

「それが」

小田切は一瞬口をつぐんだ。

「わからん。いつも研究の指令だけが来るのだ。所長の顔は誰も見たことがない」

名簿にあった三十名の中の人間ではないのか……彼ら以外にまだ、所長と呼ばれる男が……そういえば、池之端三郎は副所長だった。これは迂闊だったな……。

乱風の脳細胞が唸りをあげた。

ドアにノックの音がして、数人の刑事たちが谷村を先頭に入ってきた。

「上の捜査はひとまず終わった。そろそろ引き上げたいんだが」

小田切雅夫は無表情でシャーレをインキュベータに戻すと、背筋を伸ばして、もう一度研究室内をぐるりと見わたした。

「けっこうだ。どこにでも行きましょう」

研究室を出るときに、小田切は下柳に一瞬固定した視線を乱風の顔に流したあと、一言ずつ正確に発音した。

「間違いなく、明日、ここに、戻って来れるのでしょうな」

ホテル竜牙城の営業中のネオンはいつの間にか消えたままになったから、警察車輛がすべて立ち去ったあとは、幹線道路から脇道にそれて迷い込む車もなく、建物のまわりはひっそりとしていた。

ときおり抜けていく風に誘われたように起こる梢《こずえ》と鳥たちの囀きだけが、唯一、地下にひろがる研究室の中で旺盛に分裂を繰り返している細胞たちの憩いだった。

陽が落ちれば、山の中は真っ暗だ。低く大阪平野によどむ人工的な明かりは、夜の空に漂う微粒子に反射されて、かろうじてホテル竜牙城にも届いていたのだが、闇の中、そこにラブホテル、いや地の下に常識を超越した研究が展開されている空間があることなど、まったくわかるはずもない。

都会の音もまた、小さく山肌を這い上がってはくるのだが、一定の波長を乱す格別な音が発生しない限り、静寂というべきものだろう。

だが、木立の中をたしかに今、ジリジリと地に貼りつくようにホテル竜牙城に向かってくる音があった。ドライブウェイを走っているあいだは点灯していたライトを、脇道に入る直前に消して、黒塗りのその車は誰かに見られるのを嫌がるように、ゆるゆると進んできたのであった。

慣れているのか、暗闇の中で運転に誤りはなく、車は静かに駐車場に入った。ドアを開けて出てきたのは黒い影がひとつ。ポケットから鍵を取り出し、駐車場奥の鉄扉を開け、中に体を滑り込ませた。

そのあと、地下研究室までのわずかな距離も、影は光なしに進んだ。さすがに研究室を閉ざしている電子錠のところでは、ペンライトの小さな光が影の指を誘導した。灯っていた小さな赤い点が緑に変わり、通常より大きく聞こえる音をたてて扉が開いた。影が体を入れると、すぐにドアが閉まった。

カチリ。

スイッチの音とともに研究室内が一気に明るくなった。影の全身が光の中に浮かび上がった。帽子をかぶり、大きなサングラスとマスクで顔が覆われている。体を包む衣服も真っ黒だ。さほど大柄ではない。身もほっそりとしている。

誰ともわからぬ侵入者は、躊躇なくひとつのインキュベータに近づくと、中から数枚のシャーレを取り出した。蓋に記載された培養細胞の名前を確かめると、シャーレの底に充満した細胞にじっと視線を這わせている。目が歓喜の色を放ったのだが、サングラスの黒色がすべてを吸収した。

「こいつさえあれば……」

侵入者が声を発したのは、ただこの一言だけであった。

翌日昼頃、T市警から移送された小田切雅夫が早速研究を再開すべく、インキュベータの中を確認して顔をしかめた。

「膵臓癌治療用の細胞が……なくなっている」

ホテル竜牙城の一室に備え付けられていた監視カメラに映った画像が解析された。夜中のわずかな時間に黒装束の侵入者があったことは明らかだったが、女性とも老人とも、あるいは少し背の高い子どもとも思える黒ずくめの人物を特定することは不可能だった。

「電子ロックを苦もなく開けているところをみると」

谷村警部と乱風は顔を見合わせてうなずいた。

「一人しかいませんね」

25 最終治療

明かりを落とした暗い部屋に、一人、動くと少しばかり息が短くなる白衣の人物が、目を当てた顕微鏡の中の光景に、歓喜の声をあげた。

「で、できたぞ。できた……」

飛ぶように立ち上がると、蹴られた椅子が転がった。

「できた……できた……これで」

何だか踊りだしそうだ。足が右に左に前に後ろに、と軽やかなステップを踏んでいるつもりなのだろうが、実際はいささかよろめいた。体が顕微鏡に突き当たりそうになって、慌てて身をよじっている。

「おっとっと。もったいない」

おどけるようにつぶやきながら、静かに上半身を曲げて、顕微鏡から慎重にシャーレをつまみ上げると、インキュベータに戻した。中には何十枚ものシャーレと細胞培養用のフラスコが積み重ねてある。

「膵臓癌……か。これで、この細胞で、おさらばだ。これで治る」

やった、やった、と白衣が部屋の中をぐるぐると踊りまわった。何とも、うれしさを隠せないようだ。息が切れた。椅子に腰を落とすと、背中がズキンと痛んだ。

「それにしても、小田切の培養方法を逐一記録しておいたのは正解だった。これほどに厳密に培養液の使用順序と時間が規定されているとは。生命現象とは、今さらながらに驚くばかりの複雑さだ。それを小田切はたった一人で」

大きな吐息が口から洩れた。しばらくの静寂が時間を占めた。

「よし。時間が惜しい。細胞を集めるか。膵臓癌根絶の治療用細胞を」

どうやらこの人物、小田切雅夫が新研究室で所長から培養を依頼された膵臓癌攻撃用の細胞をどこからか手に入れたらしい。小田切の手で造られた膵臓癌細胞と攻撃能力を有するリンパ球の融合細胞である。

とすれば、黒装束の侵入者ということになる。

「さあ。この細胞を打てば、必ずよくなる。膵臓癌が完全に治る」

色の悪い手が愛おしそうに、集めた細胞で白く濁った点滴バッグを撫でた。

「これから治療だ。修復用の細胞もたっぷりといただいてある。待っているんだよ。今すぐに治してやる。これで何もかもよくなる」

細胞を浮遊した液で重たげにふくらんだ点滴バッグを皺の寄った手のひらに載せると、量感を楽しむように揺すったあと、この人物は、ゆっくりと部屋を出て行った。

どことも知れない小さな研究室の中で、白衣の人物が膵臓癌治療用細胞の培養に成功し、凱歌をあげた日から数えて一週間、国立Ｏ大学医学部附属病院救命救急部に一台の救急車が横づけにされた。

お馴染みのけたたましいピーポー音が、正面玄関少し手前の救命救急部入り口で急速に終息鎮静すると、マスクと防護メガネに覆われた顔からは何の表情も読み取れなかったが、まさしく怯えた瞳孔を細かく震わせた救急隊員が患者を載せたストレッチャーを搬送車に移した。彼らは最短の時間で救命救急に飛び込む努力をした。

患者は頭から足先まで完全に白いシーツで覆われているが、死体ではない。それが証拠に、シーツの腕や脚のあたりがときどき意志をもって動いているのだ。

「患者さんは、こちらの病院にかかっておられたということで」

救急隊員の声に応対した医師は、ストレッチャーの行く先を手で示した。

広い平面でありながら、何台もベッドが並び、どのベッドにも患者がいて、機器がところ狭しと置いてあり、それらはすべて稼働中で、配線が点滴のルートと絡むように空間に散らばっている……。

白衣緑衣が隙間を縫って動きまわる……。

壮烈な生命戦場は、いつもながらの光景だ。

今しも、医師が指さした方向にはパーティションしか見えなかった。救急隊員は大きくうなずいた。

乱風が祥子を伴って、T市警谷村警部を訪れたのは、ちょうど救急車が国立O大学救命救急部に、医師と看護師以外人目に触れないようパーティションで囲んだベッドに患者を運びこんだ頃であった。

「下柳先生は？」

「このところ、体調を崩されて、休暇を取っておられる」

「そうですか……」

乱風はしばらく考えていたが、話しにくそうに口を開いた。

「下柳先生なんですが」

「先生がどうかしましたか？」

「連日、T市警管轄でホームレスの死体解剖を行っておられましたよね」

「以前にそんな話をしましたかね」

谷村はときどき祥子に視線をやりながら、眩しそうに目を細めている。

「ちょっと気になりましたので、僕のほうで少し調べてみました」

「え？　どういうことです。解剖が何か……」

谷村警部は自分の管轄の案件を、頼みもしないのに埼玉署の刑事が何を勝手に、と見えないようにむっとしている。谷村の内心を知ってかどうか、乱風は姿勢を整えた。

「下柳先生がすべてのホームレスの遺体を解剖されたこと、一見、このところの警察の怠慢な、解剖もせずに安易に死亡判定をしてしまうことに対する世間の批判と正反対の、精力的なお仕事のように思えます」

「一見って……君は下柳先生のご努力を」

乱風は手を上げて、静かに谷村の怒りを鎮めた。

「すべての死というからには、なぜホームレスだけなのでしょうか」

「何が言いたいのだ？」

「病院で亡くなった方はどうですか？　ご自宅で亡くなった方は？」

「病死ならば医師の診断があるだろう。それに自宅死亡はとりあえずは変死扱いだが、警察医の診断を仰いでいる。いずれも」

「全例、解剖しましたか」

「医師の診断がついているのだ。必要あるまい」

「ホームレスだって、警察医が診断すればそれでよいのではありませんか」

谷村は、うっと詰まった。

「全員解剖を目標としているにもかかわらず、ホームレスだけとお聞きしたのが引っかかったのです。医師が診断したとしても、解剖しなければ、本当の死因がわからないはずです。下柳先生のやり方だと、すべての死人について解剖し、本当の死因を突き止めねばならない」

谷村の目が、これまでの乱風を見る目と違って、半分怒り、半分疑惑に満ちている。

「失礼とは思いましたが、下柳先生のコンピュータの中を調べさせていただきました。令状も取ってあります」

「な、何だって!?」

谷村の顔が真っ赤だ。乱風が下柳の何を疑っているのか、むしろ心外といった怒りが露わだ。

「コンピュータはパスワードを入れないと開かないようになっている。しかしそれは、表からの手順であって、調査しようと思えば、コンピュータの中、簡単に侵入できます。やろうと思えば、すべての人間のすべての情報を手に入れることができる」

乱風はポケットから二枚の紙を取り出して、谷村の前にひろげた。

「これは下柳先生のパソコンにあった、解剖症例の一覧表です」

細かい文字が表を埋めていた。

「症例の数はちょうど二百例。百例ずつが記載されています」

谷村は目を細めて表を眺めた。番号があり、名前が並び、投与年月日、投与薬剤、死亡日、死亡原因の欄があった。空欄はわずかだ。

「操作分類のところ、AとかBとか、アルファベットが書いてありますよね」

〈A＋B＋C〉〈A＋C＋D〉〈B＋C＋E〉などと各欄に記載があった。

「それぞれのアルファベットは、ひとつひとつが発癌剤を意味していると思います」

「何だって？」

「発癌剤。癌を発生させる物質です」

谷村はまた一覧表に目を落とした。

「死亡原因の欄、ほとんどに何がしかの癌の名前がありますよね」

胃癌、肺癌、肝臓癌、膵臓癌……。あらゆる癌の名前があった。

「悪性黒色腫とか横紋筋肉腫、脂肪肉腫などの名前もあります。こちらも癌同様、それぞれの細胞から発生した悪性腫瘍です。何でもありだ。で、よく見ると、A＋B＋Cでは肺癌、B＋C＋Eでは肝臓癌、要するにある種の発癌剤を組み合わせれば、確実に目標とする臓器に癌を発生させることができる」

「偶然じゃないのか。ホームレスの連中だったら、煙草まみれ酒まみれ、肝臓をやられて癌になることなどよくあるんじゃないか。肺癌だって」

「もちろんその可能性もありますが、投与発癌剤と結果が間違いなく一対一対応するのです」

谷村の目が細かい文字の上を這いまわった。横から見ると、こめかみに静脈が浮かび上がり、飛び出しかけた眼球にも毛細血管が真っ赤にふくれ上がっている。

「結論から言えば、ここT市のホームレスの人たちを使って、大規模な発癌実験が行われた。下柳天下製薬近畿支部研究所長によってね」

「な、何だって⁉ 君！ 今、何と言った⁉」

「下柳敬太郎は天下製薬研究所の所長だったと思いますよ」

「そ、そんな……君！ 岩谷君。失敬な！」

「捕縛した研究所員五名全員が供述しているではないですか。所長の姿を見たことがない。いつも指令は電話連絡だと。小田切さんもそう言っていた」

「むうう……」

奇妙な唸り声をたてて、谷村は目の前の電話をひっつかんだ。

「もしもし、谷村だ。下柳先生は？ 至急、下柳先生に連絡を取りたい」

「科学捜査班の部屋ですか？」

谷村は受話器を強く耳に当てたまま、質問した乱風をジロリと睨んだ。

「何ぃ……⁉」

しばらくして返事を聞いた谷村は、手から滑り落ちそうになった受話器を慌てて握りしめると、

「もう一度、確認しろ。何！　何度もやっている。くそっ！」

罵声《ばせい》とともに、受話器を叩きつけた。乱風を睨んだ谷村は、悲しそうな顔にも見えた。

「登録された住所、架空の番地だったのでしょう、相も変わらず？」

すでに乱風たちには確認したことだった。

「自宅まで連絡することなど、まったくと言ってよいほどありませんからねえ」

「年賀状は」

と言いかけて、谷村は下柳がいつも「年末の挨拶だけでいい。同じ職場だ。自分は出さないし、みんなも出さなくていい」と言っていたことを思い出した。

「谷村さん。僕が下柳先生に疑問を感じたのは、昨年十二月二十一日に小田切邸が襲撃されたタイミング、これは中馬六郎刺殺の容疑者として小田切雅夫が捜査線上に浮上した翌日です。さらに二十五日、大学に細胞を届けた伊藤良一が研究所に戻らず、それまでほとんど帰っていなかった自宅に戻ったことからです。伊藤を追跡すれば新研究所が見つかる、と提言したのは僕です。もっとも、このあたりまでは偶然と言われても仕方なかった。決定的だったのは、ホテル竜牙城の地下新研究所の捜索に踏み込んだときです」

　わかるか、というように乱風はわずかに時間を置いた。

「二十五日、二十六日、下柳先生はお休みだった。捜索のことはご存じない。事実、二十七日朝、我々が研究所に乗り込んだことを、出勤して誰かに聞いて飛んできたと言っていた」

谷村は目を大きく剝いた。理解したようだ。

「署で我々の行動を知っている者は、すべて捜査に加わっていましたよね。それに僕は谷村さんに緘口令《かんこうれい》をお願いしていた。それとも、何らかの理由で、下柳先生に谷村さんから連絡されましたか?」

谷村は、無関係な捜査員のみならず、下柳にもホテル竜牙城捜索を話していなかったことを自ら思い起こしている。

「誰も知らない捜査を、どうして下柳先生が知ったのです? 我々が研究所に乗り込んだとき、下柳先生は研究所の中にいたと思いますよ」

「うむ……」

「もうひとつ、下柳先生を疑った経緯があります。それは天下製薬近畿支部研究所の北側にあった研究棟のことです」

乱風は横で静かに聞いている祥子と目を見合わせた。

「北の研究棟は、白骨が見つかった時点ですでに取り壊されていましたから、何をやっていたのか、何があったのか、まったくわからない。ですが、南の研究棟と同じ研究をしていたなら、同じような白骨でも見つかってよさそうなものだ。そうなると、解体工事現場の人たちが騒ぐでしょう。それがなかった」

「そのことと、下柳……先生とどう？」

「何かほかの研究、それも世間一般常識では考えられないような研究をやっていたのではないかと考えたのです」

「それが大規模な発癌実験だと？」

「発癌剤の研究、発癌剤の開発だったと思います。南では人間を造る研究。北では人間を葬る研究」

ううう、と谷村は頭を抱えた。理解しがたい研究、理解しがたい人間の恐ろしい考えに、頭がガンガンしている。

「下柳先生が精力的に死体解剖を行っている、それも連日連夜と聞いて、もしやと思ったのです。その一覧表にある発癌剤投与は数年前からはじまっています。結果が今、矢継ぎ早に出てきているということですよ。実験が成功して、次々と癌が発生、死亡しているということです」

むうう……谷村には唸り声しかない。

「し、下柳先生を見つけないと」

谷村は乱風の声にさらに驚かされた。

「それは無理かもしれませんよ。下柳先生、膵臓癌で、もう危ない状態なんじゃないですかね」

「最初に会ったときから、わずか三週間のあいだにずいぶん瘦せていた。クリスマス前に見て、驚きましたよ。谷村さんたちは毎日会っておられるから、よくわからなかったのかもしれませんが」

谷村は下柳の体を思い浮かべた。確かにクリスマスイブあたり、顔色が悪かった。それも日曜祝日返上で解剖に精を出していたためだろうとしか考えなかったが……。

「元研究所員たちが利権絡みで小田切さんの研究を狙ったことはわかります。研究所が閉鎖されてから一年、彼らは静かに水面下で動いていた。何しろ研究内容が内容だ。世間に知れるととんでもない騒ぎになる。ところが、十二月二十一日の小田切邸急襲、殺人、おまけに放火と、手のひらを返したように乱暴なやり方に変わっている」

谷村は乱風に自由にしゃべらせることにした。思いもかけなかったことばかりで、考えを述べる機能が麻痺しているのが自覚できた。

「小田切さんの研究を早急に手に入れたい理由が起こったに違いない」

乱風は祥子に目を向けた。祥子がうなずいて口を開いた。

「畔柳《くろやなぎ》　龍《りゅう》太《た》郎《ろう》という人物のカルテがO大学医学部附属病院にあります」

目だけ動かして、谷村は祥子を見た。

「同一人物かどうかは不明です。偶然の一致かもしれませんが、住所はこちらの登録と同じです。番地が架空の住所ですね。町名までの住所検索で、この架空の番地に一致する者が見つかったのです。患者の名前が酷似している。二年前に膵臓癌の手術を受けています」

乱風の補足の声が挟まった。

「ちょうど下柳先生が国際警察機構の視察目的で、日本を三カ月ほど離れたときと一致します。調べてみましたが、国際警察機構を下柳先生が訪問した記録はありませんでした。畔柳龍太郎という人物もです」

「その患者さん、最近、膵臓癌の再発が判明しました。肝臓、肺に転移した末期の状態です」

祥子のあとを乱風が継いだ。

「おそらくは小田切先生の治療研究を自分に使おうとしたのではないか。そのためにも小田切雅夫の身柄を確保して、治療用細胞を早急に造らせる必要があった、と考えました」

谷村が弱々しく唇を震わせた。

「膵臓癌……」

「小田切さんは所長なる人物の命令で、膵臓癌治療用細胞を作らされた。その細胞が盗まれた。盗んだのは、あの監視カメラに映っていた、癌で相当に痩せ衰えた、女性のようにスリムな体になった下柳先生、いや、畔柳龍太郎だと思います。どちらが本名か、それとも本名は別にあるのか、それはわかりませんがね」

谷村が何も言わないので、乱風は下柳敬太郎の件について締めくくることにした。

「研究所に残っている細胞、ほとんどが小田切圭子のものです。小田切雅夫のDNAと、焼死した小田切澄江の解剖時に得られた組織から採取したDNAの鑑定から、細胞が間違いなく彼らの娘さんのものであることは証明ずみです。幹細胞KEIKO、KEIKO-L、そしてKEIKO-Xいずれもです。ところが、誰のものかわからない細胞が一種類別に、凍結された中にありました。おそらくは、手術で採取された下柳敬太郎いや畔柳龍太郎の膵臓癌細胞かと思います」


クローン人間創造と大規模発癌実験のことを突きつけられると、旧天下製薬の研究員たちは逮捕されていた者も、事件に関係しなかった者もいっせいに顔色を変えた。彼らの何人かがようやく重い口を開いて、研究所のことを語りはじめた。そもそも彼らが天下製薬近畿支部研究所に勤めていたことがどうしてわかったのか、それを知りたがった。話の内容をつなぎ合わせると、天下製薬に就職後、選別された特別部隊三十名として近畿支部研究所に配属されたという。名前だけは天下製薬の名簿に載せていたが、研究の特殊性から、住所その他の情報は架空のもので、別のシステムで給与、保険などが処理されていたということだったが、特に不都合もなかった。

　毎日顔を合わせているという理由で、年賀状のやりとりもなかったから、住所がいいかげんでも何も問題はなかったようだ。大企業ではよくあることで、祥子に訊くと、大学でも似たり寄ったりとのことだった。研究員らにも研究以外のことについては、詳細はわからなかったようだ。

　研究内容に関しては決して他言しないよう、宣誓させられたという。

　南北の研究棟のあいだには、研究者の交流はなかった。何となく、それぞれの研究棟のミッションは感じていたが、互いの研究のことを知ると、大半の研究員にはまた新たな驚きがあったようだ。

　身元が給与振り込みの銀行から逆に辿られたことを聞かされて、苦笑いをしていた。彼らは天下製薬が不祥事から倒産することなどありえない、生涯、特殊研究をつづけるものと信じきっていた。

　彼らにとっても、クローン人間創造、正確な人為的発癌は、研究としては格段の魅力があったのである。

　緘口令が敷かれたにもかかわらず、救命救急部に収容された奇妙奇天烈な患者のことは、一週間もしないうちに、O大学附属病院に勤務する医療関係者ほぼ全員の知るところとなった。

患者は救命救急病棟の片隅で人目につかないようにして治療されていたが、担当の医師にしても、救命救急教授をはじめすべての医師にとっても、いったいどのように治療すればよいのか、雲をつかむような状況であった。

医師の中には、

「手塚治虫の『ブラック・ジャック』だったか、きのこか何かが人に寄生して、あのような外見を呈するようになった漫画を見たことがありますが」

と発言する者まで出る始末。

「遺伝子病じゃないですか」

こちらは、考えられる遺伝子を隈なく検査して、その結果、否定された。

「しかし、日増しに大きくなっているぞ」

「それも体じゅう、どこもかしこもだ」

「もう、目も見えていないようだ」

「息すら、腫瘍の隙間からかろうじてという状態です」

「搬送されたときより、体重が倍になっている」

「患者は意識があるのか」

「あるようです。こちらの問いかけに対して、かすかに指が動くのですが、その指すらもはや塊の中に埋もれていて、わずかに爪だけが見えている状態で」

「まるで風船の」

化け物のようだと言おうとして、医師は慌てて口を押さえた。ベッドの上にいるのは間違いなく人間のはずだった。

額から大きな腫瘍が突き出ていた。目から発生した腫瘍は片目を潰し、眼窩から前方にゴルフボールくらいの大きさで飛び出していた。それを受けるように頬にはソフトボール大の腫瘍があった。

鼻の穴は潰れていた。腫瘍と腫瘍のあいだの小さな隙間を震わせて、空気が行き来していた。ヒューヒューと長く細い音が、いかにも息苦しそうにつづいている。

顔の右半分を覆った腫瘍の奥に、右目がときどき角度によって光ったようにも思えたが、すでに視神経は光を感じる力を頭蓋内にできた腫瘍によって遮断されていた。

腫瘍は顔だけではなかった。全身至るところから好き勝手な方向に、好き勝手な大きさで成長して、通常の人間と認識する形状から極端にかけ離れていた。

当然、体内にも同じように腫瘍が発育していて、骨を押し曲げ、いや骨の中からも発生し、体型のいびつさは体内の発生異常も加わっていると考えられた。

ＣＴ撮影装置には体が大きすぎて入らなかったから、患者をシーツで隠して密かに運び込んだＭＲＩで全身が撮影された。それも医療従事者の興味をいく分か自己満足させるだけの目的でしかなかった。

この検査自体、医療費の無駄遣いというべきもので、上がってきたＭＲＩ画像を見て、解釈ができた医師は一人もいなかった。おそらくはここが肺、ここが心臓、ここが肝臓など、おそらくという接頭語が必ず付加された。

どこでどう栄養を得るのか、口も腫瘍で埋まってしまった患者はまったく食することもできず、かといって、かろうじて入っている末梢血管からの点滴が充分な栄養を補給できる保証もないままに、何となく膨張をつづけながら生きていた。

どこまでふくらむのか、誰にもわからなかった。

いくつかの腫瘍が、目や鼻、口がないにもかかわらず、人の顔のような形状を示していた。

いや、中には目の窪みの中に、水晶体の原基と考えてもよいようなレンズ様の透明な球体が光を反射し、腫瘍が膨張するとともにレンズもまた大きくなった。

口腔を思わせる空間には、規則性を無視した歯牙が何本も発育し、乱杭《らんぐい》のごとくに醜い形相を造った。

ひとつふたつ、静かに眺めれば、切れ長の目元涼しく、高い鼻の稜線がすっきりと眉間から口を結び、二枚の唇がほどよく微笑みを湛えている……顔があった。

その顔が、二十年前にここO大学医学部附属病院消化器外科で、十五年という短い命を閉じた薄幸の少女の顔にそっくりであることを知る者は、ただ一人を除いて、いるはずもなかった。

膨張した腫瘍に包まれた患者は、ある日、人知れず冷たくなっていた。関係者一同、肩の荷が急に軽くなったように感じるとともに、途方もない空しさを覚えていた。

死骸は当然のことながら病理解剖に付された。

腫瘍はすべて奇形腫と診断されたが、これほどいくつもの腫瘍が、全身あらゆるところから発生した症例は、医学部創設以来のことであった。

人類はじまって以来と言っても過言でないかもしれなかった。

何らかのウイルス感染などが警戒されたが、調べても既知の病原体が原因と言えるような検査結果は得られなかった。新種病原体の検索がその後一年にわたって研究されたが、これまた徒労に終結した。

家族がいるのかいないのか、連絡の取りようもない患者の遺骸は、無縁仏として手続きが取られ、全身一体そのままフォルマリン処理され、貴重かつ稀有なる症例として、永くO大学医学部の病理献体室に陳列されることとなった。

26 最終定理

「木下修一。小田切雅夫ならびに小田切澄江による医師殺害に関して、彼らの意図を知りながら、被害者医師の名前を彼らに教えたこと、殺人幇助《ほうじょ》と言える行為だが」

谷村警部の前で、木下は背筋を伸ばし、はっきりと肯定のうなずきを返した。詳細を聞こうと、口を開きかけた谷村を遮るように、木下が先を取った。

「私は医師です。医師の為すべきこと、それは第一に患者の利益を考えることです。単純に言えば、患者の病を治癒させることです。させるなどという表現が口はばったい、傲慢だと聞こえるならば、こう言い直してもいい。病が治癒するお手伝いをすると」

「そう考える現役の医師のあなたが、なぜ殺人に加担を？」

「小田切夫妻が殺害した相手は、医師ではない」

「え？」

「彼らこそ、殺人者です」

谷村や、取調室の隅で記録を取っていた蒲田刑事は、一瞬息を止めた。狭い部屋の空気がやたらに重苦しく、呼吸がしにくいと感じている。目の前にいる、取り調べられている木下のほうが平気な顔つきだ。

「殺人者がさらなる殺人を犯さないよう、殺人の被害がひろがらないよう、くい止めただけです。小田切先生夫妻を単純に殺人犯と呼ぶのは、あなた方警察あるいは司法の大いなる過《あやま》ちと言うべきものでしょう」

「な、何だと！」

穏やかに対処できる相手と、のんびりと構えていた谷村は、意外な木下医師の発言に気色《けしき》ばんだ。思わず立ち上がりかけて、膝を机の角にしたたか打ちつけた。動いた机の反対側の端が、木下の腹を打った。

「谷村さんとおっしゃいましたか」

机を押し戻しながら木下は、谷村警部の目に強い視線を刺し込んだ。思わず谷村が顔を後ろに遠ざけるくらいの圧力があった。

「お尋ねしますが、仮に小田切ご夫妻が杉山満彦医師を、お嬢さんの圭子さん殺害の罪で訴えたとして、どうなさいますか」

小田切圭子の闘病については、谷村には乱風や祥子たちから聞いた一応の知識はあった。

「そいつは、医師の裁量の範囲内ということで、殺人という表現は間違っている、まったく見当違いだと思うがね」

「法律的なことを議論するつもりはありませんよ。では、質問を変えましょう」

どちらが取り調べをしているのだ？　と谷村は歯軋りをした。だが、いつものペースを取り戻すきっかけがいっこうにつかめない。むしろ谷村の耳が木下に向いたままだ。

「谷村警部さん。お子さんは？」

どこかでこんな話をした覚えがある……谷村も蒲田も脳がふわふわとしだしている。乱風の顔が浮かんだ。そういえば、あの男も医師だった……。

答える必要がどこにある、取り調べをしているのはこちらのほうだ、と腹の底に力を入れた谷村は、その力が自分の声を押し上げた気がした。

「二人いる」

「では、そのお子さんが、医師の裁量の範囲ということでもけっこうですが、病院にかかって命を落としたとなると、どうなさいますか。あなたのかわいいお子さんが死んだということです」

後半の言葉は、明らかに怒りがこもった強い口調で語られた。

ああ、と部屋の隅でかすかなうめき声が起こった。蒲田刑事の口が開いている。

おそらくは答えにくいだろうと考えた木下は、瞬時の自分の判断に追加説明を加えた。

「医師の判断ミスで、お子さんが亡くなった、と申しあげているのです。法の番人としては迂闊な発言はできませんか？　法を破る行為はご法度ですか？」

ぶっ殺してやる……乱風の声が蒲田の脳に響いている。そう、もしあのとき、俺の子どもが肺炎で死んでいたら、俺は、俺は、あのやぶ医者をぶっ殺していたかもしれない……。

「か、かといって、殺すところまでは」

「できませんか？　許せるものでしょうかね」

木下は背を椅子にもたれかけさせた。粗末なパイプ椅子がギイィと惨めな音をたてた。

「私には子どもはいません。お聞きになったかどうか、私が治療している患者は、事実上私の妻とも言える女性です。彼女は横紋筋肉腫。小田切夫妻のお嬢さんと同じ病気に侵されています。彼女もまた、向田宗明といういいかげんな医師のために腫瘍に不用意なメスを入れられ、結果、横紋筋肉腫が全身に飛び散った。幸い、小田切先生が開発された治療法によって、今のところ小康状態を保っています。が、まだ予断は許さない。澪の体から完全に横紋筋肉腫細胞が駆逐されたかどうか、もう少し待ってみないとわからない」

部屋の空気が一瞬停止した。

「小田切さんが向田医師を殺害したのは、まだ妻が生きている以上、少々早まったかもしれません。ですが、万が一にもこのあと妻が死亡したとしたら」

木下は頭を垂れた。

「私は澪と同じ道を辿るつもりをしております」

「え？　それは」

「仮に向田医師が生きていたとしたら、私たち二人が旅立つ前に、ひとつ死体が増えるということになったと思います」

この男は本当に医師だろうか、と谷村は頭の中が掻き乱されるような気がした。谷村の考えが見えたのかどうか、木下の声がつづいた。

「医師とて人間です。愛する者を理不尽なやり方で奪われたとしたら、奪った人物に相応の責任を取ってもらいたいと考えるのが自然でしょう」

「そ、そのために司法があるのだ」

谷村はかろうじて自身の立場を維持した。

「わかっています。ですが最初にもお示ししたように、医師杉山満彦の殺人は司法的には成立しないのでしょう。それとも、谷村さんに申しあげれば、ご対応いただけましたか？」

谷村は何も言えずに、拳を机に落とした。激しい音に、記録をつづけていた蒲田が、驚いたように首だけ後ろに向けた。

「もう少し、聞いていただけますか」

木下はひと息ついたあと、滑らかな口調でつづけた。しゃべり方を見ている限り、いま頭の中に浮かんでくる考えを思いつきのままに話しているというふうではなく、木下自身の医師としての本来の気構えを聞かせているという印象だった。

「少したとえは変かもしれませんが、かつて国際学会でヨーロッパに行ったときのことです。イタリアだったかフランスだったか、あちらで知り合った医師たちと山の上のレストランに夕方、食事をしに行ったとき……」


木下を乗せた乗用車は、山道のドライブウェイを駆け上がっていた。木下には、ハンドルを握っている女医の運転がいささか乱暴のように思えた。たしかに、くねくねとうねる暗く狭い山道を行くハンドルさばきは鮮やかではあったが、木下は無理やり自分をそう納得させて座席にしがみついていた。同乗の医師たちは話し声も高らかに、大きな笑い声をあげながら、ときには冗談まで飛び出して、右に左に車の揺れるままに体を泳がせていた。

窓の横を下り方向に走る車が唸りながらすれ違った。

「オウット」

運転する女性医師が甲高い声を発しながら、ハンドルを切った。車は大きく振られた。今しも上から、こちらも相当の速度で下りてきた車と正面衝突しそうになったのだ。

何とも乱暴な運転だ……木下は全身から汗が噴き出るのを感じた。いつか事故が起こる……。

車は速度を緩めることなく、山道をぐんぐん上がっていく。車内の医師たちの笑い声、しゃべり声には何の変わりもない。そういえば、街中はけっこう車の行き来は激しい。日本も混雑しているが、これほどに人々が焦ったように、そう、木下にはこの国の人々がやたら動きが速く、焦っているように思えたのだが、激しい運転をしているとは思えない。木下は運転手に訊いてみた。

「いつも、こんな運転してるのか?」

「イエーィ」

肯定の返事が運転手の女性から楽しげに飛び出した。

「ヒューヒュー」

同乗医師たちの煽《あお》る口笛だ。どうやら彼らの日常と解釈できた。と思う間もなく、次の対向車のギラギラ光るヘッドライトが目の前で爆発したように思えて、木下は目を瞑ったのだが、何の衝撃もなく、横をエンジンの唸りが駆け下りていった。

木下は何とか心の動揺を落ちつけて、山頂のレストランでもう一度訊いてみた。

「車、ぶつかりそうになって、危なかったね」

「何が? ああ、あんなの、しょっちゅうだ。別にたいしたことない。のんびりだらだら走っていたら、すぐに先を越されるよ。ああいう運転に慣れてないと、かえって危なくって仕方がない」

「何の話をしてるんです？」

谷村の声が割り込んだ。

「彼らは常に緊張して運転している。危ないと思っているから、心構えができている。すぐに対応できる準備ができている、ということです。のんびりとした日常のぬるま湯につかっていると、厳しい状況に対応できる訓練ができていない、対応する能力が培われていないということです。日本人には、とてもあのような運転はできない」

「それが今度の医師殺人とどういう」

「医師も同じです。自ら常に緊張を強い、あらゆることにミスがないよう普段から心構えをつくっておかないと、簡単にミスしてしまうということです。もっとも医師がミスして死ぬのは本人ではなく、患者ですが」

何となくわかったような、わからないような……。

「常に緊張を強いられる環境に身を置いて医療をやっていれば、複雑困難な、厳しい状況に対応できるだけの日常ができている。生ぬるい環境では、厳しい状況に陥ったとき、対処できないでしょう。これはどの世界でも言えることです。それが、緊張なく、何となく医療をやっている。あるいはもっとまずいのは、私はお医者さんです、偉いんだ、私の裁量でやるのですから咎められることはない、と考えている医師です。医師の裁量範囲というのも、よく考えないといけません。犯した過ちに気づかないから同じミスを繰り返す。ミスと認識していないから悲劇は繰り返される。患者はたまったもんじゃありません。医師だって、医師の家族だって、患者になるのですよ……」

と言って木下は静かに口を閉じて、背を椅子にもたれかけさせた。またギイィと音がして、時間を区切った。

しばらくの静寂があった。

そのあと谷村たちは気を取り直して、木下が言うところの患者を理不尽な死に追いやった医師たちの名前を小田切雅夫に教えた事実の確認に一時間ほど費やし、業務責任を果たした。

「殺人幇助罪が適応されるかもしれませんが」

「仕方ありませんね」

「今日のところは、患者さんもおられるでしょうから、お引き取り願ってけっこうです。が、必ず居場所ははっきりさせておいてください」

「逃げも隠れもしませんよ。それで、小田切先生は？」

「しばらくは監視つきで、研究をつづけることになるでしょう」

「それはよかった」

部屋を出るときに、谷村の声が木下の背中にかけられた。

「奥さまのご病気、快癒されること祈っております」

横で蒲田刑事が静かにうなずいて、頭を垂れていた。

乱風を含めた数人の刑事たちが交代で監視する中、睡眠と食事の時間以外、小田切雅夫は研究をつづけていた。

幹細胞ＫＥＩＫＯが分裂をはじめ、少しずつ各器官の原基となるものが現れてくるのが、顕微鏡から直接コンピュータの画面に映し出されている。

白衣に身を包んだ小田切は、微妙なタイミングを捉えながら、いく種類もの培養液を混合し、細胞に与えていた。複雑きわまりない培養工程のはずだが、小田切の動きにはよどみがない。

研究室には窓ひとつなかったから、入り口の前に陣取った刑事が一人、十二時間交代で椅子の上に腰を落ち着けていれば、監視の役目は充分だった。

小田切はトイレ以外は地下研究室を出なかった。食事は外から運び込まれた。ときに、刑事が居眠りしても、逃亡の恐れはなく、平和な時間が地下の空間に流れているだけだった。

当初、小田切監視を買って出た乱風は、さかんに研究室の中を覗きたがったが、小田切からはっきりと拒絶されていた。研究を邪魔されたくない、そのひと言で、乱風はすごすごと身を引かざるを得なかった。それに、管轄外の仕事であった。

乱風は当然のことながら埼玉に呼び戻され、本来の業務を強いられることになった。小田切のクローン研究が気になって仕方がなかったが、忙しい日常に、ほかのことに気を取られている暇はなかった。ぼうっとしていると、下手をすれば凶悪犯の返り討ちで、将来自分のクローンを造らなければならない羽目に陥る危険性があった。

夜の祥子との電話が唯一心を癒せる時間だったが、これまた夜中の刑事業務に邪魔されて、ままならない状況がしばしば発生し、二人の欲求不満はときとして爆発寸前までふくれ上がった。

「小田切先生の研究については格別の情報はないわ。澪さん、今日、木下先生の診察だった」

「どうだった?」

「大丈夫。いまのところ、お元気よ」

「木下先生は、その後?」

「特に警察からは何も言ってきていないようで、毎日、ご診察と研究に」

「やはり横紋筋肉腫の研究を」

「つづけていらっしゃる。あのあとも、三例ほど横紋筋肉腫の患者さんが木下先生の受け持ちになった」

「ということは、いまだにまずい初期医療が」

「そのようね。不用意に腫瘍にメスを入れる医師がまだまだあちこちにいるってことよ」

乱風は考え込んだ。

「不用意な処置も気をつけなければならないでしょうけど、進行した状態で病院に来る人もいる。とにかく早く治療法が、それも完治させる治療法が確立しないと」

「小田切さんの研究、見たいなあ」

「乱風。刑事辞めて、研究者に戻ったら」

「え？」

「実はねえ」

祥子は携帯を反対側の耳に当てた。汗ばんだ耳が急に涼しくなった。

「乱風のことが心配で」

祥子の目の前には、伸ばされた白く長い指が見える。大粒のダイヤが幸福の煌きを放っている。

「僕なら大丈夫だ」

「いつも相手は凶悪犯人でしょ。心配しないほうがおかしいでしょ」

「ありがと、祥子」

「父親にでもなったら……」

「え？　うぃ！」

乱風は喉に声を詰まらせた奇妙な音をたてた。

「しょ、祥子。まさか」

「何、慌ててんのよ」

「ま、まさか、祥子」

「父親になったら、私たち離れているわけにはいかないし」

「しょ、祥子。まさか」

「父親が常に凶悪犯の銃口に曝されているのも、落ち着かないし」

乱風はだらしなく寝そべっていたベッドからたちまち身を起こして、背筋をピンと伸ばしている。耳元に祥子の囁きがつづく。

「研究者に戻って、小田切さんのような偉大な学者になってくれたら、私、安心なんだけどなあ」

知り合った頃から比べると、祥子は乱風と離れていることがつらくなっていた。指数関数的に恋慕の情が高まっている。

乱風は事件で発生した危ない場面については意図的に祥子には話さないようにしてい

るのだが、現実に常に危険がまとわりついていることは想像に難くない。

「祥子。赤ちゃん」

「え？」

できたの？　乱風の囁きは祥子の顔を真っ赤に染めた。

「まあ。違うわよ」

「へ？　だって、さっき、父親って」

「違う、ちがう」

祥子が目の前で手を振ったのは、乱風には見えない。指輪のダイヤが七色の光跡を描いた。

「でも、そうなったら、私たちこのままじゃ」

なんだ……。乱風はベッドに引っくり返った。

「そうだねえ。そうなったら……どうしようかなあ」

「でも研究者の乱風も魅力あるけど、今の乱風もかっこいいからなあ」

「どっちなんだよ。刑事、辞めさせたいの、つづけさせたいの？」

「うーん。わからなくなっちゃった。でも、危険なことは」

「刑事をやる以上、その覚悟はしているつもりだ」

「ダメ！　だめ、だめ、だめ！」

祥子の悲鳴が聞こえた。二人の会話は、このあと支離滅裂になり、収拾がつかないままに夜明け近くまでつづくことになった。

「妙だな。小田切雅夫、朝から一度も出てこないぞ」

今日の研究室監視当番はT市警の若い刑事だった。腕時計を見ると、すでに針は夕刻七時近くを指している。婦人警官がちょうど夕食を運んできたところだ。

「朝からトイレも行っていない」

小田切のトイレの時間まで申し送りは受けていない。今日が見張り番初めてのこの刑事は、婦人警官に尋ねてみた。

「小田切、一度も出てこないんだが」

「昼ごはんのときは、中で研究中でしたよ」

「それにしても、トイレ」

「午後から、出てこないんですか？」

「朝からだ。昼ごはんは？」

「声をかけたら、そこに置いておいてくれと」

「何も変わりなかったんだな」

「ええ」

刑事は扉の電子錠に四桁の番号を打ち込んだ。機械音とともにドアが滑るように開いた。

「あれっ!?」

昼食に手をつけた様子がなかった。

「小田切！」

刑事は声をあげながら、小田切が研究をしているはずの奥のスペースを確かめるべく歩を速めた。インキュベータや冷蔵庫、培養器具保管庫に遮られて、小田切が研究している姿を見ようと思えば、数歩の距離を進まねばならない。

返事はなかったが、小田切の白衣の背中が、大型のクリーンベンチに見えた。

「小田切。夕食の時間だ」

若い刑事はぞんざいな口調で、背中に声をかけた。

ゴーンという細胞処理装置特有のモーター音が、研究室内の空気を揺るがしている。

小田切は何かをしているのか、首が曲がり、上半身も前かがみだ。両腕がクリーンベンチの中に入っているから、今しも操作中なのだろう。

「飯も食わずに……」

夕食トレイを置いた婦人警官も刑事の横から顔をのぞかせた。

「お昼は下げますね」

返事がない。小田切は動かない。

「小田切さん。お昼の分、下げますね。夕食、ちゃんと食べてくださいよ」

ゴーン……。

いつもならば、小田切の声が次のように返ってくる。

「そこに置いておいてくれ」

研究を覗こうとすると、必ず腹を立てた顔が半分こちらを向く。

「邪魔をしないでくれ」

ここで不審に思った婦人警官は刑事の脇腹をつついた。

「小田切さん。何か変よ」


電話に出るなり、祥子の激しい泣き声が乱風の耳に突き刺さった。鼓膜が痺れた。

「ど、どうしたんだ。おい、祥子。祥子」

祥子は泣き止まない。鼓膜が痛い。

「お、おい。祥子」

「き、きの、木下、先生が」

「木下先生がどうかしたのか？」

また泣き声が大きくなった。何とかしゃべろうにも、嗚咽《おえつ》がつづいて声にならない。

「木下先生。どうかされたのか」

「い、いなくなっちゃった」

「はあ……」

乱風の間抜けた返事が、祥子の泣き声を止めた。頭がかっと熱くなった。

「澪さんと……死ぬかもしれない」

「な、何だって！」

クスンとすすり上げたあと、またわーっと泣き声だ。

「ど、どういうことだ。泣いてちゃわからん。おい、祥子」

「み、澪さんの横紋筋肉腫、まだ完治してなかった」

「え」

恐れていたことが、わずかながらの危惧《きぐ》が現実となったか……乱風は唇を噛みしめた。

うわーん……。

「治ってなかったのか、あの治療で」

「小田切先生が死んで、もう治療用の細胞ができない」

つい先日、小田切雅夫が研究室で、細胞を手にしたまま冷たくなっていたことを知らされたときに抱いた何とも言えない虚無感がまた襲ってきて、乱風は体からすべての感覚がどこかに消え去ったような気分になった。解剖の結果、大きな脳梗塞が起こったことがわかった。苦しむ間もなく死亡しただろうという解剖医からの報告だった。

「小田切ノートに書かれた方法は？　木下先生でも培養は無理なのか」

「小田切先生が書き残された培養方法、途中までで途切れていた」

「途中……か……」

小田切ノート……乱風は万が一のことを考えて、小田切に培養方法を書き残してほしいと、監視の椅子につくたびに頼み込んでいた。小田切は当然のことのように拒絶した。だが、どういう心境の変化か、小田切は少しずつ記録に留めていたようで、小田切ノートとも呼ぶべき記述が研究室の中から見つかったのだ。何か死の予感のようなものでもあったのか……。

「澪さんのカルテに書いてあった。肺のＣＴで、またリンパ管侵襲《しんしゅう》が」

白木澪の肺に依然として悪魔の細胞が残っていたということだ。

何としぶとい悪魔なんだ……。だが、それが悪性腫瘍の正体なんだなあ……。

乱風の肩が落ちた。

「木下先生、突然辞表を出された。どこに行かれたのか、捜したんだけどわからない」

「澪さんと一緒なんだな」

「そう思う。澪さんにも連絡が取れない」

「捜せ、ということだね」

すすり上げながら祥子が携帯ごとうなずいた気配が伝わってきた。

「これからすぐに署に連絡を入れる。あとでまた電話する」

「ま、待って！」

「何!?」

「木下先生からの私宛の手紙が残されていた」

「手紙？」

「木下先生、クローン人間のことも、天下製薬の所長のことも、みんなご存じだった」

乱風は逸《はや》る心を抑えるように、静かに言った。

「木下先生の手紙、読んでくれる」

倉石祥子先生
この手紙を書かなければならない情況になろうとは、痛恨のきわみです。もはや、澪の命を救う手段はなくなった。私の命は澪とともにあるから、同じ運命を二人で辿ろうと思う。
その前に、少し愚痴を聞いてくれるかな。
澪を最初に診たのは向田宗明というM市民病院の外科医師だ。小田切圭子さん同様、澪もまた肛門付近にできた横紋筋肉腫に不用意にメスを入れられたのだ。彼のために澪の残りの人生は奪われたということになる。初期治療の大きな誤りは、間違いなく殺人に匹敵する。

傷の状態がよくないので、澪はあわてて僕のところにやってきた。すぐに拡大マイルズ方式による根治術を行った。そのときは根治できたと思った。だが、二年を待たずに再発した。圭子さん同様、肺へのリンパ行性の転移だ。

澪を診ているうちに、私たちは愛し合うようになった。倉石先生にはわかるだろうが、拡大版のマイルズ手術を行ったということは、私たち二人は肉体的に結合できない。広範囲に切除したから、澪には子宮はおろか、膣、肛門がない。神経が切断されているため、感じることもできない。排尿さえ困難な状態だ。

それでも不思議なもので、澪は私の愛撫に対して、たしかに昇りつめるようになったのだ。心とはすごいものだよ。

人の体とは、我々が知る以上に神秘なものだと思った。感じるはずのない彼女が、心がそう願ったのだろうか、感じはじめたようだった。感じるはずのない絶頂感が彼女を襲った。

一度その感覚が彼女の身に起こってからは、彼女は何回もそれを感じたようだった。

死を覚悟した人間に起こった、信じられない反応だった。健康で、明日のことなどあって当然と思っている我々には決して理解し得ない、究極の感情なのかもしれない。

おっと、このようなことはよけいなことだな。申しわけない。

人工肛門の姿を他人に見られることを嫌がって、澪は一緒に温泉に行っても、室内の風呂を使った。そうそう、別府の学会のときには、倉石先生は澪に会ったのだね。あのときは小田切先生ご夫妻も私の部屋に来ていたのだ。

倉石先生の部屋を別館のほうに予約したのは、そういうわけだ。何となく、彼らに会っているところを見られたくなかったものでね。これは前にも話したかもしれないが。

小田切先生ご夫妻に、初期治療を誤った何人かの医師の名前を教えたのは、もちろん私だ。人の命に関わる処置をしたことさえ認識していない、できの悪い医師たちが小田切夫妻によって粛清されることに、私自身戸惑いはなかった。

万が一私が同じような間違いを起こしたなら、死をもって償うだけの覚悟があるかどうかと問われれば、いささか尻込みする。が、そのくらいの心構えでもって患者を診なければいけないし、その心構えはあるつもりだ。

澪の肉体は間もなくこの世から消えるだろう。小田切先生が亡くなったとき、私たちは絶望の淵に立たされた。私も小田切先生からもらった治療用の細胞を培養しようと、先生が残された培養方法の記録を見ながら必死の努力をしたが、やはりダメだった。途中まではうまく行くのだが、記録がないところは、どうしてもうまく行かなかった。情けないことだが。

培養途中の細胞は治療には使えない。間違いなく奇形腫に発育してしまうからだ。いかんともしがたかった。

小田切先生自らが死に物狂いでやった執念の研究だ。棋士が過去の棋譜も含めて、自らが打ったすべてを順序だてててきちんと覚えているように、先生もまた、長年の研究のすべてをご自身の脳細胞に刻み込まれていた。

おろかな連中は、培養のノウハウをほしいがために、小田切先生を追いまわし、ときには脅迫し、無駄な争いを起こし、揚げ句の果て、血を流し、命まで落とすことになった。池之端副所長、中馬研究員、自ら切磋琢磨することなく、他人の業績ばかり追い求め、それも高額で企業へ売り渡すつもりだった。ほかの研究員も五十歩百歩の愚か者たちばかりだ。彼らの命がどうなろうと、どうでもいいことだ。

小田切先生は、この研究が完成したら世間に公表し、必要な患者たちに無償で分け与えるつもりでおられた。小田切先生だけは死んではいけなかったのだ。

しかし、先生だって一人の人間だ。脳梗塞などという不慮の死もまた、受け入れざるをえないのだろう。

小田切先生のもうひとつの研究、クローン人間については、倉石先生はどの程度ご存じだろうか。小田切先生は、そもそも天下製薬研究所時代の特命であったクローン人間創生をほぼ完成されていたのだ。

恐ろしい天才だよ、あの先生は。それもこれも、すべてお嬢さんの圭子さんへの愛が為さしめたものだと思う。

だが、この人類究極の研究もまた、先生の死で中断のやむなきに至った。今となっては、どうしようもない。ほかの研究者に今すぐできるようなことじゃない。

どうにもならない愚痴はこれで終わりにしよう。

どのようにして澪の死に立ち向かうか、立ち向かえるか、正直わからない。澪の死を見たくない。とすれば、澪の死に際して、間違いなく澪と同時進行の死を選ぶことになろうと思う。

悔いはない。

悔いがあるとすれば、小田切先生の研究の完成を見ることができなかったことだけだ。

では、ごきげんよう。

木下修一

追伸
倉石先生もご存じのことと思うが、救命救急部に入院していた、あの奇形腫で全身を覆われた患者は、畔柳龍太郎という名前だ。

彼がT市警科学捜査班長下柳敬太郎と同一人物であることに多分間違いはないだろう。下柳敬太郎という男が小田切先生の上司で、天下製薬の研究所長であったことを、谷村警部から聞かされた。

彼は小田切先生に澪と同じように、自分の膵臓癌治療用の融合細胞を作らせたようだ。研究所長としてその場にいた畔柳が融合細胞を手に入れ、培養して、自身に細胞を打ったと思われる。

畔柳の思惑とは逆に、体内に入った細胞は、癌を攻撃する力を発揮する前に、奇形腫として好き勝手に成長した。体じゅうが奇形腫に占められた姿は、この世のものとは思えないほどおぞましいものだよ。死体は医学部病理に保管されている。

幹細胞のような生命の基軸になる細胞が、きちんと制御されないで中途半端な状態に置かれると、奇形腫に発育することは周知の事実だ。

それに畔柳が盗んだ細胞の中には、圭子さんの細胞が混じっていたのではないかと思う。畔柳の体で増殖した奇形腫の中に、圭子さんの顔とそっくりの腫瘍があった。

二十年ぶりで圭子さんに会えたこと、何とも言えない生命の力を感じる。いい土産ができた。

それでは、これで本当にお別れだ。お元気で。

祥子が手紙を読み終わったとき、乱風のつぶやきが耳に伝わってきた。

「やはりな」

「どうしたの」

「小田切雅夫は所長の正体をどこかで知ったようだな」

「え？」

「おそらくは、地下研究室で小田切先生の身柄を拘束したとき、下柳さんを見て気づいたんじゃないかな」

「どういうこと？」

「声の調子でわかったんだろう。膵臓癌の治療用の細胞が盗まれたことに気づいて、さらに確信したんじゃないかな。そしてまだあの段階の細胞じゃ、治療がうまく行かないことも小田切先生にはわかっていた。木下先生の今の手紙にあったように、中途半端な状態じゃ、細胞は間違いなく奇形腫になってしまう。だが、小田切先生はさらに恐ろしいことを目論んでいた」

「な、何よ、それ⁉」

「膵臓癌治療用の細胞の中に、圭子さんの遺伝子を組み込んだ」

「ええっ！」

「これは妻の澄江さんの命が奪われたことに対する小田切雅夫の復讐という意味もあるのじゃないかな。膵臓癌治療細胞が所長に使われることを確信して」

「圭子さんの遺伝子を組み込んだとして、どうなるのよ」

「治療がうまくいって、下柳か畔柳か知らないけれど、所長が治癒したとしても、体が圭子さんに乗っ取られるということさ」

「ま、まさか……」

「木下先生が書かれているじゃないか、奇形腫の中に圭子さんの顔があったって」

祥子は次の声が出なかった。さすがの祥子の脳細胞も、理解の限界を超えたようだ。

「中途半端な状態で、下柳所長の体に入った細胞はすべて奇形腫になってしまった。圭子さんの遺伝子が組み込まれているからこそ、圭子さんの顔かたちそっくりの奇形腫が発生した。治療がうまくいけば、奇形腫は出てこないけれど、下柳所長の体内では圭子さんの遺伝子を搭載した細胞がたっぷりと発育を遂げることになる」

「でも、それじゃ他人の細胞を移植されたのと同じじゃない。下柳さんの体が拒絶するじゃない」

「とすれば下柳の膵臓癌は治らない」

「じゃあ」

「ああ。どのような経過を辿ろうと、下柳という人間は死滅する。唯一生き残ることができるとすれば、膵臓癌が完治したとき、そのときは下柳の体が圭子さんに完全に乗っ取られた、いや、下柳敬太郎が小田切圭子と完全に入れ代わったとき、そのときにのみ、生きていける」

乱風……何てこと考えるの……。

「もう、何が何だか」

「小田切先生は、このような形でも、圭子さんのクローンを造ろうとしたのかもしれないね」

祥子は息を呑んだ。喉がからからだ。人の体を滅ぼしてまで、自らを生かそうとすると、それは……悪魔の考えだという言葉は、祥子の中でさすがに拒否されなかった。

そのとき、二人は小田切圭子の声が聞こえたような気がした。

――もう、治らないんでしょう――

小田切雅夫の声も響いてくるようだった。

——いやいや、圭子の病気は治ったんだよ——

乱風の気を取り直した声が現実を引き戻した。

「考えすぎだろうけどね」

「乱風……」

「しかし、執念の天才科学者小田切雅夫が完成間近まで迫っていた研究のすべてが、彼の死とともに消えてしまったのは事実だ。澪さんの再発した横紋筋肉腫を完治させる方法がない」

そう、まだまだ完全に治せないんだ……。乱風と祥子の肩が落ちた。

かつて天才数学者フェルマーが、のちの世に「フェルマーの最終定理」と呼ばれる優しくも華麗な数学の問題を残して逝った。彼は死ぬ間際にこう言い残した。

「答えを書くための紙の余白がない」

その後、解答を見つけるために知恵をしぼった幾多の天才が結論を見ずに死を迎え、三百数十年という長い年月を経て、ついにワイルスが正解答を完成した壮大な人類史がある。

「人の知恵は必ず不可能を可能にする。きっと、すべての病気を治せる日がくるのでしょうね」

小田切雅夫が到達した生命の人工的再現、自らの手で自由自在に生命を操る方法を、再び人類が手に入れるまでには、同じほどのときが必要かもしれない。

「その前に人は悪魔の心に封印する方法を……人の心は……人の心って、崇高なものに違いないと思いたいけれど」

「悪魔の心を取り除くことは不可能さ」

「乱風！　何てことを！」

「その不可能を可能にするのも、人の知恵というものだろう」

「あ……」

乱風の大きな声が祥子の耳に響いた。

「木下先生と澪さんを捜そう」

（完）

◎本作品はフィクションであり、文中に登場する個人名や団体名は実在のものとは一切関係ありません。

ザ・ミステリ・コレクション

黒《くろ》い研究室《けんきゅうしつ》

著者　霧村悠康《きりむらゆうこう》

発行所　株式会社 二見書房
東京都千代田区三崎町2-18-11
電話 03(3515)2311 [営業]
03(3515)2314 [編集]
振替 00170-4-2639

印刷　株式会社 堀内印刷所
製本　合資会社 村上製本所

落丁・乱丁本はお取り替えいたします。
定価は、カバーに表示してあります。

ISBN978-4-576-09096-2
http://www.futami.co.jp/